2019年重庆市社科规划特别委托重大项目
重庆市北碚区、西南大学校地合作重大项目
重庆市北碚区重大文化精品工程

北碚文化丛书

诗文北碚

蒋登科 ◎ 主 编

西南大学出版社
国家一级出版社 全国百佳图书出版单位

图书在版编目(CIP)数据

诗文北碚 / 蒋登科主编. -- 重庆：西南大学出版社, 2023.12
（北碚文化丛书）
ISBN 978-7-5697-2073-0

Ⅰ.①诗… Ⅱ.①蒋… Ⅲ.①诗集—中国②散文集—中国 Ⅳ.①I211

中国国家版本馆CIP数据核字(2023)第233618号

诗文北碚
SHI WEN BEIBEI

主　编 蒋登科
副主编 姚洪伟　张　昊

选题策划｜蒋登科　秦　俭　张　昊
责任编辑｜李　君
责任校对｜张　昊
装帧设计｜闰江文化
排　　版｜吴秀琴
出版发行｜西南大学出版社（原西南师范大学出版社）
地　　址｜重庆市北碚区天生路2号
邮　　编｜400715
电　　话｜023-68868624
印　　刷｜重庆升光电力印务有限公司
成品尺寸｜145 mm×210 mm
印　　张｜16.25
字　　数｜340千字
版　　次｜2024年1月 第1版
印　　次｜2024年1月 第2次印刷
书　　号｜ISBN 978-7-5697-2073-0
定　　价｜58.00元（平装）

"北碚文化丛书"编委会

（以姓氏笔画为序）

顾　问

卢晓钟　吕　进　杨清明　周　勇　黄蓉生　曹廷华

主任委员

刘　永　江绪容　杨　辉　潘　洵

委　员

王牧华　张汝国　陈福厚　周洪玲　徐　玲

本书编委会

主　编：蒋登科

副主编：姚洪伟　张　昊

编　委：蒋登科　蒋雨珊　万启福　熊文佳
　　　　姚洪伟　张　昊　周玮璞

总序

周 勇[1]

习近平总书记在新时代文化建设方面提出了一系列思想新观点新论断,丰富和发展了马克思主义文化理论,构成了习近平新时代中国特色社会主义思想的文化篇,形成了习近平文化思想。习近平总书记还多次对传承和弘扬重庆历史文化作出重要论述,提出明确要求,寄予殷切期望。

重庆是一座具有悠久历史、灿烂文化、优秀人文精神和光荣革命传统,人文荟萃、底蕴厚重的历史文化名城。在江峡相拥的山水之间,大山的脉动与大江的潮涌相互激荡,自然的壮美与创造的瑰丽交相辉映,城镇的繁华与乡村的宁静相得益彰,展现出江山之城的恢宏气势,放射出美美与共的璀璨风采。

在三千多年的发展史上,重庆出现过多层次、多领域、多形态的文化现象,其中居于主体地位的是巴渝文化、革命文化、三峡文化、抗战文化、统战文化、移民文化。这是居于重

---

[1] 周勇,中国抗日战争史学会副会长、中国城市史研究会副会长、重庆史研究会会长、教授、博士生导师。

庆历史和文化顶层,最具代表性和符号意义的文化元素,由此构成了独具特色的重庆历史文化体系。在其中,巴渝文化、革命文化彼此相连,贯通始终,传承演化,共同构成今日重庆历史文化体系的学理基石,也是形成今日重庆人文精神以及重庆人、重庆城性格特征的文化基因。三峡文化、移民文化、抗战文化、统战文化,是在不同的历史时期和历史环境中,在重庆大地上产生的特色文化。在漫漫历史长河的不同阶段中,发挥着独特的作用,至今仍是重庆历史文化中极具特色的因素,发挥着核心竞争力的作用。

北碚,地处缙云山麓、嘉陵江畔,是一个产生过凤凰涅槃般传奇的地方。

一百多年前,北碚还只是一个山川美丽,但匪患肆虐的小乡场。到八十多年前的全面抗战时期,北碚发展成为一座享誉中国的美丽小城。新中国成立后,北碚发生了翻天覆地的变化。如今的北碚,已经是重庆主城都市区的中心城区。北碚区域的百年发展史,展现出极具时代特征的突变性、内涵式发展的特质。北碚素来生态环境优良、人民安居乐业,科学教育发达、创新活力迸发,产业发展兴盛、工业基础雄厚,尤以历史渊源悠久,文化底蕴深厚而著称。这在重庆历史文化体系中具有综合性、典型性、代表性。

近年来,在中共重庆市委的领导下,全市上下认真落实党中央部署要求,加快推进文化强市建设,开创了文化繁荣发展新局面。面对新时代、新征程的新使命和新要求,市委作出了奋力谱写新时代文化强市建设新篇章,为现代化新重庆建设注入强大精神力量的重大部署。特别强调"要大力传承弘扬中华优秀传统文化,深化历史文化研究,加强文化遗产保护,抓好优秀传统文化传承,推动巴渝文化、三峡文化、抗战文化、革命文化、统战文化、移民文化等创造性转化、创新性发展"。

在建设重庆文化强市的赛马比拼中,北碚人用满满的文化自觉与文化自信,以历史的眼光重新审视北碚,以文化的视野宏观鸟瞰北碚,以艺术的手段通俗表现北碚,从史话、名人、抗战、乡建、教育、科技、诗文、书画、民俗、景观十个方面,全面而系统地梳理了北碚的文化和历史,构成了图文并茂、鲜活生动的北碚文化长卷。这部十卷本的"北碚文化丛书",就是北碚人书写北碚传奇的代表作,更是向时代和人民交出的一份厚重的文化答卷。

"北碚文化丛书"具有广泛的包容性。它涵盖了历史沿革、文化遗产、民俗风情、民间艺术、人文景观、贤达名流、文学艺术、教育科技等方方面面,既有地域文化的基本要素,更彰显了北碚在抗战、乡建、教育、科技等方面在中国近代历史上的突出特色。

"北碚文化丛书"以学术研究为依托,史料基础可靠,学术名家参与,表达通俗易懂,集系统性、知识性、可读性于一体,有存史资政的收藏价值和指导旅游观光的实用价值。

"北碚文化丛书"是校地合作的有益尝试,既是对北碚地方文化的一次学术性清理,在史料整理、学术研究方面展现出全面、系统的特征,也为基层地域科学地挖掘整理在地文化积累了可资借鉴的经验。

这些年来，我着力于重庆历史文化体系的研究，组织编撰了十二卷本的"重庆人文丛书"，力图勾画出"长嘉汇"源远流长，"三峡魂"雄阔壮美，"武陵风"绚丽多彩，人文荟萃、底蕴厚重的重庆历史文化名城的文化新形象。这套十卷本的"北碚文化丛书"，是继"重庆人文丛书"之后，重庆市域内出版的第一部区县文化丛书。我相信，这部饱含着浓浓乡情，充满了城市记忆，洋溢着北碚味道的文字和画面的丛书，将使北碚的历史文化得以活在当下，让北碚的历史文脉传承延续，绵绵不绝。

同时我也希望各区县都能像北碚这样虔诚地敬畏自己的历史文化，努力地整理自己的历史文化，用煌煌的巨著来传承自己的历史文化，尤其是从市委提出的重庆文化新体系中找准自己的文化新定位，让生动鲜活、丰富多彩、千姿百态的区域文化，共同汇聚成彰显重庆文化新体系的百花园，建设具有中国气象，巴渝特色，万紫千红的山清水秀、美丽之地。

是为丛书总序。

目录

总序……1

传统诗词……001

陈子昂……002
- 入东阳峡与李明府船前后不相及
- 合州津口别舍弟,至东阳峡,步趁不及,眷然有怀,作以示之
- 初入峡苦风寄故乡亲友

王　维……005
- 晓行巴峡

李　白……006
- 巴女词

杜　甫……007
- 闻官军收河南河北
- 涪江泛舟送韦班归京(得山字)
- 送十五弟侍御使蜀

李商隐……009
- 巴江柳
- 夜雨寄北

丁　谓……011
- 游温泉寺

彭应求……012
- 宿渝州温泉佛寺

周敦颐……013
- 游大林寺

冯时行……014
- 假守蓬州，视事二十日，以台章罢黜，行至温汤，作此以寄同僚二十韵
- 春日题相思寺
- 缙云寺
- 题毛祖房屋壁

刘成德……018
- 温塘峡

卢　雍……019
- 雨中泊温泉寺下
- 乙卯新正重经温泉

刘大谟……021
- 泛江喜雨（二首）
- 温泉寺（二首）

范永銮……023
- 游温泉寺浣汤

朱孟震……024
- 过温泉寺

刘汉儒……025
- 题温泉寺壁

刘道开……027
- 温泉寺

云 梦……028
- 温塘寺

何仕昌……029
- 冬日游缙云山
- 缙云九峰
- 权 石
- 登白云山访僧不遇(二首)

李以宁……032
- 游温泉寺浴罢读残碑,有"江上云山小三峡,灯前风雨一孤舟"之句,感而赋之

寂 崇……034
- 浪淘沙·禅崖八景

鲜与尚……037
- 禅崖二首
- 庚子避暑温泉

周 骧……039
- 温泉寺泉水

朱世恩……040
- 温泉寺纪游

龙为霖……041
- 相思寺怀古
- 游温泉绍隆缙云石华诸山寺五首
- 双状元碑

王尔鉴……044
- 观音峡
- 巴渝十二景·缙岭云霞
- 宿天台寺
- 浴温泉寺温泉
- 望缙云山
- 北碚江干坐月

周绍缙……048
- 缙岭云霞

姜会照……049
- 巴渝十二景·缙岭云霞

张九镒……050
- 渝州十二景·缙岭云霞

王采珍……051
- 渝州晓发回合阳舟中作
- 夜过温汤峡听瀑布

周开丰……053
- 巴渝十二景·缙岭云霞
- 古迹十二首·双状元碑
- 洗墨池

张问陶……055
- 莎　矶

・重　庆

张人龙……057
・夜赴澄江口道中作
・游温汤寺

王梦庚……059
・缙岭云霞

孙　宏……060
・温汤峡寺

郭正笏……061
・澄江纪胜

毛　澂……063
・相思寺

无　念……064
・题温泉寺壁四首

刘世仪……065
・游关防寺

禹　湛……066
・访关防寺

刘太三……067
・出　峡

王定轩……068
・游温泉寺

郑灵源……069
・游温泉寺

廖星垣……070
- 游温泉寺

雷森麓……071
- 游温泉寺

黄鸣九……072
- 观高坑岩瀑布
- 西江月·温泉公园有乳花洞

雷化欧……074
- 北温泉公园杂诗六首

黄宾虹……076
- 北碚二首

赵　熙……077
- 北　碚
- 温　泉
- 北碚道中
- 劝翊云游缙云寺
- 北泉纪游诗二十一首

张纯一……084
- 缙云山感怀呈太虚大师

于右任……085
- 温泉望缙云山
- 北温泉山前远望
- 生日往北碚道中
- 生日游北温泉遇雨二首

黄炎培……087
- 温泉峡
- 重游北碚温泉公园,维钧偕行,得八绝句
- 北碚温泉公园三宿留题(七首)
- 游小三峡

姚维钧……093
- 重游北碚温泉公园

李根源……094
- 宿数帆楼

程　潜……095
- 初春喜雪
- 途中遇警

黄介民……097
- 游缙云山

陈树人……100
- 缙云山写景

黄右昌……101
- 北碚公园即景
- 嘉陵舟中
- 山　行
- 龙凤桥垂钓
- 北温泉(二首)

董必武……104
- 张故上将自忠殉国三周年
- 吊荩忱将军

林伯渠……105
- 北泉即景
- 偕董老游重庆近郊

陶冶公……107
- 重九登狮峰和太虚大师韵

朱　德……108
- 北温泉题咏

王太蕤……109
- 次和了空居士南泉送太虚大师归缙云寺即呈大师

太　虚……110
- 缙云山二首
- 林主席祷雨有灵
- 缙云山冒雨乘滑竿
- 儿童节游北碚

陈真如……112
- 缙云山观云海

陶行知……113
- 张故上将自忠殉国三周年纪念祭歌（四首）

郭沫若……115
- 为陈望道题画
- 雨
- 赠张瑞芳
- 晨浴北碚温泉
- 游北碚
- 题吴碧柳手稿

- 豪气千盅酒
- 和寿昌原韵一首
- 敬吊寒冰先生
- 北碚温泉即兴

陈孝威……121
- 游缙云山

吴　石……122
- 细风斜雨上缙云

何　鲁……123
- 北温泉磬室一首

叶圣陶……124
- 自北碚夜发经小三峡至公园

唐玉虬……125
- 夜宿白庙子
- 自黄葛树乱流至北碚
- 咏温泉

洪式闾……127
- 庚辰中秋

林庚白……128
- 小磨滩听水同北麓

易君左……129
- 登缙云山（二首）

田　汉……130
- 缙云寺题句
- 过张荩忱将军墓

陈子展……132
- 诗人吴剑岚居北温泉,在缙云山下,意有不适,为作长句以广之
- 次韵剑岚绝句一首
- 张自忠将军挽诗

邓均吾……134
- 金缕曲·游狮子峰
- 北温泉
- 缙云寺

老　舍……137
- 北碚辞岁
- 乡　思

吕振羽……138
- 歇马场访外庐未遇

胡　风……139
- 残冬雨夜偶成(二首)

了　空……140
- 缙云山晚秋感作

陈文鉴……141
- 游缙云寺

李清悚……142
- 赠卢作孚子英昆季
- 画北泉十景图册并题十绝句
- 壬午岁首少琴召饮北泉天风阁占此奉酬(节选)

王与白……146
- 游温泉寺

柯尧放……147
- 北泉杂诗四首(选二)
- 缙云杂诗(四首)

卢 前……150
- 梅花山张自忠上将墓
- 游北温泉诗(二首)
- 嘉陵江晚渡(二首)

胡絜青……153
- 一九八二年旅北碚诗

金锡如……154
- 北温泉

苏渊雷……155
- 自北碚舟行逆水上金刚碑口占示济波兄
- 过数帆楼旧址
- 乳花洞

杨舒武……157
- 缙云山题石
- 嘲缙云寺山门石狮

费孝通……159
- 金锡如同志邀游北温泉戏相唱和以为乐

柳 倩……160
- 北温泉公园

屈趁斯……161
- 北泉公园建园五十六周年

郑临川……162
　·北碚舟中

张长炯……163
　·越调·小桃红

王　庄……164
　·望海潮·北温泉

陈树棠……165
　·游北温泉簹赠家骆馆长

秦效侃……167
　·贺新郎·登缙云山狮子峰
　·渝合高速公路通车

海　戈……169
　·题剪拂集还赠语堂先生

赵筱麟……170
　·磨滩夜雨
　·缙云耸翠
　·高坑喷雪

谢湛如……172
　·雨游缙云山

江洁生……173
　·游缙云山（二首）

何矧堂……174
　·与思模游北泉
　·乳花洞

傅琴心……175
- 清凉亭
- 毛背沱沿溪行
- 江　边
- 缙云山中看杜鹃花
- 温泉归棹

索　以……178
- 夕照亭
- 接引殿
- 浴室时有陪都女士游泳
- 黛湖字碑

吴显斋……180
- 游天府煤矿
- 游泳池晚浴
- 北碚泛舟遇雨
- 温塘峡外
- 磬室夜宿
- 乳花洞
- 北泉图书馆
- 黛湖野餐

徐　英……183
- 北泉观梅
- 重来北泉呈同游诸公

徐绮丽……184
- 雨中游缙云山寺四首(选三)

谷　莺……185
- 游北温泉

- 自合州放船至重庆江中
- 登缙云山

马客谈……187
- 国立重庆师范十一周年纪念,寄怀川中校友
- 重庆师范、江宁师范联合校庆,赋此以诗

沈　鹏……189
- 北泉登高二首

郭　清……190
- 酬北温泉公园五首

黄友凡……192
- 登缙云山

陆　威……193
- 重游北温泉

陈祚璜……194
- 登缙云山狮子峰

梁上泉……195
- 北碚纪游

赋……197

秦效侃……198
- 宓园赋

曹廷华……200
- 西南大学赋

万启福……202
- 北碚赋
- 北碚文化赋

徐崇仁……207
- 缙云山赋

新　诗……211

郭沫若……212
- 桃园花盛开

方　敬……214
- 小　镇
- 伞

邹　绛……217
- 缙云山诗草
- 缙云山之秋

杨　山……219
- 北碚秋晨

许世旭……221
- 怀北碚

吕　进……223
- 北　碚
- 狮子峰

华万里……225
- 回忆金刀峡

张新泉……228
·缙云山之秋
·回　声

傅天琳……231
·我的北碚
·果园诗人
·雨中缙云
·路牌说

张　烨……238
·缙云山
·黛　湖

叶延滨……240
·缙云山上云
·巴山夜雨时

黄亚洲……242
·西南大学
·西南大学：新诗研究所

王明凯……245
·金刀峡
·北温泉

毛　翰……248
·巴山夜雨北碚情

梁　平……250
·我在缙云山寻找一个词
·在缙云山听雨

李　琦……253
- 缙云山一日记
- 北碚怀萧红

刘立云……256
- 诗人来到缙云山
- 嘉陵江在低处

郁　葱……259
- 秋夜的缙云山
- 秋夜的嘉陵江

陆　健……264
- 白鱼石

曹宇翔……265
- 桂香浮起缙云山
- 嘉陵江献诗

林　雪……268
- 北碚正码头
- 在夏坝听歌

李元胜……271
- 金刚碑
- 狮子峰

荣　荣……274
- 温泉寺
- 金刚碑

田　禾……276
- 黛湖

・缙云山

龚学敏……279
・在北碚雅舍致梁实秋

义　海……281
・黛　湖

李少君……283
・在北碚

娜　夜……285
・来自缙云山的邀请函
・嘉陵江薄雾

路　也……288
・送路路去北碚

散　文……291

陈嘉庚……292
・诚恳之卢区长

晏阳初……294
・筹备中国乡村建设学院的意见

郭沫若……298
・雨

卢作孚……303
・介绍嘉陵江
・四川嘉陵江三峡的乡村运动

顾颉刚……315
- 北碚扩大联谊会题名记

梁漱溟……317
- 家书(节选)
- 怀念卢作孚先生

翦伯赞……322
- 回忆歇马场

老　舍……334
- 八方风雨(节选)
- 多鼠斋杂谈

梁实秋……355
- 雅　舍
- 狗
- 北碚旧游(节选)
- 忆老舍(节选)

侯外庐……376
- 毋忘振羽

卢子英……380
- 怀念二哥卢作孚

谢冰莹……396
- 乳花洞
- 嘉陵江和北温泉

靳　以……404
- 悼萧红

萧　红……408
・茶食店

杨家骆……411
・杨家骆致卢作孚函

方　敬……414
・永远年青　永远热情

绿　原……419
・回忆《诗垦地》

林凤如……423
・城

穆　仁……427
・引人的夏坝

林太乙……430
・林语堂传(节选)
・离开北碚

袁隆平……435
・跟着兴趣走的学生时代(节选)

舒　乙……443
・父子情(节选)

卢晓蓉……448
・东方的"诺亚方舟"

李北兰……455
・北碚爬山(节选)

万启福……458
·关于"碚"

叶延滨……461
·山城的风格

王泉根……464
·从北碚到台北

黄亚洲……468
·卢作孚是一块碚石

蒋登科……473
·路与路的变迁

张　者……479
·巴山听夜雨

后　记……485

传统诗词

关于北碚的传统诗词不多,尤其是在古代、近代诗歌史上,从唐代开始才有一些作品见于文献、文集、碑刻等。这些作品是挖掘北碚历史文化底蕴的重要资源。鉴于此,对于近代及之前涉及北碚元素的作品,只要能收集到的,我们全数收录。1919年之后的作品,则根据作品的艺术质量、作者影响力、作品传播情况等选择性收录。

陈子昂

陈子昂(659—700),字伯玉。有《陈子昂集》《陈伯玉集》等。

入东阳峡与李明府船前后不相及①

东岩初解缆,南浦遂离群②。

出没同洲岛,栖泊异渚濆③。

风烟犹可望,歌笑浩难闻。

路转青山合,峰回白日曛④。

奔涛上漫漫⑤,积水下沄沄⑥。

倏忽犹疑及,差池复两分。

离离间远树⑦,蔼蔼没遥氛。

地入巴陵道,星连牛斗文⑧。

---

① 光宅元年(684)前后,武则天召陈子昂进长安做官,途经嘉陵江小三峡(古称巴峡、东阳峡)时,他写下了此诗。东阳峡即嘉陵江小三峡,因峡中有东阳镇得名。东阳镇古为东阳郡,《舆地纪胜》引旧经云:"齐建武元年,割巴县置东阳郡。"《一统志·巴县》称:"在县西一百里,旧志云齐建武元年割巴县置东阳郡,周时废,今为东阳镇。"今属重庆市北碚区,东北与天府镇相邻,西面隔嘉陵江与北碚城区相望,西北面与北温泉和澄江的嘉陵江分界,北面与合川区的土场、草街接壤,东南面与水土相连。
② 南浦:泛指送别之地。
③ 渚:水中的小块陆地。濆(fén):水边。
④ 曛:暮,昏暗。
⑤ 漫漫:无涯际之貌。漫漫,亦作曼曼。
⑥ 沄沄(yún):水流汹涌貌。
⑦ 离离:遥远而隐约可见貌。
⑧ 牛斗:牛、斗,指二十八宿中的牛宿和斗宿,此处意指星辰灿烂,相互连接。

孤狖啼寒月①,哀鸿叫断云。
仙舟不可见,遥思坐氤氲。

合州津口别舍弟,至东阳峡,步趁不及,眷然有怀,作以示之②

江潭共为客③,洲浦独迷津④。
思积芳庭树⑤,心断白眉人⑥。
同衾成楚越⑦,别岛类胡秦⑧。
林岸随天转,云峰逐望新。
遥遥终不见,默默坐含嚬⑨。
念别疑三月,经途未一旬⑩。
孤舟多逸兴⑪,谁共尔为邻。

---

① 狖(yòu):黑色的长尾猿。
② 合州:古名垫江,原名亵江,取嘉陵江、涪江在城北鸭咀的汇合之水如衣重叠之意,《汉书·地理志》误记为垫江并沿袭至今,今属重庆市合川区。东阳:指东阳峡,嘉陵江小三峡之中段,位于今重庆市北碚区境内。
③ 江潭:江边。
④ 迷津:迷失津渡。
⑤ 芳庭树:借谢玄语,喻家族中优秀子弟。此指其弟。
⑥ 白眉人:借用马良的典故,谓兄弟中优秀杰出之人。
⑦ 同衾:共盖一被,即同衾共枕。楚越:楚地、越地,比喻相隔甚远。
⑧ 胡秦:谓天各一方。
⑨ 含嚬(pín):同"颦",本义指皱眉,此喻忧愁之态。
⑩ 一旬:十天。
⑪ 逸兴:超逸豪放之意。

初入峡苦风寄故乡亲友[1]

故乡今日友,欢会坐应同[2]。
宁知巴峡路,辛苦石尤风[3]。

选自《陈子昂集》,徐鹏,上海古籍出版社2013年版,分别见于第21、34、27页

---

[1] 峡:嘉陵江小三峡是沥鼻峡、温塘峡、观音峡的统称,流经重庆市合川区、北碚区。上为沥鼻峡,又称牛鼻峡、铜口峡,主要位置在合川区盐井镇。中是温塘峡,又称温泉峡、温汤峡,处于重庆市北碚区缙云山段,古时峡口建有温泉池,称为温塘,故名。下有观音峡,又名文笔峡,也在重庆市北碚区境内。
[2] 坐:适逢、正赶上。
[3] 石尤风:顶头风。宋孝武帝《丁督护歌》:"愿作石尤风,四面断行旅。"

王 维

王维(701—761),字摩诘,后人尊为"诗佛"。有《王右丞集》等。

晓行巴峡[①]

际晓投巴峡[②],余春忆帝京。
晴江一女浣,朝日众鸡鸣。
水国舟中市[③],山桥树杪行[④]。
登高万井出[⑤],眺迥二流明[⑥]。
人作殊方语[⑦],莺为旧国声[⑧]。
赖多山水趣,稍解离别情。

选自《王维集校注》,陈铁民,中华书局2020年版,第98页

[①] 巴峡:指嘉陵江小三峡。
[②] 际晓:天明时刻。
[③] 水国:江河纵横之地。市:交易,意谓水乡多在舟中交易商品。
[④] 树杪:树梢,树尖。
[⑤] 井:此处指街道,指登高远眺,城中街道整齐,井井有条。
[⑥] 二流:指嘉陵江与涪江尚未汇合前的两条河流。
[⑦] 殊方:异地,异域。班周《西域赋》:"逾昆仑,越巨海。殊方异类,至于三万里。"
[⑧] 旧国:指故乡。

李 白

李白(701—762),字太白,号青莲居士,又号谪仙人,有"诗仙"之称。与杜甫齐名,世称"李杜"。有《李太白集》。

巴女词[①]

巴水[②]急如箭,巴船去若飞。
十月三千里,郎行几岁归?

选自《李太白全集校注》,郁贤皓校注,凤凰出版社2016年版,第3388—3389页

[①] 这首诗当作于开元十四年(726)。诗人二十五岁去蜀途中,行至巴地,拟民歌之作。诗中巴女的丈夫大约是乘船东下去经商,所以诗人模仿巴女的口吻,用简单的文笔,勾勒出其与丈夫分别时的情景,道出了女子不忍分别的复杂心情。巴女词:有的版本为《巴水歌》。
[②] 巴水:渠江源出大巴山,经过通江、南江、巴州之后汇入渠河,流入嘉陵江,古称巴江。《水经注》和《资治通鉴》称嘉陵江为巴水。

杜 甫

杜甫(712—770),字子美,号少陵野老,有"诗史"之誉。与李白齐名,世称"李杜"。有《杜工部集》等。

闻官军收河南河北[①]

剑外忽传收蓟北[②],初闻涕泪满衣裳。
却看妻子愁何在,漫卷诗书喜欲狂。
白日放歌须纵酒,青春作伴好还乡。
即从巴峡穿巫峡,便下襄阳向洛阳。

涪江泛舟送韦班归京(得山字)

追饯[③]同舟日,伤春一水间。
飘零为客久,衰老羡君还。
花远重重树,云轻处处山。
天涯故人少,更益鬓毛斑。

---

① 河南河北:指今洛阳及河北省北部一带地区。此诗并非专门为重庆或者北碚而写,也不是在重庆写的,但诗中提到了嘉陵江小三峡。
② 蓟北:指今河北省北部,安史叛军的根据地。
③ 追饯:追送饯行。唐张九龄《饯宋司马序》:"追饯北梁,对江山而不乐。"

送十五弟侍御使蜀

喜弟文章进,添余别兴牵。
数杯巫峡酒,百丈内江船①。
未息豺狼斗,空催犬马年②。
归朝多便道,搏击望秋天。

选自《杜甫全集校注》,萧涤非,人民文学出版社2013年版,分别见于第2747、2774、4604页

---

① 内江:南宋王象之《舆地纪胜》卷第一百五十九《潼川府路·合州》:"水自渝上合州者,谓之内江;自渝由戎、泸上蜀者,谓之外江。"《水经注》说:"江水过符县,又东北至江州县东,强水、涪水、汉水、白水、宕渠水,五水合,南流注之。庾仲雍所谓江州对二水口,右则涪内水,左则蜀外水是也。"
② 犬马:古人自称其年岁之谦辞。

李商隐

李商隐(约813—858),字义山,号玉谿生。其诗与杜牧齐名,世称"小李杜"。又与温庭筠并称"温李"。有《李义山诗集》等。

巴江柳①

巴江可惜柳,柳色绿侵江。
好向金銮殿,移阴入绮窗②。

夜雨寄北③

君问归期未有期,巴山夜雨涨秋池④。

---

① 巴江:即嘉陵江。《华阳国志·巴志》:"后都护李严。更城大城,周围十六里,欲穿城后山自汶江通水巴江,使城为洲。"
② 金銮殿:唐朝宫殿名,文人学士待诏之所,此处指诗人向往之地。绮窗:雕刻或绘饰得很精美的窗户。
③《夜雨寄北》,一作《夜雨寄内》。关于此诗创作地,有三种说法,一说写于湖北与四川之间;一说写于梓州;一说作于渝州。据考,李商隐任东川节度判官时,曾几次到渝州。诗中"巴山"或指缙云山。早在明代,北碚乡间便留藏有《李商隐夜雨寄北图》,图中撰有"缙云山等"字句。
④ 巴山:这里或指缙云山。缙云山古名"巴山",位于重庆市北碚区嘉陵江温塘峡畔。夜雨:缙云山气候温和,森林茂密,雨量充沛。秋池:秋天的池塘,或者积水成塘的地方。

何当共剪西窗烛①,却话巴山夜雨时。

选自《李商隐诗歌集解》,刘学锴、余恕诚,中华书局1988年版,分别见于第1256、1230页

① 何当:什么时候;共:共同,一起;剪西窗烛:剪烛,剪去燃焦的烛芯,使灯光明亮起来。此处指秉烛长谈。

丁 谓

丁谓(966—1037),字谓之、公言。

游温泉寺[①]

胜景游未久,烟岚迥出群。
水温何用火,山冷自多云。
客到留新句,人闲咏旧文。
徘徊吟哦处,松子落纷纷。

选自《重庆市北碚区志》,重庆市北碚区地方志编纂委员会,科学技术文献出版社重庆分社1989年版,第588页

[①] 温泉寺:温泉寺古为缙云寺下院,创建于南朝刘宋景平元年(423),寺内香火兴旺。后经北周武帝和唐武宗两度灭佛,毁坏严重。北宋景德四年(1007),温泉寺受朝廷封赐为崇胜禅院。明清时期,庙宇得到重新修建。该寺现位于重庆市北碚区北温泉公园内。

彭应求

彭应求,生卒年不详,世称"彭推官"。

宿渝州温泉佛寺[①]

公程无暇日,乍得宿清幽。
故觉空门客[②],不生浮世愁[③]。
温泉喧古洞[④],寒磬度危楼[⑤]。
彻晓都忘寐,浑疑在沃州[⑥]。

选自《蜀中广记》,(明)曹学佺,四库全书本

[①] 温泉佛寺:即北温泉公园温泉寺。
[②] 空门:佛教宣扬"诸法皆空",以悟"空"进入涅槃之门,故称佛教为空门。
[③] 浮世:浮生,谓世事无定,生命短促。
[④] 古洞:指温泉寺前乳花洞,洞深半里许,为砂岩裂穴式洞穴。
[⑤] 寒磬:带着寒意的磬声。磬:一种石制打击乐器,寺庙中常用。
[⑥] 沃州:在浙江省新昌县东,上有放鹤峰、养马坡,相传为晋支遁放鹤养马处。

周敦颐

周敦颐(1017—1073),字茂叔,世称濂溪先生。有《周子全书》等。

游大林寺①

三月山房暖,林花互照明。
路盘层顶上,人在半空行。
水色云含白,禽声谷应清。
天风拂襟袂②,缥缈觉身轻。

选自《乾隆巴县志》,王尔鉴,嘉庆重刻本

---

① 大林寺:据记载,在大林山半山腰,左老林寺、右崇风寺、前石华寺。在县城西北一百七十里。原属祥里六甲,后划归璧山。按所述位置,应为缙云山杉木园,后名大隐寺。
② 襟袂:指衣服。襟:古指衣的交领。袂:指衣袖。

冯时行

冯时行(1100—1163),字当可,号缙云。有《缙云先生文集》等。

假守蓬州,视事二十日,以台章罢黜,行至温汤,作此以寄同僚二十韵[①]

联事春将半,去官春未归。
儒冠真蹭蹬[②],祖席有光辉[③]。
罢遣亲刀笔,勾牵坐钓矶。
同僚多俊彦,投老失亲依[④]。
坐席丘无煖,扁舟蠡亦肥[⑤]。
泉声清梦寐,山色净裳衣。
竹杖随时拄,山杯信手挥。
荷天将土苴[⑥],为我易烟霏。

[①] 此诗系作者于绍兴二十八年(1158)春,被起用知蓬州(今蓬安)二十日,复被尚书王钰罢去,途经温泉寺所作。
[②] 蹭蹬:失势难进之貌。
[③] 祖席:饯行的筵席。古代称路神为"祖",出行前须祭拜路神,故引申出饯行之义。
[④] 俊彦:才智过人之士。投老:到老,垂老。
[⑤] 蠡:指范蠡,春秋战国的政治家,初为越大夫,越为吴所败时,入吴为人质数年,回越后助越王勾践刻苦图强,灭亡吴国。
[⑥] 土苴:犹土渣。比喻极轻贱的事物。

州县徒劳耳,箪瓢殆庶几①。

不糜公廪粟②,元长故山薇③。

白发心犹壮,丹途计益非。

人生今疹瘁④,世路只歔欷⑤。

苦潦人将溺⑥,思援手病痱⑦。

道孤谁叹息,迹蹇共嘲叽⑧。

去矣犹回首,忧之欲奋飞。

古今难骨鲠⑨,风俗易脂韦⑩。

深峡真浮海⑪,温泉当浴沂⑫。

空山猿择木,丰草马辞靰⑬。

已遂孤云远,犹通一径微。

年年如问信,深觅薜萝扉⑭。

---

① 箪瓢:指贤者,用孔子"一箪食,一瓢饮"之典故。庶几:代词,指贤者。
② 糜:本义为粥,此处借名词为动词,有吃之义。公廪(lǐn):官府的粮仓,此处指官俸。
③ 故山薇:用伯夷、叔齐首阳山采薇而食的典故,指隐居生活。
④ 疹瘁:困苦。
⑤ 世路:人生譬如行路,因谓处事的经历为世路。歔欷:叹气、抽噎声。
⑥ 人将溺:人即将溺死。此处似借用了《孟子》"人溺己溺"的典故。
⑦ 痱(féi):指偏瘫症。
⑧ 蹇(jiǎn):行动迟缓,困苦,不顺利。
⑨ 骨鲠(gěng):喻刚直。
⑩ 脂韦:油脂和软皮。指风俗变异,人心不古。
⑪ 浮海:用孔子语,"道不行,乘槎浮于海",指隐居生活。
⑫ 浴沂:典出《论语》,指知时处世,逍遥游乐。
⑬ 靰(jī):马缰绳。
⑭ 薜萝:薜,薜荔;萝,女萝。俱是香草名。《楚辞·九歌·山鬼》:"若有人兮山之阿,被薜荔兮带女萝。"说山鬼以薜荔为衣,以女萝为带。后用以称隐士的服装或住处。此言自己又将归隐。

春日题相思寺[①]

系艇依寒渚,扶筇上晚林[②]。
山山春已立,树树雨元深。
扫叶移床坐,穿云买酒斟。
相思思底事,老大更无心。

缙云寺

借问禅林景若何[③],半天楼殿冠嵯峨。
莫言暑气此中少,自是清风高处多。
岌岌九峰晴有雾,浟浟一水远无波[④]。
我来游览便归去,不必吟成证道歌[⑤]。

---

① 相思寺:即缙云寺。
② 筇(qióng):竹名,可以为杖。
③ 禅林:即丛林,佛教名词。指僧众聚居的寺院。
④ 浟浟(mí):水盛之貌。
⑤ 证道歌:佛门术语。证道即悟道,指将自已觉悟到的,用自己的见解作成诗歌。

题毛祖房屋壁[1]

卜筑[2]缙云山下村,缙云山色青满门。
承当春色花成段[3],领略朋簪酒满樽[4]。
尽去机关驯虎豹[5],略推恺悌赦鸡豚[6]。
要知余庆须弥远[7],堂上森然见子孙。

选自《缙云文集》,冯时行,四库全书本,其中前三首见于卷二,末一首见于卷三

---

[1] 此诗系作者在绍兴年间,被贬谪回乡后,在缙云山麓办学时所题。毛祖房应是冯时行曾游览或投宿的友邻家,其后,冯时行在此卜居,办学,地点在今北碚区状元碑栀子湾一带。
[2] 卜筑:即卜居,建立住所。古时建房一般须提前占卜位置风水等,故曰卜居。
[3] 花成段:指花团锦簇,如锦缎。
[4] 朋簪:指朋友。
[5] 尽去机关驯虎豹:意指不用机关而虎豹自然被其驯服,此处有道家"海鸥不疑"含义,指人与自然和谐相处。
[6] 恺悌:和乐简易。豚:小猪。
[7] 余庆:犹余福。谓泽及后人。

刘成德

刘成德,生卒年不详,山西蒲州人。

温塘峡①

我爱温塘峡,峡水亦何深,
上有温泉水,下有青竹林。
竹可以为杖,泉洁空人心,
气高无凛秋,熙然常若春②。
我来思澡濯,庶无异患侵③。
采彼坚中笴④,恃杖扶吾身,
奈何薄奔驶⑤,望崖不可寻。

选自《重庆市北碚区志》,重庆市北碚区地方志编纂委员会,科学技术文献出版社重庆分社1989年版,第589页

---

① 温塘峡:又名温汤峡,温泉峡。
② 熙然:光明。
③ 庶无:希望没有,但愿没有。
④ 笴(gǎn):竹竿。
⑤ 薄:即"迫",被迫。此处指因必须赶路而无法寻觅山崖。

卢　雍

卢雍(1474—1521),字师邵。有《古园集》。

雨中泊温泉寺下[①]

云山独上会江楼[②],又下巴渝欲送秋。
江上波涛小三峡[③],灯前风雨一孤舟。
温泉见说能除疾,浊酒沽来亦解愁。
野鸟有情俱水宿,夜深清梦绕沧州。

乙卯新正重经温泉[④]

峡里汤池别贮春,四时和气日薰人。
鱼游百沸仍依藻[⑤],火厝重泉不待薪[⑥]。

---

① 此诗作于正德戊寅九月二十五日。
② 会江楼:会江楼,是唐代合州的一大名楼。它原本位于合川城北嘉陵江、涪江交汇处的会江门上,是会江门的城楼。2010年重建,位于重庆市合川区文峰古街。
③ 小三峡:指嘉陵江小三峡。
④ 作者曾两次下榻温泉寺,此诗为第二次下榻时所作,值正德十四年(1519)新正二月。温泉:指温泉寺。
⑤ 依藻:指戏鱼池中的鱼,附着藻类植物畅游。
⑥ 火厝:置火上;重泉:地壳深处的泉水;薪:柴火。此句把温泉比喻为在地下极深处,不用柴火燃烧的热水。

病骨浴余应勿药,征衣振后已无尘。
再来幸不遭风雨,我与名山有夙因①。

选自《璧山县志》,寇云平,清同治四年刊本

---

① 名山:这里指缙云山。夙因:前世的姻缘。

刘大谟

刘大谟（1475—1543），字远夫，号东阜。

泛江喜雨（二首）

春晚辞重庆，沿江景物嘉。
峰峦堪入画，松竹可移家。
忽落千山雨，遥鸣万井蛙。
村翁忧旱久，却漫话浥车①。

舣棹逢今雨②，开篇抚旧题。
温汤曾洗濯③，江泪昔攀跻。
感慨流光逝，仿佛歧路迷。
春田得饶洽④，聊以慰蒸黎⑤。

---

① 浥车：雨淋湿了车子。
② 舣棹：泊船。舣：使船靠岸。
③ 温汤：指温泉。
④ 饶洽：丰饶的滋润。
⑤ 蒸黎：蒸，通"烝"，众民，百姓。

温泉寺(二首)

绝壁摩青汉,温泉喷碧空。
客来除旧染,人道有神功。
佛国波罗岸①,禅林证悟笼②。
移舟长啸去,雾雨正溟濛。

温泉留胜迹,一线转层空。
净洗尘寰苦,难名佛国功。
江河趋渤海,日月跳樊笼③。
回首十年事,浑如烟雾濛。

选自《北碚诗词》,李萱华,西南师范大学出版社1991年版,第28—29页

① 波罗岸:梵语"波罗密多",意译"到彼岸"之意,亦译为"度",即佛教用为由生死此岸度人到达涅槃(寂死)彼岸的法门之称。
② 证悟笼:意谓陷入了参悟佛理之笼子。证悟:指参悟佛理。
③ 樊笼:关鸟兽的笼子,比喻不自由。

范永銮

范永銮(？—1534)，字汝和，号苏山。有《燕射古礼全书》《天心仁爱录》《名儒警语》《大学衍义》等。

游温泉寺浣汤

一夏炎尘里，今朝濯石泉。
暖蒸云层湿，光动日轮偏。
腾沸凌空界，春容荡俗缘①。
寻源饶逸兴，迎棹渡晴川。

选自《重庆市北碚区志》，重庆市北碚区地方志编纂委员会，科学技术文献出版社重庆分社1989年版，第589页

---

① "腾沸"句:指温泉水沸腾飞洒向高空。春容:叠韵词，乐声悠扬洪亮，此处用以模仿泉水声音激荡。俗缘:道家、佛家谓世俗人事的牵累。

朱孟震

朱孟震,生卒年不详,字秉器。

过温泉寺[1]

山如翔凤瞰江浒[2],灵脉中涵太古春[3]。
永日暂分禅榻舞,千年初浣客衣尘。
清池见说鱼依藻,曲径时闻鸟唤人。
多少疮痍怜未洗[4],可能掬取散天津[5]。

选自《重庆市北碚区志》,重庆市北碚区地方志编纂委员会,科学技术文献出版社重庆分社1989年版,第589页

---

[1] 此诗作于明万历三年(1575)仲春朔,与《督学陈公惠教佳篇并怀清池诸子敬次一首》共刻一石,现嵌于北温泉公园碑亭。
[2] 翔凤:回旋而高飞的凤凰。北温泉后山为凤凰山。江浒:江边。
[3] 太古:上古时代。
[4] 疮痍:创伤。比喻战争之后民生艰难。
[5] 掬:双手捧起。天津:银河的别称。

刘汉儒

刘汉儒（1585—1665），有《误庵诗钞》。

题温泉寺壁①

三月兴师疾如鹔②，好风吹我舟之轴。

江声淅沥晓霞明，江水喷薄浑如辘③。

瞬息万状不可言，高者低者山之腹。

巨如丈人美如姬，瘦者偏嫌肥者肉。

绳绳小径鸟难过，樵子执柯寻猿宿④。

健儿报道昙花开，云间直上有天竺⑤。

摄齐仗剑叩如来⑥，何事苍黎遭荼毒⑦。

试问谁戴进贤冠，一身积怨千家哭⑧。

上帝降罚罚我躬⑨，免死间阎堆死髑⑩。

头陀披衲撒脚迎⑪，差杀宰官著戎服。

---

① 崇祯年间平乱，到北温泉，留下此诗。落款为："甲戌剿流寇至此书。"
② 鹔（sù）：传说中的五方神鸟之一，凤凰的别称。
③ 浑如辘：江水喷薄就像被水车汲起。
④ 执柯：手执斧柄。
⑤ 天竺：古寺名。此处借指缙云山上的缙云寺。
⑥ 摄齐：提起衣服。齐：衣服的下边。
⑦ 苍黎：即百姓，苍、黎皆是百姓的代称。荼毒：荼毒杀戮。
⑧ 进贤冠：古帽子名。积怨：积怨，积弊之意。
⑨ 我躬：我自身。
⑩ 间阎：里巷的门，借指平民。髑（dú）：即骷髅。
⑪ 头陀：佛教名词，意译"抖擞"。一般用以称呼行脚乞食的僧人。

溶溶有水煖如汤,激我热血溅飞瀑。
可能遍洒三巴间①,借与流离洗疮痍。

选自《乾隆巴县志》,王尔鉴,嘉庆重刻本

---

① 三巴:东汉末益州牧刘璋分巴郡为永宁、固陵和巴郡三郡。后又改为巴郡、巴东、巴西三郡、故称三巴。相当于今四川嘉陵江流域和綦江流域以东的大部分地区。

刘道开

刘道开(1601—1681),初名远鹏,字非眼,号了庵。有《楞严说通》《自怡轩诗文集》《痛定录》。

温泉寺

在巴、合之间,三峡之第二也。

两崖环抱法王居①,峡邃林深静有余。
几个长松巢野鹤,一池温水跃神鱼。
僧无白社能供酒,客有青豆好读书②。
蜀道清华真富贵③,鼓声过后不如初。

选自《重庆市北碚区志》,重庆市北碚区地方志编纂委员会,科学技术文献出版社重庆分社1989年版,第589页

---

① 法王:佛教名词,对释迦牟尼的尊称。这里指佛像。
② 白社:即"白莲社",东晋释慧远于庐山东林寺,同慧永、慧持和刘遗民、雷次宗等结社精修念佛三昧,誓愿往生西方净土,又掘池植白莲,称白莲社。青豆:指油灯,其光青莹,故名。
③ 清华:景物清幽美丽。

云 梦

云梦,生卒年不详,温泉寺内法师。

温塘寺①

净业逢仙寺,温泉一窍通。
坤元蒸石脉②,宝地散天工。
未涤传三昧,寻源蕴五空③。
白莲真自愧,犹爱竹林风。

选自《璧山县志》,寇云平,清同治四年刊本

---

① 温塘寺:即今温泉寺。
② 坤元:与"乾元"对,称指地之德。
③ 五空:佛教以悟空为进入涅槃之门,故曰空门。有五法。

何仕昌

何仕昌,生卒年不详,字天一。

冬日游缙云山[1]

晨起步山腰,冷冷飞玉屑[2]。
相将遣愁怀,非欲探奇绝。
倚树听松涛[3],划苔观石碣[4]。
偶逢鹤发翁[5],留醉藤萝月。

缙云九峰[6]

狮子摩霄汉,香炉篆大空[7]。
朝阳迎旭日,猿啸乱松风。

---

[1] 缙云山:古名"巴山",位于重庆市北碚区嘉陵江温塘峡畔。
[2] 玉屑:形容泉水喷溅的样子,如同玉屑纷飞。
[3] 松涛:风吹松林,声如波涛。"缙云听松涛"为缙云风光之一绝,古已驰名。
[4] 石碣:石碑。
[5] 鹤发:白发。
[6] 缙云九峰:缙云山有九峰。《元一统志》:"山有九峰,其中二峰最秀,一名香炉,一名狮子。"《巴县志》:"此山有九峰,宝塔峰最著,亦阿育王塔八万四千之一也。迦叶尊者于九峰上示一十三足,又饬裂娑印文于狮子峰。按九峰者,朝日、香炉、玉尖、宝塔、狮子、猿啸、聚云、石照、莲花也。"此诗中九名皆见。
[7] 篆:形容焚香时的烟缕,如同篆文。

石照三千界①，莲花七窍通。
玉尖如宝塔，更有聚云峰。

权　石②

沿江磊磊皆顽石，惟尔如权独擅名。
贵贱任从时辈论，锱铢孰与世人争③。
银钩每借新秋月④，字水长拖碧玉衡⑤。
称尽古今多少物，自家轻重许谁称。

登白云山访僧不遇(二首)⑥

九峰山下白云绕⑦，紫翠崖前枫树杳，

---

① 三千界：即三千大千世界，佛教名词，简称"大千世界"。原是古印度传说以须弥山为中心的一个广大范围的世界的名称。佛教原用其说，以三千大千世界为禅迦牟尼所教化的范围。
② 权石：北碚嘉陵江观音峡出峡口有巨石穿孔如权，故名。俗称秤砣石。乾隆《巴县志》：权石，过文笔石五里许，将出峡，有巨石穿孔如权，土人名之曰秤锤石。"
③ 锱铢：古时很小的重量单位，比喻极微小的数量。
④ 银钩：想象语，指秤钩。
⑤ 字水：巴字水。《太平御览·巴字水》："三巴记曰，阆、白二水合流，自汉中至始宁城，下入武陵，曲折三曲，有如巴字，亦曰巴江。经峻峡中，谓之巴峡，即此水也。"这里泛指嘉陵江。碧玉衡：形容江流形如秤杆。
⑥ 白云山：在缙云山南麓，山上有白云寺。
⑦ 九峰山：指缙云山。

茶灶烟消僧未还,欲题凤字无人晓①。

下松山去步迟迟,鹦鹉枝头逢旧知,
拂净石台同客坐,剪将桐叶寄相思。

选自《重庆题咏录》,彭伯通,重庆出版社1985年版,第121—123页

---

① "欲题"句见南朝宋刘义庆《世说新语》:"嵇康与吕安善,每一相思,千里命驾。安后来,值康不在。喜出户延之,不入。题门上作'凤'字而去。喜不觉,犹以为欣,故作'凤'字,凡鸟也。"后因以"题凤"为访友的典故。

李以宁

李以宁,字朗仙,号雪樵。有《绥山草堂集》等。

游温泉寺浴罢读残碑,有"江上云山小三峡,灯前风雨一孤舟"之句,感而赋之

江水经合阳,巀嶙郁然萃①,
峡程三十里,瞿塘不少异。
蒙密只窥天,崭削若无地,
就中有佳境,横云扑空翠。
舣舟林薮间,攀萝陟萧寺②,
丹青半欹倾③,堂庑尚幽邃④。
流泉阴火烹,春寒气更炽,
解带坐清池,竟日洗尘累。
摩挲寺门碑,剥落莓苔字⑤,
佳句一以吟,低徊动声嗜⑥。
缅怀昔人游,风雨饶兴寄,

---

① 合阳:合州城古为合阳,今合川区仍有合阳街道。巀(yǐn)嶙:高耸突兀的山峰。
② 舣舟:泊船。萧寺:佛寺,此处指温泉寺。
③ 欹倾:倾倒,歪斜。
④ 堂庑(wǔ):堂及四周的廊屋。亦泛指屋宇。
⑤ 摩挲:抚弄。剥落:石碑字迹模糊零落。莓苔:青苔。
⑥ 声嗜:对声音的喜爱,形容对佳句的喜爱。

讵知后来者，隔代遥相企①。
我将鼓烟棹，东下增离思，
泼墨拂紫苔②，聊为斯游记。

选自《重庆题咏录》，彭伯通，重庆出版社1985年版，第133页

① 相企：相互遥望。企：踮起脚，引申为企望。
② 紫苔：道家称为神仙所居。

寂 崇

僧寂崇,字南范,清初人。

浪淘沙·禅崖八景

禅崖叠翠[1]

碧嶂绕崆峒[2],翠窦玲珑。飞来峰涌梵王宫。花雨云翻连远岫,宛入乔嵩。

万叠蔚菁丛,松竹阴浓。夜尽微风送晓钟。唤醒烟尘无限梦[3],万虑皆空。

天台晓日[4]

山势碧峻嶒[5],石磴云腾。晓来红日自东升。赤霄掩映疏林翠,露滴青藤。

曙色郁风生,万壑云平。林峦处处沐新晴。小涧石桥通梵刹,不让霞城[6]。

---

[1] 禅崖:在温塘峡口左岸山谷间,上依西山坪,下临大沱口,风景秀丽。禅崖寺创建于明成化年间。
[2] 崆峒:山名,在甘肃六盘山,此处借指山高。
[3] 烟尘:此处代指尘世。
[4] 天台:指天台山,在观音峡东岸,山有天台寺,与禅崖寺隔山相望。
[5] 峻嶒:高峻空兀貌。
[6] 霞城:指碧霞城,是神话中的仙境。

仙洞贻云①

石洞自天开,莫浪疑猜②。绣壁藓花衬绿苔,朵朵苍云生洞口,疑是龙回。

行雨去徘徊,冉冉成堆。翩翩仙客御风来。闻道月明吹铁笛,落尽寒梅③。

涪江秋月④

霜落涪江秋,水净云收。碧天银汉逐波浮。一轮明月随山转,彻底清悠。

照尽古今愁,不管东流。滔滔逝水去何休。月落潭空无限意,悉付沧洲。

白沙落雁⑤

渠水浪生花⑥,渺漠无涯。霏霏玉雪酿成沙。何处飞来群雁宿,平布烟霞。

冷露湿芦花,风响蒹葭⑦。惊起征鸿阵阵斜。一天秋色横分破,又过渔家。

---

① 仙洞:在岩壁上有一个能容几十人的岩洞,人称"金刚洞",传说是禅崖寺和尚保存珍贵物品的地方。洞侧一石,形状似蟒,又名大蟒洞。
② 浪疑猜:胡乱猜疑。浪:胡乱的。
③ 落尽寒梅:笛谱中有名曲《梅花落》。此指听到了《梅花落》的笛声。
④ 涪江:嘉陵江的右岸最大支流,发源于四川省松潘县与平武县之间的岷山主峰雪宝顶。
⑤ 白沙:即白沙沱。在禅崖右后侧,温塘峡入峡口。
⑥ 渠水:嘉陵江。
⑦ 蒹葭:芦苇。

东阳晚渡①

日落半山红,水阔瀜瀜②。平沙偶聚闹西东。野渡横舟争棹急,何日从容。

霞彩乱山中,归雁横空。徘徊携手怨长风。离绪一腔不归去,方泣途穷。

峡水拖蓝

峡水绿阴凉,浩淼苍茫。晴峰落照碧流长,解断山根通一线,直接瞿塘。

风外水汤汤,蓝映成行。波摇翠影柳丝飏③。流水巴江载秋色,绝胜沧浪④。

西山夕照⑤

夕照落山前,流水潺湲。猎人林外慢摇鞭。影乱斜阳风散彩,珠灿林峦。

深树起炊烟,飞鸟翩翩。赤霞平布满山川。霜枫树底归歌牧,尚拟桃源。

选自《乾隆巴县志》,王尔鉴,嘉庆重刻本

---

① 东阳:指东阳镇到北碚之渡口。当时北碚名白碚镇,是巴县五镇之一。
② 瀜(róng):水深广貌。
③ 飏(yáng):飘扬貌。
④ 沧浪:水名,湖北汉水支流,此言嘉陵江秋天江水碧绿,远胜湖北的沧浪江。
⑤ 西山:禅崖后山顶西山坪,为一浅丘山顶小平原,与缙云山隔江相望。上有天子庙,相传明建文帝曾下榻于此。

鲜与尚

鲜与尚,生卒年不详,字逊庵,号卧村。

禅崖二首

水阔天空红树秋,怀人江上思悠悠。
绿云不碍花间露,新月犹悬竹外楼。
清夜风声劳短梦,黄昏砧杵动新愁[1]。
闲来漫叶江湖咏[2],碎蹋寒沙一径鸥。

每道禅崖远市尘,翠微深锁白云频。
泉通竹坞开三径,水绕松扉绝四邻。
老树常栖听讲鹤,危台时有看花人。
到来心地清如许,却被耽吟老此身。

庚子避暑温泉[3]

翠微深锁梵王宫[4],野岸纡回一径通。

---

[1] 砧杵:捣衣具。砧:垫石;杵:槌杵。
[2] 漫叶:散漫的唱和创作。叶,即"协",指和诗。
[3] 庚子:清康熙五十九年,即公元1720年。
[4] 翠微:青翠的山气。

溪坞日中眠虎豹,江潭夜静泣蛟龙。

云生石壁凝山雨,泉落松门咽峡风。

选胜有人携蜡屐①,十旬此地滞孤踪。

选自《重庆题咏录》,彭伯通,重庆出版社1985年版,第266—267页

---

① 选胜:选取胜地。蜡屐:涂蜡的木屐。

周 骧

周骧,生卒年不详,字大生,康熙朝岁贡生。

温泉寺泉水

舟舣温泉水,相携入化城[①]。
早寒和不改,秋响夜光清。
中有纤鳞出[②],旁多香草生。
亦随人试浴,峡口月初明。

选自《重庆市北碚区志》,重庆市北碚区地方志编纂委员会,科学技术文献出版社重庆分社1989年版,第590页

[①] 化城:一时幻化的城郭。佛教用以比喻小乘境界。
[②] 纤鳞:小鱼。此处"鳞"指代鱼。

朱世恩

朱世恩,生卒年不详,字石亭。

温泉寺纪游

停桡登古刹,直上翠微顶。
此中有温泉,曲磴双池并。
梵宇迥且深,烟云绕层阴。
石碣藓苔封,断文杳难寻①。
泉声响碧落,清流闻素琴。
游人竞沐浴,咸日去疮疢②。
我疑修炼者,丹灶火未泯。
仙源不可攀,碌碌尘世间。
一时万虑绝,顿忘孤舟还。

选自《重庆市北碚区志》,重庆市北碚区地方志编纂委员会,科学技术文献出版社重庆分社1989年版,第589页

---

① 断文:指石碑上破损的文字。
② 疮疢:指皮肤病。疢(chèn):热病,泛指疾病。

龙为霖

龙为霖(1689—1756),字雨苍,号鹤坪,有《荫松堂诗集》《橐驼集》《读诗管见》《本韵》等。

相思寺怀古

古寺号相思,厥名①迥不常,
原未可思议,何用九回肠②。
若问思者谁,言之笑若狂,
载考古遗迹,乃在缙云旁。
轩辕驻鼎处③,乔木森千章,
中有相思树④,挺干拂云长。
因以名其寺,历久犹芬芳,
那期膏自煎⑤,斧斤遭毁伤。
秃如僧薙发,安问红粉妆,
吁嗟古名胜,大半多杳茫。
空名聊复佳,风流千载扬,
感此发长吟,兰若烂生光⑥。
多情更相思,引领还西望⑦。

---
① 厥名:其名,它的名字。
② 九回肠:形容情绪激动。
③ 轩辕驻鼎:相传轩辕曾在缙云山以鼎合药。
④ 相思树:即红豆树。结籽成淡红色,仿似蚕豆,古人常用以象征爱情或相思。
⑤ 膏自煎:照明的油火自己燃烧着。
⑥ 兰若:寺庙。
⑦ 引领:伸长脖子,形容殷切的盼望。

游温泉绍隆缙云石华诸山寺五首[1]

寻胜来中峡,江流碧线牵。
双岩天作合,一火地中燃。
寺古云常覆,山幽鸟不喧。
无烦试洗濯,早觉净尘缘[2]。

同伴饶高致,乘闲恣壮游。
更穷山后脊,直踞石边虬。
列岫围孤寺[3],层梯锁细流。
绍隆松韵古,伫盼豁心眸。

夙爱缙云胜,探奇苦未闲。
摩天峰突兀,倒汉水潺湲。
老衲云间卧,游人鸟外攀。
千村双足底,回首隔仙凡。

---

[1] 绍隆:即绍隆寺,后更名为"绍龙观"。位于缙云山东麓北温泉后山幽谷之中,初建于明宪宗朱见深成化二十一年(1485),清雍正、道光年间两度重修,与缙云寺、温泉寺、石华寺、复兴寺、大隐寺等并称"缙云山八大寺庙"。石华:指石华寺。在缙云山西去五里,以石笋得名,创建时间不详,明成化年间重建。寺后有石笋,拔地而起,高数百尺,大数十围,光滑无可攀。传说笋尖有一颗宝珠,乃迦叶古佛在此布道时留下的镇山之宝。
[2] 尘缘:佛教名词。佛教中把色、声、香、味、触、法称作"六尘"。以心攀缘六尘,遂被六尘牵累,故名。
[3] 列岫:排列着的峰峦。

微日寒杉隐,轻烟野卉浮。
无风香自远,不夜景常幽。
迦叶名空在①,轩辕迹那求。
惟余留带处,仿佛想风流。

石华传古刹,造化敞奇踪。
宛若垂双臂,天然枕一峰。
兼之江作带,况乃树犹龙。
安得高僧榻,同听夜半钟。

双状元碑②

有宋多才子,比肩两鼎元③,
江山不曾改,红杏尚依垣。

选自《重庆题咏录》,彭伯通,重庆出版社1985年版,分别见于第171、178、184页

---

① 迦叶:梵语"摩诃迦叶"之略,"摩诃"是大的意思。迦叶波是他的姓。他在佛弟子中年高德重,中国传说他是传承佛法的第一代祖师。传说缙云山即是他的道场,故明万历年间被敕赐为"迦叶道场",至今古牌坊还立于缙云寺前。
② 状元碑:在缙云山下,传为宋状元冯时行故里,明万历十八年(1590)树碑曰"状元乡"。
③ 鼎元:状元别称之一,因居鼎甲之首而得名。两鼎元指冯时行和蒲国宝。

王尔鉴

王尔鉴(1703—1766),字熊峰。有《友于堂四书文稿》《东诗草》《巴蜀诗草》《棣萼吟》等。

观音峡①

一叶舟入观音峡,咄嗟幽森惊怪石②,蜀中水石佳且多,未见如斯垛叠纠错之奇格③。有时欹斜有时立,势如张弩又列戟,我每触之神魂虩④。厚者薄者相矹碑,辟之阖之阖复辟⑤,大力者谁用手摭⑥,左旋右纽纷如划,忽见洞府开,幽深疑之坤轴坼⑦,水云石影吞吐之,出没变化蛟龙宅。旋见瀑布垂,云窦喷出石津液⑧,穿林挂磴声珊珊⑨,溅雪飞,珠光白。白云根殷雷⑩,几千寻峰尖插天不盈尺。峡中九秋气未

---

① 观音峡:又名文笔峡,是嘉陵江小三峡的最后一峡,位于重庆市北碚区,因峡口有文笔石得名。观音峡之名,源于观音阁。观音峡从毛背沱到巴豆林,峡窄水深,蜿蜒曲折,巨石林立,富水成岩,是嘉陵江三峡中最险峻之峡。
② 咄嗟:感叹,惊叹。
③ 垛叠纠错:形容水中石头堆叠交缠错杂的样子。
④ 虩(xì):恐惧的样子。
⑤ 矹(wù)碑:同碑矹,岩石突出貌。阖复辟:时而关闭时而开阔。
⑥ 摭(zhí):拾取,摘取。
⑦ 洞府:指三分水洞,在观音峡内。坤轴坼(chè):大地崩塌。坤轴:即地轴。古人认为大地围绕轴杆而转。坼:崩塌。
⑧ 窦:孔洞。津液:水液,此处指瀑布。
⑨ 挂磴:悬挂的石阶。声珊珊:形容声音美妙。
⑩ 根殷雷:植根于轰鸣的雷声之中。殷雷:形容雷声,见于《诗经·殷其雷》。

寒,两壁青苍循石脉。目不暇给舟已过,回首峡封江天碧。

巴渝十二景·缙岭云霞①

蜀山九十九,萃此九峰青。
霞幂悬丹嶂②,云开列翠屏。
光华歌复旦③,肤寸遍沧溟④。
更孕巴渝脉,人文毓秀灵。

宿天台寺

平生梦想到天台,曲径幽通净域开。

---

① 作者《小记》云:"缙云山在正里九甲,缙云即山也。云来山掩,云去山现……苍松古柏与丹崖翠壁相郁蒸,望之若云霞,每晨朝岚漠漠然矗霄而上。恍忽变迁,不可方物。观层峦叠嶂之耸峙,为兆缙绅先生酝酿光华之奇,即谓是山为缙云灵瑞也可。"缙岭云霞后成为巴渝十二景之一。渝城八景明英宗天顺二年(1458)前就已存史,后来的古巴渝十二景系王尔鉴主持评选,分别是:金碧流香、黄葛晚渡、桶井峡猿、歌乐灵音、云篆风清、洪崖滴翠、海棠烟雨、字水宵灯、华蓥雪霁、缙岭云霞、龙门皓月、佛图夜雨。
② 霞幂:浓厚的云霞。
③ 光华歌复旦:歌咏日益美好,光华灿烂的明天。出《尚书大传》之《卿云歌》:"日月光华,旦复旦兮。"
④ 肤寸,亦作"扶寸"。古代长度单位,一指为寸,一肤等于四寸,比喻极小的空间。沧溟:一般指大海弥漫,这里是借海比大。

借问苾䓖寻药去①,可曾神女踏云来②。
帘垂瀑布色如练,屋起松风涛泛雷。
即此栖真远尘市,漫劳鸣珮动人猜③。

浴温泉寺温泉

石窦灵湫泻缙云④,聿占山火气氤氲⑤。
松风度峡泉飞韵,鱼藻含春水织文。
可能去疾分茅屋,聊用清尘坐夕曛⑥。
浴罢僧房茶已熟,池边猿鸟自为群。

望缙云山

江上青峰耸缙云,云来舒卷自缤纷,
有时酿作光华日,九十九峰都不群。

---

① 苾䓖:梵语,比丘的异译。也作"苾刍"。佛教僧人的总称,意谓佛的弟子。
② 神女:相传东汉刘晨阮肇入天台山采药迷路,被二仙女邀至家中,半年后归家,子孙已过七代。重入天台,则踪迹渺然。此由天台寺联想到天台山,再联想到仙女。
③ 鸣珮:鸣响的环佩之声,指神女配饰。
④ 灵湫(qiū):深渊。古时以大池中多灵物,故称。
⑤ 聿占:占卜。
⑥ 夕曛:晚霞。

北碚江干坐月[①]

缙云山下走江声,山市参差江岸横,
坐看波翻秋月上,水光月色羡双清。

选自《重庆题咏录》,彭伯通,重庆出版社1985年版,分别见于第205、217、221—224页

[①] 江干坐月:坐在嘉陵江岸赏月。江干:江岸。

周绍缙

周绍缙,生卒年不详,字坊庭。

缙岭云霞①

仰观缙岭霞,上带赤云影。
何时脱尘缘,静入烟霞境。

选自《乾隆巴县志》,王尔鉴,嘉庆重刻本

---

① 缙岭云霞:清代王尔鉴选定巴渝十二景,缙岭云霞名列其中。

姜会照

姜会照,字苍麓,号南园。有《锦字心织》《南园文集》《南园诗集》等。

巴渝十二景·缙岭云霞

云来山掩云如失,云去山空影似留。
秀岭不曾分色相①,赤城黄海望中收②。

选自《重庆题咏录》,彭伯通,重庆出版社1985年版,第234页

---

① 色相:颜色与形貌。
② 赤城:将晚霞照耀的红色城池比为赤城。黄海:此处借黄海比喻缙云山之云海有如黄海波涛。全句是说登上山顶瞭望,缙云山的秀色和云海都可一览无余。

张九镒

张九镒,生卒年不详,字橘州,号权万,湖南湘潭人,乾隆中官少詹亨,迁川东道。

渝州十二景·缙岭云霞

山气化作云,山与云一耳,
云去山色青,云来山色紫。
向夕映飞霞,散为澄江绮①,
纪胜付风人②,得其趣而止。

选自《重庆题咏录》,彭伯通,重庆出版社1985年版,第263页

---

① 澄江绮:此处指清澈的江水。化用南朝宋谢灵运"余霞散成绮,澄江静如练"。
② 风人:诗人。

王采珍

王采珍(？—1777)，字昆岩，有《重修忠义祠记》等。

渝州晓发回合阳舟中作①

晓雾连天碧，扁舟带月行。
波回巴字水②，帆指钓鱼城③。
飞瀑蓬窗落，辰星树杪明。
渐听沙市里④，人语乱鸡鸣。

夜过温汤峡听瀑布

泉飞一尺瀑，月载一舟行。
岂有蛟龙窟，而来风雨声。

---

① 渝州：重庆的别称。重庆古称江州，后又称巴郡、楚州、渝州、恭州。公元581年隋文帝改楚州为渝州，重庆始简称"渝"。公元1189年，宋光宗先封恭王，后即帝位，自诩"双重喜庆"，升恭州为重庆府，重庆由此得名。合阳：今日之合川。
② 巴字水：古在绵州，原涪江东岸沈家坝及东河（涪江绵阳城东一段）河床一带。
③ 钓鱼城：在合州城下东北十余里，渠江在其东，嘉陵江经其北，涪江流其南，四周峭壁，地势险要。南宋名将余玠、王坚、张钰，据此抗元达三十六年，殁蒙军元帅汪德臣和元宪宗蒙哥，由此成为驰名中外的古战场。
④ 沙市：沙洲中的城市。

泠泠醒客耳,脉脉动吟情。

缅想濂溪子①,新诗许载赓②。

选自《重庆题咏录》,彭伯通,重庆出版社1985年版,第276页

① 濂溪子:周敦颐。作者原注:"周公签判合州,过渝有温泉寺诗。"此处有误,诗为彭应求之作,周敦颐只为彭氏作了《彭推官渝州温泉寺诗序》。
② 载赓:继续唱和。

周开丰

周开丰,字骏声,号梅崖。有《四川通志》《锦里新编》《巴县志》。

巴渝十二景·缙岭云霞

谁分灵鹫秀①,于此作云山②。
山到九峰静,云流一派闲。
赤城词赋里,黄海画图间。
早岁为霖望,无心笑掩关。

古迹十二首·双状元碑

巴国当南宋③,冯蒲两状元④,
遗徽存石碣⑤,可复继高骞⑥。

---

① 灵鹫:指鹫峰山。在福建省北部,由流纹岩及花岗石构成,风景秀丽,为闽北名山。
② 云山:这里指缙云山。
③ 巴国:古川东、鄂西一带,相传周以前为巴国,国都在今重庆。
④ 冯蒲:指冯时行和蒲国宝。冯时行系北宋宣和状元,蒲国宝系南宋开禧状元。
⑤ 遗徽:此处指冯、蒲二公留下美好德声。
⑥ 高骞:高举。

洗墨池[1]

江风何烨烨[2],兹池不可测,
宛如叔度来[3],非徒为洗墨。

选自《重庆题咏录》,彭伯通,重庆出版社1985年版,分别见于第240、244、246页

---

[1] 洗墨池:在重庆市北碚区歇马街道虎头山天台寺。寺侧一水池,呈黑色,传为探花甘颐的洗墨池。
[2] 烨烨:光闪烁貌。
[3] 叔度:黄宪字叔度,东汉著名的品德高尚之士。

张问陶

张问陶(1764—1814),字仲冶,号船山。有《船山诗草》等。

莎 矶[①]

危矶高并影岩峣[②],春暖涪江绿未消。
入峡似逢双滟滪[③],隔波如望小松寥[④]。
身浮水驿天真险,心急家山路转遥[⑤]。
何处荒村村酒熟,乱泉声里暂停桡[⑥]。

重 庆

腊鼓冬冬岁又残[⑦],巴渝东望尽波澜。

---

① 莎矶:作者自注"在合州小三峡江中"。即今牛鼻峡。是嘉陵江小三峡之一,又称沥鼻峡、铜口峡,主要位置在合川区盐井镇。
② 岩峣:山高峻貌。
③ 滟滪:长江瞿塘峡峡口江心突起的巨石,名滟滪堆。当地人叫燕窝石,冬出水二十余丈,夏天没入水中。自古有:"滟滪大如马,瞿塘不可下,滟滪大如象,瞿塘不可上。"
④ 松寥:即松寥山。京口附近的一座名山,李白曾有诗题咏。此处以松寥山作比。
⑤ 家山:指故乡。
⑥ 停桡:泊船。桡:船桨,此处代指船。
⑦ 腊鼓:古俗腊日或腊前一日击鼓,以为可以驱疫,因称"腊鼓"。谚语:"腊鼓鸣,春草生。"

风林坐爱相思寺,云水遥怜不语滩①。
一字帆樯排岸直,满城灯火映江寒。
西行便是还乡路,惭愧轻弹贡禹冠②。

选自《船山诗草全注》,成镜深,巴蜀书社2010年版,分别见于第113、583页

---

① 不语滩:在长寿附近长江中。《蜀中广记》中记载"不语滩在县东一里,相传客航过此,皆相戒不言,言则滩加汹涌"。
② 贡禹冠:《汉书》"吉与贡禹为友,世称王阳在位,贡公弹冠"。王吉,字子阳,故称王阳。意王吉做官,贡禹也准备出仕,后将"弹冠"比喻为将入仕而先整其衣冠。

张人龙

张人龙,生卒年不详,字若泉,号云轩。

夜赴澄江口道中作①

喧闻伏莽②又江边,小队出门初漏③传。
马足迷离烟绊径,剑光滉漾④月横天。
百端心绪嫌销骨,一战勋名要着鞭。
笑指流萤光上下,便看没灭晚风前⑤。

游温汤寺

鼙鼓曾经动地来⑥,江干筑垒效登台。
忽从宝寺明新眼,怎敢临风忘旧怀。
声绕闲阶泉水活,光盈古像佛昙开。

---

① 澄江口:古为璧山依来镇,地处牛鼻峡与温汤峡之间的嘉陵江岸,是古璧山的重要港口,今为北碚区澄江镇。清嘉庆三年(1798),白莲教义军首领冉添元率部沿嘉陵江南下,作者出师澄江口阻击,途中作此诗。
② 伏莽:谓潜伏兵戎于草莽之中,后称潜伏的盗匪为"伏莽"。
③ 初漏:即夜中初刻,应指子时。
④ 滉漾:犹指汪洋。水广大无涯际貌,此处形容剑光。
⑤ 流萤:指萤火虫团,此处指其命不长的敌人。没灭:此处兼喻流萤与流寇。
⑥ "鼙鼓"句:指以前这儿曾发生过大型的战争。鼙鼓:战鼓。

弥陀若管人间事,共指香炉问劫灰①。

选自《璧山县志》,寇云平,清同治四年刊本

① 香炉:指寺中的香炉。劫灰:兼喻香灰与佛教所谓"劫灰之余灰",后指被兵火毁坏的残迹。

王梦庚

王梦庚,生卒年不详,字槐庭,号西疃,有《冰壶山馆诗钞》等。

缙岭云霞

缙云山九峰争秀,色赤如霞。缙,赤色也。

拔地横九峰,石惟一卷耳。
天绘护云霞,晴光炫红紫。
朝晖状万千,暮彩散徐绮。
赤城起建标,应与叹观止。

选自《稀见重庆地方文献汇点(下)》,蓝勇,重庆大学出版社2014年版,第940页

孙　宏

孙宏,约生活于道光(1821—1850)年间,字卫郊,号南楼,有《南楼诗存》等。

温汤峡寺

花窟云峰历乱堆,禅扉近接翠屏开。
千林叶扫江风起,万壑松号山雨来。
造化炉中多冷暖,乾坤境里绝尘埃[①]。
寻源我却忘归路,认得琳宫列上台[②]。

选自《重庆题咏录》,彭伯通,重庆出版社1985年版,第137页

[①] 造化:指自然的创造化育。乾坤:《周易》中两个卦名,指阴阳,此处指天地。
[②] 琳宫:谓神仙所居之处,亦指道院之美称。上台:星官名。三台之一,《晋书·天文志上》:"三台六星,两两而居……西近文昌二星曰上台,为司命,主寿。"

郭正笏

郭正笏,生卒年不详,字揩轩。

澄江纪胜①

澄江江水净如练②,波涛不惊金沙绚。

星分井络应梁州,支流三千劳禹奠③。

天生巨镇俯渝城,三峡为关铁锁横。

华阳黑水上游涌④,迤迤西来汇峡清⑤。

清清巨浸会百谷,东下荆门走鱼腹⑥。

瞿塘滟滪砥中流,万壑群山此结束。

我来秋水碧粼粼,上下天光无点尘。

牙樯万叠排江浒⑦,落日余霞映水滨。

---

① 澄江:指澄江镇。澄江镇位于缙云山麓,嘉陵江畔,是嘉陵江、涪江、渠江商船必经之地,在宋代以前就是一个大镇,古称"依来镇"。清同治九年(1870),因嘉陵江特大洪水,城镇全部被淹,故改名为澄江镇(沉江镇)。澄江镇是璧山区、北碚区、合川区交界处有名的水码头,时有"北碚豆花土沱酒,好要不过澄江口"之说。现属重庆市北碚区。
② 化用谢灵运语。
③ "星分"句:古时以星宿与九州对应。梁州:后职方氏将其并入雍州,分野属井、鬼宿。禹奠:由大禹奠定,古有禹奠九州之说。
④ 华阳黑水:皆为梁州地名,《禹贡》"华阳、黑水惟梁州"。华阳:华山之南。黑水:具体位置不详。
⑤ 迤迤(lǐ yǐ):屈曲相连的样子。
⑥ 巨浸:大湖。荆门:在湖北中部,汉江与漳水之间。唐置荆门县,元以后为荆门州。鱼腹:古县名。春秋时庸国鱼邑,秦置县。治所在今奉节东白帝城。
⑦ 牙樯:象牙装饰的桅杆。一说桅杆顶端尖锐如牙,故名。后为桅杆的美称。借指舟船。江浒(hǔ):江边。

水滨之上山势陡，中有古寺藏深柳。

屋舍依稀绕禅关，一哄之市环左右①。

禅林阛阓日悠悠②，仰瞰峡流几度秋。

因过亥市逢僧话，万斛尘缘一瞬休③。

四面层峦耸苍翠，上出重霄临无地。

夜半梵钟声复声，白云深锁临江寺④。

而况若为雾兮若为烟，缙云佳气郁窗前。

九峰变态浑莫测，一日之间象万千。

南顾温塘林壑美，第一泉碑怪石里⑤。

清泉如汤沸古今，涤尽烦襟是此水。

君不见山川灵秀应文昌，宋有冯蒲明有江⑥。

状元乡接学士里，前哲后贤遥相望⑦。

又不见陈伯玉李青莲，眉山三苏媲二范。手分天章抉云汉⑧。

不是江汉为炳灵，安能挺身吉士千秋焕⑨。

选自《璧山县志》，寇云平，清同治四年刊本。

---

① 一哄之市：极小之市，出自汉扬雄《法言·学行》。
② 阛阓：古代市道即在垣与门之间，故称市肆为阛阓。
③ 亥市：隔日交易一次的集市。万斛(hú)：极言容量之多。斛：容器。
④ 临江寺：指温泉寺。
⑤ 第一泉碑：在温泉寺山门前岩上。传为康熙刑部尚书张鹏翮手笔。
⑥ 此句中，冯指冯时行；蒲指蒲国宝；江指江朝宗。
⑦ "状元乡"句：冯、蒲为状元，江为诗读学士，三人家乡相距不远，故曰状元乡接学士里。
⑧ 三苏：宋代文学家苏洵、苏轼、苏辙三父子。二范：指宋代范仲淹、范纯仁父子。天章：章，文彩，指分布在天空的星辰日月等。抉(jué)：剔出。
⑨ 炳灵：所谓灵气所钟。此言这里山川灵秀，贤哲甚多。吉士：贤人。

毛 澂

毛澂,生卒年不详,字叔耘,原名广丰,又字雅海。

相思寺

相思寺里相思竹,千股桃钗扫石尘①。
紫粉难揩啼梦迹,翠环若伴苦吟身。
巴孃曲罢远江雨②,越鸟声多幽谷春③。
欲向灵山问迦叶,拈花何似散花人④。

选自《重庆题咏录》,彭伯通,重庆出版社1985年版,第330页

---

① 桃钗:桃木钗,此处形容相思竹。
② 巴孃:巴地女性。孃:重庆方言,对长辈或已婚妇女的通称。
③ 越鸟,出自《古诗十九首·行行重行行》:"胡马依北风,越鸟朝南枝。""越鸟"意指南方的鸟,越指南方百越。
④ "欲向"句:拈花指"佛祖拈花,迦叶一笑"的典故,"散花"用"摩诘说法,天女散花"的典故。

无　念

无念，生卒年不详。

题温泉寺壁四首

浊世浮生莫问年，法生王际不能迁。
温泉涤口常光现，华藏庄严在眼前①。

圆明一点没庶藏②，大地浮缘尽寂光③。
拈起一尘含法界④，更于何处觅温汤。

影落江潮不定踪，别来今已卧千峰。
谁知破尽人间梦，唯有温泉静夜钟。

大道西来本绝言⑤，好从温水透真源。
立须参到忘机处，方见毘卢不夜天⑥。

选自《北碚诗词》，李萱华，西南师范大学出版社1991年版，第69—70页

---

① 华藏：指华藏世界。莲华藏世界的简称。
② 圆明：佛教语。谓彻底领悟。
③ 浮缘：空虚不实的缘分。
④ 法界：佛教术语，指意识所缘之境。
⑤ 绝言：指无须用语言表达。
⑥ 忘机：泯除机心，指一种淡泊宁静的心境。毘卢：梵文音译毘卢遮那，系灵光普照之意。

刘世仪

刘世仪，生卒年不详。

游关防寺①

爱春寻胜概②，十里到关防。
日晓千峰出，花深日径香。
残烟留古殿，断碣卧危堂③。
极目层峦上，诗成兴欲狂。

选自《北碚诗词》，李萱华，西南师范大学出版社1991年版，第70—71页

---

① 关防寺：在牛鼻峡西岸峡口山巅，属北碚转龙乡炭坝村，后划归北碚澄江镇，山高林茂，风景优美，古寺早已毁坏。
② 胜概：胜景，美丽的景色。
③ 断碣：断碑。

禹 湛

禹湛,生卒年不详。

访关防寺

层峦高耸峡山隈①,空翠濛濛望里开。
四面乱峰无路入,一声清磬出云来。

选自《北碚诗词》,李萱华,西南师范大学出版社1991年版,第71页

---

① 山隈:指山边。

刘太三

刘太三,生卒年不详。

出　峡[①]

盘涡三月水涟漪,峡口风烟去渐移。
深洞泉如流石髓,小船人是坐瓜皮。
簸摇天地欣开豁,迅速沙滩俨载驰。
倚岸斜阳满村店,转同酤酒望厜㕒[②]。

选自《北碚诗词》,李萱华,西南师范大学出版社1991年版,第72页

[①] 出峡:指牛鼻峡。又名铜口峡、沥鼻峡,古名谢女峡,是嘉陵江小三峡的上游部分。峡中有石洞一对,洞口排列仅一壁之隔,倾斜生长,形如牛鼻孔,故名。
[②] 厜㕒:山峰高峻。

王定轩

王定轩,生卒年不详,字时鼎。

游温泉寺[1]

峡水萦回处,岚光半绕檐[2]。
舟摇双浆月,岩泻一重濂。
树老山容淡,苔深屐齿添。
同来寻胜迹,踏遍万峰山。

选自《北碚诗词》,李萱华,西南师范大学出版社1991年版,第72—73页

---

[1] 本诗同以下郑灵源、廖星垣、雷森麓三人唱和,共刻一石,嵌于北温泉观音殿下,至今犹存。
[2] 岚光:林中雾气。

郑灵源

郑灵源,生卒年不详。

游温泉寺
(和原韵)

到此尘埃净,风光别有檐。
渔歌声在树,江色卷于濂。
地暖龙泉活[①],岩空白发天。
烧舟谁处火,烟雾满山尖。

选自《北碚诗词》,李萱华,西南师范大学出版社1991年版,第73页

---

① 龙泉:此处指温泉。

廖星垣

廖星垣,生卒年不详。

游温泉寺
(和原韵)

五岳俱游遍,摇舟访画檐。
醴泉穿古寺[①],暖气透重濂。
花自诸天坠,烟从曲水添。
浴沂风宛在[②],笑傲倚山尖。

选自《北碚诗词》,李萱华,西南师范大学出版社1991年版,第74页

---

① 醴泉:甘美的泉水。
② 浴沂:《论语·先进》:"浴乎沂,风乎舞雩,咏而归。"浴沂,在沂水沐浴,后喻高尚情操。这里是说在北温泉沐浴的人多,古代浴沂之遗风宛然在焉。

雷森麓

雷森麓,生卒年不详。

游温泉寺
(和原韵)

仙源寻不尽[①],瀑布翠流檐。
水暖云三径[②],山寒月一帘。
泉林千树啸,风雨平江添。
佛国春常在,声声玉漱尖[③]。

选自《北碚诗词》,李萱华,西南师范大学出版社1991年版,第75页

---

① 仙源:意指神仙所居之处,特指晋陶渊明所描绘的理想境地桃花源,借指风景胜地或安谧的僻境。
② 三径:意为归隐者的家园或是院子里的小路。
③ 玉漱:亦即"漱玉",指泉水喷涌如玉。唐刘长卿《过包尊师山院》:"漱玉临丹井,围棋访白云。"

黄鸣九

黄鸣九,生卒年不详。

观高坑岩瀑布[①]

高坑岩在嘉陵江南岸三十里,公司拟在该地经营水利事业,将来必有可观。

瀑布奇观何处寻,高坑岩上气萧森。
飞波灿烂垂天降,密雾朦胧蓦地阴[②]。
相映晚山皆白月,经工流水也黄金。
世间多少天然利,只怕人乏创业心。

选自《重庆市北碚区志》,重庆市北碚区地方志编纂委员会,科学技术文献出版社重庆分社1989年版,第591页

[①] 高坑岩瀑布:又名大磨滩瀑布,位于重庆市北碚区歇马街道天马村。宽约六十米,高三十四米。涨水时节,白练千条,飞腾而下。飞沫凝烟,吼声如雷,后来在这里建起了富源水电站。因地处龙凤溪尽头高坑岩,故又名高坑岩瀑布。此诗作于1934年。

[②] 地阴:使大地满是阴凉。形容水雾密而广。

西江月·温泉公园有乳花洞[①]

远观山势雄壮,近听鸟音和谐。
三峡景物绝尘埃,游览心神爽快。
阴浓松竹梧柳,掩映池水亭台。
乳花洞口清趣来,真个桃园世界。

选自《北碚诗词》,李萱华,西南师范大学出版社1991年版,第79页

[①] 温泉公园:位于重庆市北碚区,嘉陵江畔,缙云山麓。此处最早有温泉寺,初建于南朝刘宋景平元年(423年),重建于明宣德七年(1432年)。1927年,卢作孚于此创办嘉陵江温泉公园,增建温泉游泳池与浴室、餐厅等,后更名为重庆北温泉公园。

雷化欧

雷化欧,生卒年不详。

北温泉公园杂诗六首①

诛茅凿石见温泉,傍水依山结数椽②;
胜似琅嬛清福地③,此间长住即神仙。

世外仙源好避秦④,桃溪花发艳阳春;
移家有愿休论价,千万何妨买比邻。

就地穿成内外池,水温泉滑洗凝脂⑤;
欲知男女无拘束,试看同池合浴时。

---

① 这几首诗作于1935至1936年。
② 诛茅:芟除茅草;引申为结庐安居。结数椽(chuán):搭建起几根房梁,亦引申为建房。
③ 琅嬛清福地:传说中神仙的洞府。伊世珍《琅嬛记》卷上:"因共至一处,大石中忽然有门,引华(张华)入数步,则别是天地,宫室嵯峨。引入一室中,陈书满架……华心乐之,欲赁住数十日。其人笑曰:'君痴矣,此岂可赁地耶?'即令小童送出。华问地名,曰:'琅嬛福地也。'"
④ 仙源好避秦:用桃花源典故。谢枋得《庆全庵桃花》:"寻得桃源好避秦,桃红又见一年春。"
⑤ "水温"句:化用白居易《长恨歌》中"温泉水滑洗凝脂"句。

郎家楚尾接吴头①,独向栏木依画楼;
数尽千帆皆不是,误人天际识归舟②。

飞泉倒映映流霞,石洞清凉喷乳花;
闲坐楸枰敲一局③,却忘鸡犬共桑麻。

永叔辞官居颍上,仲卿临死恋桐乡④;
我来此地刚期月,曾共梅花醉几场。

选自《北碚诗词》,李萱华,西南师范大学出版1991年版,第79—80页

---

① 楚尾接吴头:吴头楚尾。今江西北部,春秋时为吴、楚两国交界之地,因称"吴头楚尾"。
② "数尽"句:化用温庭筠《梦江南》"过尽千帆皆不是"。"误人"句:化用柳永《八声甘州》"误几回天际识归舟"。
③ 楸枰:旧时多用楸木制棋盘,因称棋盘为"楸枰"。
④ 永叔:欧阳修字永叔,他晚年退休后住在颍州。仲卿,此处指朱邑,朱邑曾做桐乡地方官,深受爱戴,死后归葬桐乡。苏轼《浣溪沙》有"仲卿终不避桐乡"语,亦咏此事。

黄宾虹

黄宾虹(1865—1955),初名懋质,后改名质,字朴存,号宾虹,别署予向、虹叟、黄山山中人。有《黄宾虹诗集》《黄山画家源流考》《虹庐画谈》等。

北碚二首

川光沙碛虹收雨,山气林箊鸟度烟①。
转过乌篷夏溪口②,鸥程重与问长年③。

缙云山色树周遮,雨后炊烟欲变霞。
古塔入江寒有影,轻舟出峡静无哗。

选自《黄宾虹诗集》,黄宾虹,漓江出版社2012年版,第23页

---

① 林箊:亦作"林于",竹名,亦泛指竹。
② 夏溪口:位于澄江镇,是澄江的码头之一。澄江在历史上是著名的水上交通要道,码头包含上街码头、中街码头、夏溪口码头、糖房嘴码头和运河码头等。
③ 鸥程:指水路。长年:长年三老,古时川峡一带对舵手、篙师的敬称。

赵 熙

赵熙(1867—1948),字尧生,号香宋。

北 碚

一舸东阳下,千山北碚开。
民生天所赋,人物眼中来。
素业群方式①,青年异代才。
江波珠荡潏,红日此春台②。

温 泉

万叶霜红树作衣,北温塘路尚芳菲③。
凭栏不为寻诗坐,聊待山云作雨归。

选自《荣县文史资料选辑 第5辑 赵熙专辑》,中国人民政治协商会议四川省荣县委员会文史资料研究委员会,第22页

---

① 素业:清高的事业,旧指儒业。此借赞卢作孚先生在北碚和民生公司的创业。群方:四面八方。式:模范,楷式。
② 春台:指美好的游观之处。
③ 芳菲:花草美盛芬芳。

北碚道中

空水合成碧,摇摇江路深。
烟林飞白鸟,风溜款青琴。
仆石苔封背,移家竹惬心。
倘逢十月夜,兹夕是山阴①。

选自《历代长江诗选》,陈元生、高金波,长江文艺出版社1993年版,第217页

劝翊云②游缙云寺③

北碚遥看石若狮,寺门红豆号相思。
疏钟响在齐梁上,小舫吟于水竹宜。
倘浴温泉冬令好,纵观群嶂夏云奇。
残年定有梅花发,愿补峨眉集外诗④。

---

① 山阴:用王徽之典故,此处指北碚风景清幽秀丽。
② 翊云:本名江庸,福建人。赵熙弟子,著名律师。
③ 缙云寺:又称相思寺。
④ 赵熙游峨眉留下许多诗篇,这句是说他愿冬天住在缙云山写诗吟诵缙云的山川风物。

北泉纪游诗二十一首[①]

江 行

嘉陵夜夜送滩声,今日扁舟镜里行。

一路山容秋不变,果然江色配云英[②]。

过飞浪子[③]

山楼尽处苇初花,大段江程取势斜。

行过磁溪秋更远[④],一丛林影退公家。

悦来场[⑤]

珠岑点点市烟微,山店谁家白版扉[⑥]。

到眼行人无一识,午晴天际一鹰飞。

土 沱[⑦]

峡门遥许过中餐,沙步风微巧耐寒。

[①] 这二十一篇诗作是赵熙游玩北碚,访友时所作的记游诗,基本按时间和游览路线排序,如同一篇完整的游记。从诗中描写的地点来看,作者从嘉陵江逆江而上,历飞浪子、悦来场、土沱,游玩北泉并入浴温泉,后登缙云山,游览缙云寺,又顺嘉陵江而下,到磁溪口(磁器口)访友而还。
[②] "果然"句作者自注:"'活似云英',王壬父品嘉陵江语。"王壬父,即王闿运。
[③] 飞浪子:嘉陵江石马河一带,古称飞浪子。
[④] 磁溪:磁器口,飞浪子逆流而上,不远即是磁器口。
[⑤] 悦来场:今渝北区悦来,位于嘉陵江边。
[⑥] 白版扉:不施油漆的木板门。唐王维《田家》诗:"雀乳青苔井,鸡鸣白板扉。"
[⑦] 土沱:今水土镇。水土镇因嘉陵江流经水土形成回水沱,古名水土沱。清朝康熙年间设水土铺,清末置水土镇、民国时期延置镇,新中国成立后仍置为镇,隶属于江北县,今属北碚区。

大抵众生都为口,万般应作土沱看。

抵北泉

好山初次不知名,盎盎春溶滑有情。
一笑晚风裙带解,试将功德比华清。

浴

仙源妙不隔花林,踏浪飞凫各浅深。
我亦同川如裸国①,稍留清白答山心。

过东阳峡②

峡雨东阳冷寺门,石根清澈有余温。
此中功德凭谁辨,流入江波一例浑。

峡　楼

竹梢青与画栏齐,梦里生寒月向西。
一夜枕边风水响,恍闻海角送潮鸡③。

楼　望

万叶霜红树着衣,北温塘路尚芳菲。
凭栏不为寻诗坐,聊待山云送雨归。

---

① 裸国:传说中的古国名。或说在西方,或说在南方。其民皆不穿衣,故称。《吕氏春秋·贵因》:"禹之裸国,裸入衣出,因也。"典故意指入乡随俗。
② 东阳峡:即嘉陵江小三峡之温塘峡,因峡中有东阳镇,故又称东阳峡。
③ 潮鸡:一种潮来即啼的鸡,又名伺潮鸡、石鸡。南朝梁顾野王《舆地志》:"移风县有鸡,雄鸣,长且清,如吹角,每潮至则鸣,故呼为潮鸡。"

乳花洞

梵天①晨静吼蒲牢，石乳成花裂缝高。
一挂水帘飞作瀑，打头汤谷忽扬涛②。

缙云寺

狮子峰前千万松，干戈岁岁一相逢。
飞禽走兽无罗网，凄绝寒山一杵钟。

绍隆寺③

云窠拟辟黛为湖④，竹色珠宫过雨初。
自笑到门仍不入，平生风味读经书。

天风台

小坐山兜第一回，乍穿崖口宿云开。
去年刚向图中见，不料天风啸此台。

江 望

山光最好是斜曛，倚棹嘉陵望白云。

---

① 梵天：佛经中称三界中的色界初三重天为"梵天"，此借指佛教圣地温泉寺，乳花洞在温泉寺内。蒲牢：古代中国神话传说中为龙生九子之四子，平生好音好吼。
② 打头汤谷忽扬涛：此句谓乳花洞中之温泉飞瀑，飞溅于人头之上。
③ 绍隆寺：见前龙为霖《游温泉绍隆缙云石华诸山寺五首》注。
④ 黛为湖：即黛湖。在缙云山朝日峰下九龙窝。利用山溪疏栏跨谷，筑成一大山涧湖泊，容水十万米立米，由白屋诗人吴芳吉取名为"黛湖"，书法家欧阳渐无手书刻石，嵌于湖堤。

一雨正如裴叔则①,不须眉黛比文君②。

荒陂

沙岸无名地望迷,竹山如海近云栖。
不图金碧吴生画③,风景偏能似浙西。

出峡

东阳峡雨送秋回,素舸临流日色开。
忽地乱山腾踔出④,势如万马自天来。

舟行

舟行望不见东阳,白鹭飞时竹气香。
山半不知何树黑,森然铁骑绕羊肠。

磁溪口

塔尖遥立笋班齐⑤,白鹭群飞拂水低。
远远青山知隔县,棹歌声里下磁溪。

磁溪口访退公

沿江水木湛清华,队队皋禽放浅沙⑥。
深竹有人呼午饭,船头先问退公家。

---

① 裴叔则:即裴楷。此以玉山比喻雨后清净之缙云山。
② 文君:指卓文君。此处泛指美丽的女性,以美人比拟江望的美景。
③ 吴生:即唐代著名画家吴道子。
④ 腾踔:凌空跳跃,跳起。
⑤ 笋班:竹笋生长并立成行,用此喻指塔尖排列整齐。
⑥ 皋禽:江边的禽鸟,一般指鹤。

落 照

江驿初回竹几湾,小船收影入荆关。
计程知是渝州近,万马千军县北山。

回 城

树边人语夹中流,朔雁横天照影秋。
从此心头添一峡,仙山楼阁说渝州。

选自《赵熙集》,王仲镛,浙江古籍出版社2013年版,分别见于第745、633—634页

张纯一

张纯一(1871—1955),字仲如,有《晏子春秋校注》《墨子集解》等。

缙云山感怀呈太虚大师

松风月色韵流泉,佛刹悠悠晋宋天[1];
万树晴绮倚云里,九峰苍翠耸江边。
沧桑遍地仓皇变,烽火连年警急传;
谁识清凉圆觉者[2],慈悲有海泛莲船!

选自《太虚大师全书》,太虚大师全书编纂委员会,太虚大师全书影印委员会1980年版,第426页

---

[1] 晋宋:我国历史朝代名称。建武元年,司马睿(晋元帝)在南方重建晋朝,史称东晋。元熙二年,刘裕代晋称帝,国号宋,后称刘宋。缙云寺即创建于此时。
[2] 圆觉:佛语,即"觉你、觉我、觉他、觉行圆满者",意思是不分你我,人人都可以觉醒成佛。

于右任

于右任(1879—1964),原名伯循。有《右任诗书》等。

温泉望缙云山[①]

正宫·寒鸿秋

相思岩上相思寺,相思树结相思子,
相思鸟惯双双睡[②],相思竹自年年翠。
似羡白云飞,敢作劳人计。
更临风欲唤高僧起。

北温泉山前远望[③]

中吕·醉高歌

当年日落停桡,一浴荒池破庙。
重来小坐江天好,绿水青山白鸟。

[①] 于右任在北温泉流连忘返,不愿归去。此诗作于1939年邓少琴陪他游览缙云山,于返回北泉途中,一行人在公园后崖飞来阁小憩,遥望缙云,作下此诗。
[②] 相思鸟:属画眉科,色彩鲜艳,体态玲珑,鸣声悦耳。
[③] 此诗作于1939年重游北温泉时。作者原注:"十八年前,余由江东下,于此露浴。时地方不靖,至渝,友人传为笑谈。"

生日往北碚道中①

须发何期渐有霜,长途碌碌复相忘。
身非名世承新运,心似孤儿恋故乡。
雷雨及时万族乐,山川效命百工忙。
金刚坡上频回首,多少英雄在战场!

选自《于右任诗词集》,杨博文,湖南人民出版社1984年版,分别见于第344、345、222页

生日游北温泉遇雨二首②

往事惊心十九年,民间佳话尚流传。
髯翁战败西来日,一浴荒池震两川。

北泉崖半旧题名,绿水青山白鸟亭③。
更喜今朝添异瑞,和风甘雨老人星。

选自《重庆市北碚区志》,重庆市北碚区地方志编纂委员会编,科学技术文献出版社重庆分社1989年版,第592页

① 抗战时期,国民政府西迁重庆,监察院长于右任抵渝,下榻康心如家,脚跟未稳,便提出到嘉陵江温汤峡观看温泉。次日,二人驱车前往北温泉公园,车过北碚,到达金刚碑时,作下此诗。
② 1940年4月11日,作者六十二岁生日,同"少和、次珊、经宇、季鸾、绳先、九如、心如、曼君、秉三、志赋、心之、毓兰、白纯诸先生与望德、胡英、乔治"等游北温泉遇雨。
③ 白鸟亭:在北温泉公园后山,晨昏于此可望白鸟群飞,掠空而过。1939年落成时,作者为其题名"白鸟亭"。作者自述"去岁游此,适建新亭,登眺时,江面白鹭齐飞,因题曰:绿水青山白鸟亭"。

黄炎培

黄炎培(1878—1965),字任之。有《红桑》等。

温泉峡①

深江峡束奔流住,幻作琉璃碧凝沍②。
春山恹恹云醉之③,破晓初醒还睡去。
山楼百丈临江开,绛桃玉兰锦绣堆。
佛殿铁瓦青崔巍④,琴庐磐室相依偎⑤。
藤根温瀑若泼醅⑥,我身既澡心绝埃,善与众乐诚快哉。
抱云一枕客梦回,江声泉声惊喧豗⑦。千军万骑疑敌来,

---

① 1942年,黄炎培偕新婚夫人姚维钧从歌乐山乘车至北碚,而后弃车驾舟,溯江而上,畅游嘉陵江,游览了嘉陵江小三峡,被温塘峡的景色所陶醉,故作此诗。温泉峡即北温泉所在的温塘峡。
② 凝沍(hù):结冰。
③ 恹恹:精神萎靡的样子。
④ 铁瓦:铁瓦殿,即温泉寺观音殿。创建于明代,重建于清同治七年,铁瓦石柱,冠绝川东。
⑤ 琴庐:指北温泉公园中一幢茅顶木楼小别墅,因系民生公司董事长郑东琴捐款修建,故名琴庐。磐室:园内江边别墅,因背靠嘉陵江,江水击石,声鸣如磬,故名。抗战时为林森的"主席山庄"。
⑥ 藤根温瀑:温泉瀑布由石孔喷出的泉水,顺陡岩悬垂的黄葛树根飞泻而下。泼醅:泼酒,形容瀑布倾洒如同酒水泼洒。李白《襄阳歌》:"遥看汉水鸭头绿,恰似葡萄初酦醅。"
⑦ 喧豗(huī):发出轰响,也指轰响声。

与子同仇宁徘徊。棹讴上濑凄以哀①,如诉民隐心为摧②。
何处笙歌沸遥夕,云外楼台自金碧,嘉陵江上神仙宅。

重游北碚温泉公园,维钧偕行,得八绝句

嘉陵小三峡,久别怅如何!
暂许携裙屐③,重来访薜萝④。
赍愁山入雾⑤,挟怒水掀波。
秋雁江心影,犹闻诉棹歌。

隔岁朋簪集,遥闻三月三。
流觞分彩韵⑥,得句献琅函⑦。
战鼓愁新紧,吟囊思险镵⑧。
一楼焦彻骨⑨,空欲数风帆。

新治开西蜀,偏隅让北碚。

---

① 棹讴:船夫唱的歌。濑:从沙石上流过的急水。此句是说,听见船夫逆水拉船时的号子使人感伤。
② 民隐:民间的疾苦。
③ 裙屐:裙子与鞋,指富家子弟的时髦装束。此处以此指代自己的妻子。
④ 薜萝:楚辞中的两种香草。后指隐者或高士的衣饰。
⑤ 赍愁:怀抱着忧愁。
⑥ 流觞:一般指曲水流觞,古人每逢三月三日,集会于环曲的水渠旁。在上流放置酒杯,任其顺流而下,停在谁的面前,谁即取饮。故叫"流觞",也叫"流杯"。
⑦ 琅函:书匣的美称,后用以指代书。
⑧ 险镵:高而险。
⑨ 焦彻骨:指数帆楼被烧。

苦心化狂寇,小试讶奇才。
无使繁华极,诚须大本培①。
相看真刮目,历劫我重来。

恶寒天与暖,云气石根流。
沸水青铜洗②,叫霜黄栗留。
池荷香盖落,道柏笔锋遒。
应惜斯文在,图书坏壁收③。

十年思缔造,众力策辛勤。
花好楼当月,鱼游沼在春。
艰难留净土,漂泊慰羁人。
江舶一声笛,终迎世象新。

烟萝十五里,言上缙云山。
心洁寻初地,峰高俯众鬟④。
甜茶花白致⑤,板栗叶青斑。
云际松如海,听钟试叩关⑥。

---

① 大本:根本。
② 青铜洗:又称汉洗。其状如盆,上有两耳,中镌四鱼,装满水后用手摩耳,水便从鱼口分四股喷出,犹如细雨,高可三尺,清脆有声。是公园中的珍奇文物。
③ 坏壁:屋的后壁。
④ 众鬟:众多像发髻一样的山峰。
⑤ 甜茶:缙云山特产。属壳斗科石栎属灌木,小树丛生,高约两公尺,叶质原,正背面皆有光泽,椭圆披针形,味甘甜而浓厚。抗战时曾以"作孚茶"为名,运往巴黎参与品茗。
⑥ 叩关:即敲门。

四海兵戈沸,百年桑海翻。
林泉变朝市,岩穴避衣冠。
直过朱门哭,相忘白骨寒。

山名吾忍说,独乐此林峦。
松波秋泪剪,巴雨夜愁灯①。
国破家何在②,兹游感不胜。
中兴关世运,偕老得吟朋。
蜀国三离碓③,嘉陵见未曾。

选自《黄炎培诗集》,黄炎培,中国文史出版社1987年版,分别见于第84、171—172页

北碚温泉公园三宿留题(七首)④

嘉陵江水碧于油,夹岸春云嫩不收,
劳者有声谁会得,清宵幽怨棹人讴。

---

① "巴雨"句:用李商隐《夜雨寄北》诗"却话巴山夜雨时"。
② "国破"句:用杜甫《春望》诗"国破山河在"。
③ 三离碓:指都江堰岷江离堆,洪雅县岷江离堆,乐山乌尤寺离堆。
④ 1936年春,作者入川考察职业教育情况,来到北碚,写了许多首诗。作者对温泉公园情有独钟,在数帆楼临别留题七绝句。

数帆楼外数风帆①,峡过观音见两三,
未必中有名利客,清幽我亦泛烟岚。

汨汨兰汤称体温②,深宜池子浅宜盆,
热中不尽横流叹,沸水蒸云出树根。

小队池鱼乐自然,生机曾不碍温泉,
寻常南北东西叶,现出清清火宅莲③。

花好楼连益寿楼④,琴庐磬室傍龙湫⑤,
农庄虽小饶清雅⑥,香面条条韭叶抽⑦。

桃花细雨锁山门,铁瓦斑斓古殿存,
清绝头衔三学士,见无佛处且尊称。

---

① 数帆楼:北温泉公园别墅,在古香园下端,石墙木楼,建于1930年。因在临江走廊上扶栏眺望,可数江中帆船而得名。抗战时期,周恩来、朱德、董必武、吴玉章、刘伯承、叶剑英等老一辈革命家和蒋介石、蒋经国、蒋纬国等国民党要人均曾在此下榻。
② 汨汨:流水貌。称:合适。
③ 火宅:佛家语,比喻烦恼的俗世。佛经中有"火中生莲花"语,唐诗中用作咏佛、咏佛寺、咏稀事的典故,见《妙法莲华经》。
④ 花好楼:在观音殿左侧,因下有花圃而得名。益寿楼:在观音殿右侧,与花好楼相对。两楼均建于1930年。
⑤ 龙湫:乳花洞穿飞泉之横道,为龙湫道。
⑥ 农庄:在荷花池旁,因系陈书农捐款修建,故取名农庄。
⑦ 香面:北泉面。特粉手工擀面,是中外驰名的特产。此面细如银丝,但有一种是经过手工擀制后再拉上架,形状像韭菜叶,尤为贵重。

竹林深处有人家①,苏洞低幽佛乳花。
满袖云山寻去路,归舟餐胜下渝巴②。

游小三峡

舟入观音醉碧兰,嘉陵亦有峡分三。
温泉胜地成观止,沥鼻幽深不可探。

选自《北碚诗词》,李萱华,西南师范大学出版社1991年版,第86—89页

---

① 竹林深处:在公园靠嘉陵江边的翠竹丛中,有茅舍数间,小巧别致,故名。
② 餐胜:欣赏美景。

姚维钧

姚维钧(1909—1968)，中国著名教育家黄炎培的夫人。

重游北碚温泉公园[①]

良缘爱山水，买棹泛嘉陵。
雨歇天将暮，风停烟自升。
尺峰随地起，舟浪霎时兴。
金碧林端现，相携拾级登。

为爱温泉浴，名园得俊游。
仰天惊雁阵，俯槛数江舟。
夕照琉璃瓦，霜红花好楼。
故乡亦佳丽，涕泪几时收。

选自《黄炎培诗集》，黄炎培，中国文史出版社1987年版，第172页

[①] 此诗名为编者所加。此诗附于黄炎培前诗后。

李根源

李根源（1879—1965），字印泉，又字养溪、雪生，别号高黎贡山人。有《曲石文录》《曲石诗录》《雪生年录》。

宿数帆楼①

去年此日永昌州②，治理军书夜未休。
今夕客中吟啸处③，嘉陵江月数帆楼。

选自《重庆市北碚区志》，重庆市北碚区地方志编纂委员会，科学技术文献出版社重庆分社1989年版，第592页

---

① 此诗作于1943年，作者自注："癸未四月十七日，游北泉宿数帆楼。"癸未：1943年。
② 永昌州：即今云南省保山市。
③ 吟啸：歌啸、歌咏。

程 潜

程潜(1882—1968),字颂云。有《程潜诗集》。

初春喜雪①

二月十四日为旧历除夕,予来北碚,欣睹瑞雪,闻农人云:此为纪元来所未有,因而赋之。

严气升巴渝,同云霭天阙②。
霙雪飘檐宇③,朔风何凛冽。
花飞万籁静,丰兆群方悦。
峰峦霁色明,溪间轻冰洁。
庭松厉坚心,园梅挺劲质。
阳和启清淑④,草木欣萌茁。
稚子憘新春⑤,农人恋旧节。
曾是循俗情,岂不伤薄劣。
抚景感流年,坦怀守吾拙。
四望皓无涯,因之抒郁勃⑥。

---

① 此诗作于民国三十一年(1942)壬午岁除夕。
② 同云:即彤云,雨、雪前密布的阴云。
③ 霙:雪花。
④ "阳和"句:指春日复归,春风唤醒,万物复萌。
⑤ 憘(xǐ):与"喜"同。
⑥ 郁勃:旺盛。此指深沉浓郁之情。

途中遇警

八月十一日,予在歇马场会议,闻渝城被炸。午后归城,行至新桥复遇空袭,适雷雨暴作,敌机逸去。

晴云暗林隅,天容纠烂缦。
燥热苦蒸郁①,霞晕相辉灿。
浮阳有时明,猝雨划地散。
狂飚骇前辕,奔雷震行幔②。
道上游人止,空中飞鸟断。
虹霓煊东峰,赭气蔚南岸③。
雾戢景弥清④,光回象复焕。
夕风吹襟凉,翘首望天半。

选自《程潜诗集》,程潜,黑龙江人民出版社1984年版,分别见于第190、183页

---

① 蒸郁:指热气郁勃上升。
② 行幔:即车帷。
③ 赭气:赤褐色的云霞。蔚:集中,汇聚。
④ 戢(jí),收藏。

黄介民

黄介民(1883—1956),同盟会成员,辛亥革命先驱。

游缙云山[①]

天风吹我到巴蜀,正好游山友麋鹿。
熏风联袂缙云山[②],镇日清游真幸福[③]。
吴侯方子两师徒,吾道西来得不孤。
我亦儒冠儒服者,惭愧无闻不丈夫。
行行笑语穿云雾,石道嶒嶝千万步[④]。
观音岩上百花香,小立徘徊口占句[⑤]。
数里纵横大竹林,迎头甘露湿衣襟。
传闻此处多文豹,祇寻狐鼠不伤人。
盘旋绕上山门路,松柏苍苍千万树。
山头红豆酷相思,沿革今称相思寺。
升阶礼佛转精舍[⑥],良朋社友共僧话。

[①] 此诗作于1940年。
[②] 联袂:衣袖相连,指代共同。
[③] 镇日:整日。
[④] 嶒嶝:高起,隆起。
[⑤] 作者口占七绝一首:"云雾微芒见佛光,观音岩上百花香,松篁曲曲通天路,逸兴遍飞入大荒。"观音岩在玉尖峰山下,现指地名,位于重庆市北碚区蔡家岗街道。
[⑥] 精舍:僧、道居住或讲道说法之所。此指太虚居所——双柏精舍。

汉碑挂壁自精良,论诗苏幅堪称霸。
此诗恢宏唐代中,由来儒佛早沟通。
汉藏师徒兴学校①,愿言悲悯绍宗风②。
林泉展现九峰面,千叶莲花罕曾见。
双松老杆起龙鳞,欲读唐碑文不现。
伊谁双迹纪游踪,迦叶传奇狮子峰③。
登峰屐迹心相印,神足与我将毋同④。
下山迤逦北泉去,濯缨濯足愿随意⑤。
那堪男女浴同池,红情绿意恣游戏。
归途击楫嘉陵江⑥,江山层峦引兴长。
阴骘文篇劳解注⑦,龙光灿灼映斜阳。
散步北碚聊小憩,茗叙移时始归去。
回头遥望缙云山,冥冥渺渺知何处。
吁嗟乎!
数十年来一梦间,故国东望路漫漫。

---

① "汉藏"句:指汉藏教理院,中国现代佛学院之一。1931年太虚创立于重庆北碚缙云寺,主要招收汉藏青年,以沟通汉藏佛学。
② 绍:继承。
③ 狮子峰:是缙云九峰中最优美的一峰,也是开发最早的一峰。峰顶有真武祖师的石足印,有高耸的大虚台,台上观日出、看晨雾、赏佛光、瞧云海,别具佳趣。素有"不到狮子峰,枉到缙云游"之说。
④ 神足:狮子峰顶有两个石脚印,长尺余,深寸许。一说是迦叶尊者脚印,一说是真武祖师的脚印。
⑤ 濯缨濯足:清水洗冠带,浊水便洗脚。后比喻好恶尊贱均由人自取,也比喻隐居山林,随遇而安。
⑥ 击楫:拍击船桨。兼用晋祖逖统兵北伐,渡江中流,拍击船桨,立誓收复中原的故事。后亦用为颂扬收复失地统一国家的壮志之典。
⑦ 阴骘文:旧时道家的劝善书。

曾经沧海欲回澜,芒鞋踏遍万重山。
何当啸傲须弥顶①,仙佛丛中任往还。

选自《北碚诗词》,李萱华,西南师范大学出版社1991年版,第102—103页

---

① 啸傲:无拘束,言动自在。

陈树人

陈树人(1884—1948)。有《自然美讴歌集》《岭南春色》等。

缙云山写景

满囊画稿满囊诗,何惮烦寻造化师,
不负蜀中山水好,大峨嵋又小峨嵋①。

选自《陈树人的艺术》,郑经文、黄渭渔,人民美术出版社1990年版,第120页

---

① 大峨嵋:指峨眉山。小峨嵋:缙云山。缙云山有"川东小峨眉"之谓。

黄右昌

黄右昌(1885—1970),字黻馨。有《罗马法与现代》等。

北碚公园即景

园柳䍐和风①,江波漾小艇。
市声趁墟喧,野色衔山迥。
繄彼鹤与凫,长短各有胫。
饮啄天生成,截续谁其肯。
大块假文章②,与之无畦町③。
感此意浩然,囊括科溟涬④。

嘉陵舟中

不辞清晓趁行舟,假寐舱中作卧游。
赢得疏林秋未尽,旋看列嶂雾全收。
江清树醉后凋叶,岸阔沙扬试浴鸥。
我有缊袍差自足⑤,何须缓带着轻裘?

---

① 䍐:即罕。下垂之意。
② 大块:指大自然。
③ 畦町:即町畦。
④ 溟涬:自然之气混混茫茫的样子。语出李白《日出入行》:"吾将囊括大块,浩然与溟涬同科。"
⑤ 缊袍:破袍子。

山　行[1]

一曲清溪绕几家,钓鱼矶浅见晴沙。
田边渐长戴星草[2],陌上徐开闰月花。
洼石有情容憩足,乱山无语送归鸦。
斜阳若为行人驻,衬出修鳞万丈霞[3]。

龙凤桥垂钓[4]

此间小憩亦濠梁[5],脉脉素心水一方。
竹外山光增返景,桥边树影衬斜阳。
人怜湍急鱼难饵,我喜浪恬波不扬。
海上钓鳌期有待,蛟龙端不恋池塘。

选自《湘西两黄诗——黄道让　黄右昌诗合集》,黄宏荃,岳麓书社1988年版,分别见于第337、329、357、335页

---

[1] 此诗作于1944年。
[2] 戴星草,作者自注:"已开似星,未开似谷,又名俗精草。"
[3] 修鳞:大鱼。
[4] 龙凤桥:在北碚西南角龙凤溪上。为三孔石拱桥,高三丈、长十五丈、宽一丈四,建于清同治七年,1978年被洪水冲毁,后新建。
[5] 濠梁:濠水上的桥梁,庄子和惠施游于濠梁之上,见白鲦鱼出游从容,由此辩论是否知鱼之乐。后用濠梁观鱼、濠上观鱼等表示纵情山水,逍遥游乐,或借指游乐之所。此言龙凤桥小憩有如濠梁之游一样快乐。

北温泉(二首)

鹭支鹤双解是从,一帆烟雨露重重。

白分江水岩巅瀑,青隐山隈寺后松①。

石濑回风声窾坎②,野云争岫影征松。

秋来更起莼鲈感,采采蒹葭苑在胸。

飞泉洗我发鬅鬙③,自笑水嬉老亦能。

香出葳蕤知有药④,龛余弥勒未逢僧。

檝声遥自滩头急⑤,江色相于竹蓬凭。

西去缙云寺不远,解诂怦悦便传镫⑥。

选自《北碚诗词》,李萱华,西南师范大学出版社1991年版,第115—116页

---

① 寺:此处指缙云寺。
② 窾坎:拟声词,形容风吹过石孔的声音。
③ 鬅鬙:头发蓬乱状。
④ 葳蕤:草名,即玉竹。中药学上以根状茎入药,主治热病伤阴,虚热燥咳等症。亦指枝叶繁密,草木茂盛的样子。
⑤ 檝:古同"楫",船桨。
⑥ 解诂:亦作解故,谓用当代语言解释古代语言。传镫:亦作"传灯"。佛家指传法。

董必武

董必武（1886—1975），又名用威，有《董必武选集》等。

张故上将自忠殉国三周年[①]

汉水东流逝不还，将军忠勇震瀛寰[②]。
裹尸马革南瓜店[③]，三载平芜血尚斑。

吊荩忱将军[④]

男儿抗日死沙场，青史名垂姓字香。
中原倘有英灵护，争让倭奴乱逞狂[⑤]。

选自《抗战诗史》，陈汉平，团结出版社1995年版，分别见于第518、577页

[①] 张自忠（1891—1940），字荩臣，后改荩忱。张自忠烈士陵园位于重庆北碚区梅花山麓，现为国家级文物保护单位。
[②] 瀛寰：地球水陆的总称。此句抒写张自忠忠勇震动天下。
[③] 裹尸马革：谓英勇作战，死于沙场。南瓜店：张将军阵亡之处。
[④] 作者自序："今岁中原战役，倭势仍张，国军竟莫能抗，感时抚事，辄令人想念将军于不置也。民纪三十三年九月。"荩忱将军：指张自忠将军。
[⑤] 争：怎么。倭奴：指日本。这句话意即怎么能让日本侵略者横行霸道呢。

林伯渠

林伯渠(1886—1960),名祖涵。

北泉即景①

一九三九年秋

竟宵泉水吼不停,倚枕清愁恰可听。
悔把余情随断梦,吴江枫冷楚山青②。

---

① 北泉:即北温泉。此诗作于1939年秋。
② 吴江:太湖支流,流经吴江、吴县等地。楚山:湖南古属楚,此是对湖南的泛指。"悔把"二句,指怀念吴江、楚山的愁情,给断续的梦打乱。1939年5月,新四军东进纵队入苏州、常德等地,即吴江一带,与顽敌伪斗争。6月,新四军后方湖南平江(楚地)通讯处遭国民党军队袭击,主任涂正坤以下全体同志惨遭杀害。故诗里表达的是作者对吴楚两地革命同志的怀念。

偕董老游重庆近郊[1]

四月二十六日

揽胜云顶俯群山[2],百级石磴凭滑竿[3]。

最喜主人重款洽,岭南风味调麻粘[4]。

侵晨起作峰头望,古寺华严宿雨收。

淡荡春风谁领略,满林白鹭正将雏[5]。

选自《林伯渠同志诗选》,周振甫、陈新,中国青年出版社1980年版,分别见于第18、62页

---

① 董老:董必武。此诗作于1944年4月26日,当时董老驻重庆,任国民参政会常任委员。
② 云顶:指缙云山顶。由缙云寺上狮子峰有石梯六百八十级。
③ 滑竿:西南山区特有的一种供人乘坐的传统交通工具,用两根结实的长竹竿绑扎成担架,前后有横梁,中间架以竹片编成的躺椅或用绳索结成的坐兜,前垂脚踏板,一般由前后各一人抬着前行。
④ 麻粘:粘有芝麻的食品。
⑤ 将雏:母禽携带幼禽游息。

陶冶公

陶冶公(1886—1962),原名延林,后改名铸,字冶公,号望潮,别号洁霜。

重九登狮峰和太虚大师韵[①]

山居清净倚长松,海角天涯喜又逢。
佳节集吟弘化地,追踪鹿苑有狮峰。

选自《北碚诗词》,李萱华,西南师范大学出版社1991年版,第105页

[①] 此诗作于1940年。狮峰:即狮子峰。

朱 德

朱德(1886—1976),字玉阶。有《朱德选集》等。

北温泉题咏[1]

缙云山接大巴山,怀抱山城两水间。
重庆工商新发展,蜀川天府在渝关。

选自《朱德诗词集》,中共中央文献研究室,中央文献出版社2007年版,第502页

---

[1] 此诗题目为编者所加。朱德同志1963年4月第二次来北温泉,在数帆楼听取了中共北碚区委书记张种玉和区长李明先的汇报后,挥笔留下了这首诗。

王太蕤

王太蕤(1881—1944),本名用宾,字鹤邨。

次和了空居士南泉送太虚大师归缙云寺即呈大师

庚关卓锡涌甘泉①,谁似高僧大鉴贤②。
照夜喜逢开智烛,前津愁失渡迷船。
九年常现壁中相③,一苇遥横江上烟④。
闻说兵农方便法,丛林从是创屯田。

选自《王用宾诗词辑》,王用宾,北岳文艺出版社2011年版,第102页

---

① 卓锡:卓,立地。锡:锡杖。
② 大鉴:即禅宗六祖惠能,圆寂后谥为大鉴禅师。此以惠能与宝志称喻太虚大师。
③ "九年"句:指中国佛教禅宗始祖达摩在少林寺面壁静修九年故事,以此喻太虚。
④ "一苇"句:用达摩祖师一苇渡江事。达摩传说渡过长江时,并不是坐船,而是在江岸折了一根芦苇,立在苇上过江的。

太 虚

太虚(1889—1947)，俗姓吕，名淦森，法名唯心。

缙云山二首①

温泉辟幽静，斜上缙云山。
岩谷喧飞瀑，松杉展笑颜。
汉经融藏典，教礼扣禅关。
佛地无余障，人天任往还。

九峰开佛刹，双柏闷灵宫②。
蟒塔传殊古③，狮峰势独雄。
海螺飞翠霭④，莲髻耸晴空⑤。
无尽江山胜，都归一览中。

---

① 此诗是作者在1932年成立世界佛学苑汉藏教理院时所作。缙云山：古名"巴山"，早在《黄帝内经》里就有记载。
② 双柏：汉藏教理院成立时，太虚将缙云寺的阎罗殿，辟成"双柏精舍"，作为他的禅房。
③ 蟒塔：传说缙云山在南朝开山建寺时，有"蟒蛇滚路，鸡公化缘，黄牛送水"，日久得道成仙，后人在山上建有蟒塔、鸡塔和牛塔，早已毁坏，仅存遗址。
④ 海螺：指海螺洞，在聚云峰山腰，洞口为椭圆状，旁边有斑层，形状微弯，外大内小，当山风吹入，洞口便呜呜有声，犹如海螺鸣叫。
⑤ 莲髻：形容缙云山莲花峰如发髻。

林主席祷雨有灵[①]

熟眠惊寤雨声粗,遽喜田间万植苏。
沟壑不教填饿殍[②],人诚佛感两堪夸。

缙云山冒雨乘滑竿

细雨横空一滑竿,崎岖况值下山难。
也同国事多危峻,只伏心胆气不寒。

儿童节游北碚[③]

百花灿烂眩春痕,最是桐花荡客魂。
畦尾陇头随起落,竹竿扶我过山邨。

选自《北碚诗词》,李萱华,西南师范大学出版社1991年版,第76—78页

[①] 1942年8月6日,国民政府陈主计长代表林森到缙云山祷雨,是日午夜下了大雨,太虚即赋此诗。
[②] 饿殍:饥饿的人。
[③] 1938年4月4日儿童节,作者在北碚参加纪念活动后,回到缙云山而作。

陈真如

陈真如(1889—1965),本名铭枢。

缙云山观云海

绿云罨结万坡田,岛屿参差接远天①。
忽忆吾家珠海曲,孟尝风杳莽氛烟②。

选自《重庆市北碚区志》,重庆市北碚区地方志编纂委员会,科学技术文献出版社重庆分社1989年版,第592页

---

① 岛屿:此处比喻云海中的山峰。
② 孟尝:孟尝君,即田文,以好客著称,战国时齐贵族,封于薛,称薛公,号孟尝君。

陶行知

陶行知(1891—1946),原名陶文濬。有《中国教育改造》《古庙敲钟录》《斋夫自由谈》《行知书信》等。

张故上将自忠殉国三周年纪念祭歌(四首)

招　魂

巍巍上将,正气之英。
一年一度,招公之灵。
灵之所悦,三杯水清。
魂兮归来,永住我心。

感　功

纪公之功,保障喜峰。
血战临沂,出没犹龙。
台儿庄前,溃敌西东。
襄樊震敌,群呼关公。

明　德

颂公之德,精忠报国。
甘苦与共,拚先士卒。
纪律严明,以身作则。

取义成仁,提高国格。

送　神

小我肯死,国族乃生。
收复河山,胜利是争。
鸭绿江边,期慰公魂。
自由幸福,中华长存。

选自《陶行知全集·第四卷》,华中师范学院教育科学研究所,湖南教育出版社1985年版,第583—585页

郭沫若

郭沫若(1892—1978),乳名文豹;原名郭开贞,笔名沫若、鼎堂等。有《中国古代社会研究》《甲骨文字研究》等。

为陈望道题画[1]

殊亲巴俗不相违,谁道吴侬但忆归[2]?
自有文翁兴石室,频传扬马秉杼机[3]。
温泉峡底弦歌乐[4],黄葛树头星月辉[5]。
渝酒无输於越酿[6],杜鹃休向此间飞。

1941年10月17日

---

[1] 陈望道(1890—1977),浙江义乌人,语言学家。曾任《新青年》杂志编辑、《太白》杂志总编辑。解放后,任复旦大学校长等职。著有《修辞学发凡》等书。
[2] 作者原注:黄山谷有诗云"巴俗殊亲我,吴侬但忆归"。
[3] 扬马:指西汉的扬雄与司马相如,均为蜀郡成都人。杼机:同机杼,比喻诗文的精巧。
[4] 温泉峡:又名温塘峡,温汤峡,位于北碚区缙云山段。
[5] 作者原注:时复旦大学在嘉陵江北岸,与温泉峡相邻。
[6] 作者原注:"於越"可连读,古时越国称於越。

雨①

不辞千里抱瓶来②,此日沉阴竟未开。
敢是热情惊大士,杨枝惠洒北碚苔?

1942 年 6 月 27 日

赠张瑞芳③

风雷叱罢月华生,人是婵娟倍有情。
回忆嘉陵江畔路,湘累一曲伴潮声④。

1944 年 12 月 26 日

晨浴北碚温泉

峡气朝凝爽,山泉发新醅。
洋洋融暖玉,浩浩走惊雷。

---

① 1942 年 6 月 27 日,《屈原》在北碚上演,作者由重庆乘船来碚,时逢下雨而作。
② 抱瓶:作者将自家的一个古铜色大瓷花瓶,抱来给张瑞芳作道具。
③ 张瑞芳:著名电影、话剧演员,在《屈原》中饰演婵娟。在北碚上演时,正值农历五月十五日。演后作者同演员们欢聚于兼善公寓草坪,后即写赠了这首诗。
④ 湘累:《棠棣之花》中的歌曲,张瑞芳亦曾演过此剧。当晚赏月时,张又演唱了"湘累曲"这首歌。湘累,指屈原。《汉书·杨雄传·反离骚》:"因江潭而淮记兮,钦吊楚之湘累。"颜师古注引李奇曰:"诸以不罪死曰累……屈原赴湘死,故曰湘累也。"

岸岭窥轩立①,筱舸逐浪回②。

浴余尘念净,即此胜如来。

1939年9月

游北碚

廿六年前事③,轻舟此地过。

微闻有温瀑,未得入烟萝。

半世劳尘想,今宵发浩歌。

感君慷慨意④,起舞影傞傞⑤。

1939年10月

题吴碧柳手稿⑥

廿年前眼泪,今日尚新鲜。

---

① 岸岭:指温泉公园后山。
② 筱舸:指嘉陵江中装有竹篷的木船。筱:小竹;舸:船。
③ 廿六年前:指1913年。当时作者出川赴天津,经小川北道,舟过嘉陵江小三峡。
④ 感君:感谢卢子英。卢当时任嘉陵江三峡乡村建设实验区区长,对郭非常热情。
⑤ 傞傞:醉舞不止貌。《诗·小雅》:"屡舞傞傞。"意双双起舞,舞影傞傞。
⑥ 吴碧柳:字芳吉,别号白屋诗人,重庆江津人。历任西北大学、东北大学、成都大学和重庆大学教授。病后曾在北温泉公园休养。他逝世后,1942年4月初,北温泉公园图书馆举办了"吴碧柳手稿展",郭沫若参观后,题留了此诗。

明月楼何在①？婉容词有笺②。

灿然遗手稿，凄切拂心弦。

幸有侯芭在③，玄文次第传④。

1942年4月23日

选自《郭沫若全集·文学编·第二卷》，郭沫若全集编辑出版委员会，人民文学出版社1982年版，分别见于第314、274、177、394、388、290页

豪气千盅酒⑤

豪气千盅酒，锦心一弹花⑥。

缙云存古寺，曾与共甘茶⑦。

选自《郭沫若旧体诗词系年注释(上)》，王继权等，黑龙江人民出版社1982年版，第257页

---

① 明月楼：是成都大学内的一个书斋，芳吉授业于成大时，写有《明月楼歌》。
② 婉容词：白屋诗人长诗篇名，在社会上影响很大，流行甚广。
③ 侯芭：东汉（新莽）时巨鹿人，从杨雄受《太玄》《法言》。杨雄死后，收集遗作，并为起坟，守丧三年。纪昀诗："侯芭含泪收遗草，白首门生有几人？"
④ 玄文：即《太玄经》。此用以称誉吴碧柳的手稿。
⑤ 1940年4月，作者与赵清阁等人参观育才学校后，游览缙云山。郭沫若吟此诗并书写成条幅赠予赵清阁。落款为："清阁女士，双正。乐山郭沫若。"
⑥ 锦心：即锦心绣口，形容文思优美，辞藻华丽。李白《冬日于龙门送从弟问之淮南序》："常醉目吾曰：兄心肝五藏（脏）皆锦绣耶？不然，何开口成文，挥翰雾散？"弹花：抗战时期的杂志名，由赵清阁主编。
⑦ 甘茶：缙云山甜茶。

和寿昌原韵一首[①]

无边法海本汪洋,贝叶群经灿烂装[②]。
警报忽传成底事[③],顿教白日暗无光。

选自《抗战诗歌史稿》,苏光文,四川教育出版社1991年版,第240—241页

敬吊寒冰先生[④]

战时文摘传,大笔信如椽。
磊落余肝胆,鼓吹动地天。
成仁何所怨,遗惠正无边。
黄桷春风至[⑤],桃花四灿然。

选自《国民公报》1941年3月16日增一版

[①] 作者自述:"廿九年七月卅一日,偕法国总领事杨克维夫妇、用之及鹤龄夫妇来游,见此册前有寿昌题诗记,遇警报,正拟用其原韵和之,锣声忽传,继而有飞机声,又有轰炸声甚近,盖炸北碚也,日光忽为暗淡。"寿昌:田寿昌,田汉的原名。
[②] 贝叶:印度贝多罗树叶子,用水泅后,可以代纸。古代印度人多用以写佛经,后因称佛经为"贝叶经"。太虚1939年秋,率中国佛教代表团访问东南亚,在印度带回贝叶经在缙云寺展出。
[③] 警报:指敌机轰炸北碚。是日中午,日机三十六架飞越缙云山,俯冲北碚,投弹三十余枚,兼用机枪扫射,炸死廿七人,炸伤六十四人,炸毁房屋八十七间。
[④] 寒冰:孙寒冰,原名锡琪,江苏人。抗日战争时担任复旦大学教务长及法学院院长,成立《文摘》出版社,编辑出版《抗战文摘》。1940年5月27日,日寇飞机轰炸北碚时,在黄桷镇王家花园遇难,年仅三十七岁。
[⑤] 黄桷:当时复旦大学在北碚区黄桷镇夏坝。现属北碚区东阳街道。

北碚温泉即兴

微惜黄梅晚,红梅正发花。

嘉陵流翡翠,铜殿窜龙蛇[①]。

猛虎闻歼尽,飞蛾待护加[②]。

汤温鱼意乐,罗汉有新家[③]。

选自《四川风物志》,文闻子,四川人民出版社1985年版,第124页

[①] 铜殿:指铁瓦殿。
[②] 飞蛾:缙云山树名。属槭树科,因果荚似飞蛾,故称飞蛾树。学名缙云槭。
[③] 罗汉:指石刻园内的摩崖罗汉像,为宋代佛教造像。

陈孝威

陈孝威(1893—1974),本名增荣。有《诗史与世运》等。

游缙云山

轻风吹我出郊原,夜宿临江第一村。
破晓灯光疑是月,出山泉水竟分温①。
河青何日怜天意,石破无言吊国魂。
却喜岁寒三友共②,松阴十里问真源。

选自《冷月无声:吴石传》,郑立,中共党史出版社2018年版,第125页

---

① 温:原作"湿",应是"温"字误。
② 岁寒三友:本指松、柏、竹。这里"三友"实指三人同游。作者自注:"三十五年一月九日,侍叙师、虞兄自重庆来游缙云山作。"

吴 石

吴石(1894—1950),原名萃文,字虞薰。

细风斜雨上缙云[①]

旧境重寻笑独勤,任他春已尽三分。
笋舆十里松阴路[②],细雨斜风上缙云。

选自《冷月无声:吴石传》,郑立,中共党史出版社2018年版,第125页

[①] 此诗作于抗战时期。
[②] 笋舆:竹轿。

何 鲁

何鲁(1894—1973)。有《二次方程式详论》等。

北温泉磬室一首

室外飞泉转瀑流,疑风疑雨更疑秋。
而今识得声尘幻,为蕴空从一入收。

选自《重庆市北碚区志》,重庆市北碚区地方志编纂委员会,科学技术文献出版社重庆分社1989年版,第593页

叶圣陶

叶圣陶(1894—1988),原名绍钧。有《叶圣陶集》等。

自北碚夜发经小三峡至公园[1]

初上月微昏,孤昏发野村。
江流惟静响,滩沸忽繁喧。
浓黑峡垂影,深凹石露根。
何能忘世虑,休说问桃源。

1938年5月

选自《中国现代诗选》,胡迎建、蔡厚示,线装书局2010年版,第181页

---

[1] 1938年5月,作者由北碚至北温泉得此律。

唐玉虬

唐玉虬(1894—1988),名鼎元,号辈公。

夜宿白庙子①

送客半途中,扁舟去若鸿。
江声排岸壮,雨势挟雷雄。
已苦征薄衣,岂诚吾道穷。
北碚好山水,遥在翠云中。

自黄葛树乱流至北碚②

江天如此状!客子兴殊豪。
隔岸好山色,北碚迎面高。
树梢行舴艋③,云际下波涛。
蛟鳄骄何得④,吾身任固牢。

---

① 白庙子:在观音峡中,原为一陡峻之山岩,自北川铁路建成后,即发展成繁荣煤港。今属重庆市北碚区天府镇。1939年9月1日,作者乘船经嘉陵江上北碚,遇洪水,至江北土沱登岸步行,借宿白庙子,夜半雷雨大作。"天气骤冷,无被可覆,遂坐起,听峡江中波涛与雷霆声斗,心中为之快荡,口占一诗。"
② 乱流:指嘉陵江洪水。1939年9月3日,大水淹北碚,街面行船。
③ 舴艋:小船。
④ 蛟鳄:蛟龙和鳄鱼,泛指水中凶猛的动物。

咏温泉①

源源流不竭,泉脉出山根。
处士清堪比②,真儒德可论。
要为天下泽,长保此中温。
莫逐江涛去,混茫随地翻③。

选自《北碚诗词》,李萱华,西南师范大学出版社1991年版,第94—95页

---

① 温泉:指北温泉。
② 处士:古时称有才德而隐居不仕的人。
③ 混茫:广阔无涯的境界。

洪式闾

洪式闾（1894—1955），字百容。

庚辰中秋

远离浙水已三年，走遍西南亦偶然。
自恨于时无补益，更嗟所学太拘牵。
书生忧国唯憔悴，志士捐躯貌瓦全①。
惭愧嘉陵江畔住，中秋望月两回圆。

选自《乐清当代诗词集成·卷一》，施中旦，线装书局2014年版，第66页

---

① 瓦全：比喻不顾名节，苟且偷生。《北齐书·元景安传》："大丈夫宁可玉碎，不可瓦全。"

林庚白

林庚白(1897—1941)，原名学衡，字众难，自号摩登和尚。有《子楼随笔》《子楼诗词话》等。

小磨滩听水同北麓①

溪声娱过客，斜日小磨滩。
时作晴天意，来同瀑布看。
小楼临水秀，狭路下坡宽。
莫道渝州恶，偕行亦已难。

选自《北碚诗词》，李萱华，西南师范大学出版社1991年版，第109页

---

① 小磨滩：地名，今在重庆市北碚区歇马街道，与大磨滩相对。

易君左

易君左(1899—1972),有《易君左诗存》《琴意楼词》。

登缙云山(二首)

狮子峰头看杜鹃,重洋烽火正连天。
此行报与高僧处[①],佛火而今正待燃[②]。

上将英姿出缙云[③],紫桐花色艳纷纷。
圣灵早具精诚感,喜遇华阳宋使君[④]。

选自《北碚诗词》,李萱华,西南师范大学出版社1991年版,第136页

---

① 高僧:指太虚法师。
② 佛火:供佛的油灯香烛之火。
③ 上将:指张自忠。作者原注:"民国卅一年四月十一日,随文公部长及宋成之先生登缙云山,访太虚法师未遇,留书二绝句。"
④ 华阳:成都华阳县,今属双流区。宋使君:指同游的宋成之先生。

田 汉

田汉（1898—1968），原名寿昌，著名的戏剧家、诗人，中华人民共和国国歌词作者。有《田汉文集》。

缙云寺题句[①]

太虚浮海自南洋[②]，带得如来着武装。
今世更无清静地，九天飞锡护真光[③]。

[①] 此诗作于1940年6月16日。作者自述："偕太牟、子展、双云及珊姊（俞珊）、维中等登缙云山，瞻仰太虚法师携归宝物，适遇警报，云敌机百五十架又来，肆其残暴，今日为光明与黑暗之战，我僧伽同志，在太虚大师领导下，必能成为文化抗战之生力军也。"当即题了这首诗。

[②] 浮海：漂洋过海。南洋：指东南亚。

[③] 飞锡：佛教名词。僧侣游方之称。锡为锡杖，僧侣随身之物。相传唐元和年间，高僧隐峰游五台，掷锡杖飞空而去，故后称僧侣游方为"飞锡"。

过张荩忱将军墓①

柳江热泪尚沾襟②,又见元戎哭荩忱③。

纵马不辞临敌险,拔刀犹念受恩深。

以躯为弹军人份,和血吞牙国士心。

又遇北碚双柏树④,羡他黄土覆真金。

选自《田汉全集·第十一卷》,《田汉全集》编委会,花山文艺出版社2000年版,第303—304页

---

① 此诗作于1940年6月。作者自述:"从北碚归渝过双柏树,陶行知先生从车窗指点张荩忱将军埋骨处,感而成此以志敬悼。"
② 柳江:西江支流,在广西北部。上源都柳江出贵州独山,东流入广西境称融江,南流到柳城以下称柳江。田汉从广西来重庆前,在柳州公园参加了第九军郑作民师长公祭。自述:"予偕陈石经将军等祭之,令抗敌九队唱挽歌,情绪悲壮,不觉泪下。"
③ 作者自述:"豫鄂之战,荩忱将军率部追敌,遇其反斗,受伤不退,自午迄未,愈抗愈勇。及胸部中弹,乃拔委员长所赠短剑欲自裁,为副官所夺,慨然告左右谓对国家民族、对长官、对自己良心都得安慰,愿大家努力杀敌云。"
④ 双柏树:北碚地名,在梅花山侧。

陈子展

陈子展(1898—1990),原名炳堃。

诗人吴剑岚居北温泉,在缙云山下,意有不适,为作长句以广之

君自清癯我自肥[1],莫相标举莫相讥。
或传物怪石能语,孰信天才诗句飞。
地近汗邪同有获[2],丘名妒泪意何归。
盘桓且问相思寺,夹道双松试几围。

选自《新蜀报》副刊《蜀道》,1940年9月28日,第242期

次韵剑岚绝句一首[3]

暮浴温泉朝泛波[4],朝朝暮暮往还多。
诗人别有飘然意,争似灵生问者何。

选自《重庆市北碚区志》,重庆市北碚区地方志编纂委员会,科学技术文献出版社重庆分社1989年版,第592页

---

[1] 清癯:清瘦。癯:同臞。
[2] 汗邪:即污邪。地势低下,易于积水的劣田。
[3] 剑岚:吴剑岚,歙县人。曾任暨南大学讲师,后在复旦中文系任教。
[4] 温泉:即北温泉。

张自忠将军挽诗

长江失天险,上将得人豪。

杀敌日惊避,成仁风怒号。

灵台不可状①,铸象亦徒劳②。

忠愤随巴水,洸洸作恨涛③。

选自《北碚文史》第2辑,政协重庆市北碚区委员会文史资料研究委员会,1987年版,第99页

---

① 灵台:指心灵。
② 铸象:铸成塑像。
③ 洸洸:威武貌。此言张自忠的忠魂也会化作嘉陵江的怒涛。

邓均吾

邓均吾(1898—1969),又名邓成均,笔名默声。有《邓均吾诗词选》等。

金缕曲·游狮子峰[1]

决眦入归鸟[2]。立狮峰,松林涛静,犹闻清啸。迦叶西来跌坐处,锦石秋花红褎。问可有谪仙人到?天际芙蓉青不断,尽苍苍莽莽归残照。且收作,卧游稿[3]。

思深兴极忧心悄。望神州,几时剪却,当关虎豹?我与斯人非楚越,忍看燎原小草。但挽得天河水倒,涤荡中原安衽席[4],纵吾庐独破何须道[5]!今古意,山灵晓。

---

[1] 金缕曲:词牌名。此词系作者1928年游缙云山时所作。当时正处于重庆"三·三一"革命风暴之后,作者对革命的前途产生了新的认识,所以在词中表明决心:"但挽得天河水倒,涤荡中原安衽席,纵吾庐独破何须道!"
[2] "决眦"句:杜甫《望岳》:"荡胸生层云,决眦入归鸟。"
[3] 卧游稿:此指山水画。卧游:谓欣赏山水画以代游览。《宋书·宗炳传》:"有疾还江陵,叹曰:'老疾俱至,名山恐难偏睹,唯当澄怀观道,卧以游之。'凡所游履,皆图之于室。"
[4] 衽席:亦作"袵席",指床褥与莞簟,比喻使中原安定。
[5] 吾庐独破:化用杜甫诗句。杜甫《茅屋为秋风所破歌》:"何时眼前突兀见此屋,吾庐独破受冻死亦足。"

北温泉

一

为爱温泉江峡幽,卅年前此小淹留①。
安巢喜傍慈悲佛,放眼能招浩荡鸥②。
一自豪奴牵犬浴③,旋惊冠虎逐人游④。
嘉陵号子犹萦耳,响入风烟黯素秋。

二

而今时世换人间,又逐东风到北泉。
蝶逸蜂忙花烂漫,云闲天淡鸟绵蛮。
两行笔柏亭亭影,一派娇杨袅袅烟。
佛也开颜如说偈⑤,光明世界照三千⑥。

---

① 卅年前:作者曾于1928年游缙云山,登狮子峰。此诗发表于1961年,距第一次来游,三十三年,举其成数为三十年。淹留:停留,滞留。
② 浩荡鸥:化用杜甫《奉赠韦左丞二十二韵》:"白鸥没浩荡,万里谁能驯。"
③ 豪奴牵犬浴:三十年前或有豪门之仆以温泉水为狗洗浴,故云"豪奴牵犬浴"。
④ 冠虎逐人游:当喻指三十年前权贵衣冠禽兽之丑态。虎又为写实,二十世纪二三十年代,缙云山有虎豹出没。
⑤ 说偈(jì):讲解佛经唱词。偈:梵语"偈佗"(Gatha)的简称,即佛经中的唱颂词。通常以四句为一偈。
⑥ 三千:佛教认为世界分大千、中千、小千世界。

缙云寺

九朵金莲出上方①,佛图初建始隋唐。
狮峰限日群山静,石笋涵云万竹凉。
世乱林岩文豹隐②,时清精舍畹兰香③。
洪荒想象观奇树,蛾子飞时引兴长。

选自《邓均吾诗词选》,邓均吾,四川人民出版社1981年版,第86、152—153页

---

① 九朵金莲:指缙云山九峰。
② 文豹:有花纹的豹子。典出《庄子·山木》:"夫丰狐文豹,栖于山林,伏于岩穴,静也。"
③ 精舍:指太虚精舍。

老舍

老舍(1899—1966),原名舒庆春,字舍予。有《四世同堂》《茶馆》等。

北碚辞岁[①]

雾里梅花江上烟,小三峡外又新年[②];
病中逢酒仍须醉,家在卢沟桥北边!

乡 思[③]

茫茫何处话桑麻?破碎山河破碎家;
一代文章千古事[④],余年心愿半庭花!
西风碧海珊瑚冷,北岳霜天羚角斜;
无限乡思秋日晚,夕阳白发待归鸦!

选自《老舍作品集》,老舍,现代出版社2019年版,第147、213页

[①] 1941年1月下旬,老舍因连日创作《张自忠》等抗战剧本,用脑过度,患头晕症,在北碚休养,时逢春节,"既病,又值新年,故流离之感"。因而吟此一绝。
[②] 小三峡:指嘉陵江小三峡。
[③] 乡思:抗战时期,作者寓居北碚,经济拮据,生活窘困,胜利了"既没钱去买黑票,又没有衣锦还乡的光荣"。因此,于1945年12月28日,写下了这首七律,作为《八方风雨》的结束语。
[④] "一代"句化用杜甫《偶题》:"文章千古事,得失寸心知。"

吕振羽

吕振羽(1900—1980),有《史前期中国社会研究》等。

歇马场访外庐未遇[1]

独步寻君歇马场,柴门深锁炊烟香。
嘉陵急涛笼白障,半为琐事半文章。

选自《吕振羽研究文丛》,王忍之、刘海藩,中共中央党校出版社2002版,第35页

---

[1] 歇马场:起于南宋时期,现为北碚区歇马街道。外庐:侯外庐。马克思主义史学家。抗战时在歇马场主编《中苏文化》杂志。

胡　风

胡风(1902—1985),原名张光人。有《胡风全集》。

残冬雨夜偶成(二首)①

一

权门残饭讨生存②,落寞街头一难民。
大恨未除顽敌在,微忠不死浩歌新。
华冠犬马看群偶③,敝屣尊荣剩独身④。
我亦有情何所愿,光明祖国抱孤坟。

二

三更风雨又天荒,斗室无声夜正长。
积毁满身心不冷⑤,拂尘两袖面犹脏。
案头烂纸苍生哭,寨里堆金大盗狂。
莫向临安寻往事⑥,党碑残迹太凄凉⑦。

选自《胡风全集》,胡风,湖北人民出版社1999年版,第442—443页

---

① 此诗成于1940年1月31日,诗题下写有"呈正舍予兄"。
② 权门:权贵之家。
③ 犬马:古时臣对君的自卑之称。
④ 敝屣尊荣:把荣华富贵看得像破鞋一样,表示轻视、不屑或毫不在意的意思。
⑤ 积毁:遭受很多毁谤。
⑥ 临安:本指南宋首都临安(今浙江杭州),此代指陪都重庆。
⑦ 党碑:即元祐党人碑,宋徽宗崇宁元年(1102),蔡京拜相后,为打击政敌,将司马光以下共309人之所谓罪行刻碑为记,立于端礼门,称为元祐党人碑、党人碑。此讽刺当局打击政敌的卑劣手段。

了 空

了空，本姓李，居士。

缙云山晚秋感作[①]

云山景物最宜秋，可奈绵绵风雨愁。
篱下黄菊少佳色[②]，溪边红树减清幽。
弥天杀气销何日，满地灾祲怕上楼[③]。
王粲思归徒有赋[④]，乡江犹隔水悠悠。

选自《北碚诗词》，李萱华，西南师范大学出版社1991年版，第100—101页

[①] 此诗作于1940年。
[②] 篱下黄菊：用陶渊明"采菊东篱下"的典故。
[③] 灾祲(jìn)：即灾异。
[④] 王粲：汉末文学家。先依刘表，未被重用。后为曹操幕僚，官侍中。其《登楼赋》颇有名。

陈文鉴

陈文鉴,生卒年不详。

游缙云寺[①]

明季残碑在[②],摩挲字半漶。
河山曾浴血,草木亦知春。
风雨年年事,合离落落人。
登峰犹有愿,八表净无尘[③]。

选自《北碚诗词》,李萱华,西南师范大学出版社1991年版,第107页

[①] 此诗作于1940年。
[②] 残碑:指缙云寺前两方盘龙碑。左为《赖赐崇教寺碑记》,右为《重修崇教寺碑记》。均系明天顺六年刻立。
[③] 八表:八方以外极远之地。

李清悚

李清悚(1903—1990),号晴翁。

赠卢作孚子英昆季[①]

捉笠空樽意气横,兄为人望弟为英。
文翁化蜀诗书在[②],工部吟秋感慨生[③]。
托命应无弹铗恨[④],歼仇喜见椎牛盟。
十年一接巴山雨[⑤],谱入渔樵箫鼓声。

画北泉十景图册并题十绝句

烟峡风帆

接天云水一帆搏[⑥],蜀水远比蜀道难。
白首才过沥鼻峡,东风吹上碚前滩。

---

① 昆季:弟兄。卢作孚原为北碚峡防局局长,1936年改嘉陵江三峡实验区后,其弟卢子英任区长,后又任北碚管理局局长。
② 文翁:西汉人。景帝末,为蜀郡守。曾派小吏至长安,就学于博士。又在成都设学校,入学得免除徭役,并以成绩优良者为郡县吏。
③ 工部:指杜甫。因其一度任检校工部员外郎,故世称杜工部。
④ 弹铗:弹,击;铗,剑把。
⑤ 巴山:指缙云山。
⑥ 搏:依上下文义,及此组诗首句入韵体例,此字或是"抟"字误。

松崖晨雾

松外青松山外泉,朝生重雾晚笼烟。
年年作了松间客,夜夜拥衾听雨眠。

乳洞招凉

壁上龙蛇树上湫,洞中天地是长秋。
寻常日午科头坐①,一卷唐书万斛愁②。

红亭问瀑

万秋深处筑红亭,白鸟时飞山外青。
珍重秋来一夜雨③,明朝巨瀑挂银屏。

铁殿春华

殿外春华殿上春,年年此日最愁人。
折巾莫唱江南好,草长莺啼事已陈④。

黛湖秋泛⑤

龙隐平西事已奇,九峰今始见涟漪。
涓涓一钵黛湖水,今古风流不胜思。

---

① 科头:不戴帽子。《史记·张仪列传》:"虎贲之士,跿跔科头。"裴骃集解:"科头,谓不著兜鍪入敌。"王维《与卢员外象过崔处士兴宗林亭》诗:"科头箕踞长松下,白眼看他世上人。"
② 唐书:《旧唐书》或《新唐书》,作者当时正在读此书。万斛愁:形容愁极多。
③ 珍重:感谢。刘禹锡《刘驸马水亭避暑》诗:"尽日逍遥避烦暑,再三珍重主人翁。"
④ 草长莺啼:丘迟《与陈伯之书》"暮春三月,江南草长,杂花生树,群莺乱飞"。
⑤ 黛湖:见前赵熙《北泉纪游诗二十首》注。

莲池清话

相思岩下并头莲,叶叶花花自应怜。
抚鬓才知情已改,闲来清话共溪烟。

温汤试浴

水滑泉温有坠珰,长垣新甃浴鸳鸯①。
赐钱无处看调马,此是华清第几汤②。

狮岭传经

狮峰如削结经楼③,法雨如花动九流④。
遥忆玉堂清昼话⑤,海潮音外一浮沤⑥。

晴江拥翠

晴江拥翠喜春长,堪笑年年往水乡。
峡里不知双鬓改,几时鼓吹出温塘。

选自《北碚诗词》,李萱华,西南师范大学出版社1991年版,第129—132页

---

① 新甃:指新修的澡池。
② 华清:陕西临潼华清池。
③ 经楼:指太虚台。1939年太虚五十寿辰,在狮子峰顶建一石亭,以示纪念,取名"太虚台"。
④ 法雨:佛家谓佛法普利众生,如雨之润泽万物,故谓法雨。王维《能禅师之碑》:"于是大兴法雨,普洒客尘。"九流:先秦学术流派。即儒、道、阴阳、法、名、墨、纵横、杂、农等九家。
⑤ 玉堂:神仙所居之处。孙绰《游天台山赋》:"朱阙玲珑于林间,玉堂阴映于高隅。"
⑥ 海潮音:太虚主编的杂志《海潮音》。浮沤:水面上的泡沫。

壬午岁首少琴召饮北泉天风阁占此奉酬[①]（节选）

阁上天风又一年，梅花吹雨杏如烟。

高谈白袷飞炉火[②]，煮酒儒生割羼肩[③]。

各有狂名违世好，未因长镵动人怜[④]。

濡头半幅将军画，破碎江山不值钱。

选自《北碚文史资料》第6辑，中国人民政治协商会议重庆市北碚区委员会文史资料委员会，1994年版，第167—168页

[①] 少琴：邓少琴，北温泉公园第一届主任。天风阁：在北温泉公园后山，邓的住宅。
[②] 白袷：白色夹衣。
[③] 羼肩：猪蹄膀，或猪肘子。
[④] 长镵：古代一种长柄犁头。

王与白

王与白(1903—1949)。

游温泉寺[①]

红尘亦到赞公房,锡杖何缘卓此乡。
滴沥泉声清入梦,朦胧峡月夜生光。
壶中药石宏悲悯[②],舌上波澜自广长[③]。
十载知君嗟晚遇,莫因清静失疏狂。

选自《北碚诗词》,李萱华,西南师范大学出版社1991年版,第157页

[①] 作者自述:"丙戌夏游温泉寺作,冬日与海定法师上缙云山题录于此。聊志鸿泥之迹。"
[②] 药石:佛教徒称晚食为药石。
[③] "舌上"句:佛的舌头,据说佛舌广而长,覆面至发际,故名,后用以喻能言善辩。

柯尧放

柯尧放（1904—1965），名大经，字尧放，号容庵。有《容庵丛稿》。

北泉杂诗四首（选二）

数帆楼

移情竟不到寒山，目断嘉陵水一弯。
绝似清湘和尚画①，乱帆几点绿波间。

莲塘

撩人疏柳碧鬖鬖②，婉转莲塘路旧谙③。
爱杀④柳边亭子好，一分烟水当江南。

---

① 清湘和尚：作者自注"石涛别号"。石涛，清初著名画家，绘画理论家。
② 鬖(sān)鬖：毛发下垂貌，此描摹垂柳下垂之貌。
③ 谙：熟悉。
④ 爱杀：即爱煞，煞为助词，用在动词后，表程度深。

缙云杂诗(四首)

黛湖[1]

西子风神略有无,不劳遐想问髯苏[2]。
英雄未免欺人甚,如此寒塘号黛湖[3]。

洛阳桥[4]

冷杉寒竹影萧萧,不用钟声破寂寥。
谁与山容添秀色,云间乍见洛阳桥。

相思岩[5]

不愁清露湿衣裳,石磴凌空旧迹荒。
岩上相思人在否,万松无语雾苍苍。

---

[1] 黛湖位于缙云山半山腰,在绍龙观后,九龙寨下的公路边,水清澈碧绿如黛。1930年,江津诗人吴芳吉便取名"黛湖"。1935年,书法家欧阳渐书题"黛湖"。

[2] 髯苏:指苏轼,苏轼有"欲把西湖比西子,浓妆淡抹总相宜"之句,故前句云"西子风神略有无"。

[3] 英雄未免欺人:指非凡人物逞才欺世。此二句意谓黛湖为一寒塘小池,完全不能与西湖相比,吴芳吉取名黛湖,乃是英雄欺人。

[4] 洛阳桥:缙云山景点之一,位于缙云寺山门前,是进入缙云山核心景区的必经之地。相传此桥与"巴渝第一状元"冯时行有关,他当年求学时,常在桥上迎着朝阳洛诵(意为"反复诵读")诗文,洛阳桥由此得名。现存的洛阳桥为1953年修公路时改建,为小石拱桥,横跨溪涧。

[5] 相思岩:北碚缙云山景点之一,位于香炉峰下。相思岩纵横一百多米,周边古木葱茏,幽篁成林。在岩壁底部,刻有宋代摩崖浮雕佛像多处,形制古朴,旁边还有宋代塔墓。传说宋状元冯时行于宣和年间在寺中读书时,常流连于相思岩,写过《春日题相思寺》。

此想

微嫌疏雨扰松峦,临去云山且再看。
屈指五年无此想,一蓑独拥九峰寒。

选自《容庵丛稿》,柯尧放,1995年家属自刊本,第63—64页

卢　前

卢前(1905—1951),字冀野。

梅花山张自忠上将墓

深霄炮石共灯听,云梦惊传落将星①。
大义终能垂竹帛,真书何用考兰亭②。
梅花一例埋忠骨③,墓草三年带血青④。
地下有知应有慰,未须生祭叹零丁⑤。

---

① 云梦:春秋战国时楚王的游猎区。在湖北江汉平原及东、西、北三面一部分丘陵山峦。后设有云梦县。张将军殉国处正属这个范围。
② 真书:汉字的正楷。兰亭:此处用晋王羲之兰亭雅集的典故。
③ "梅花"句:史可法殉难葬梅花岭,张自忠今又葬梅花山,故言"梅花一例埋忠骨"。
④ 三年:1943年5月16日,是张自忠将军殉国三周年,梅花山举行了隆重祭奠,《新华日报》辟专版发表了祭吊诗文。作者当时在将军墓前题写了此诗。
⑤ 零丁:宋末民族英雄文天祥被元军所执,过零丁洋有诗:"惶恐滩头说惶恐,零丁洋里叹零丁。人生自古谁无死,留取丹心照汗青。"作者借此赞誉张将军的英雄气概。

游北温泉诗(二首)

温塘若鲁沂①,吾乃怀点志②。

同行志壮冠,亦有六童子。

何必春服成,笑向塘门指。

一室既已辟,取次就汤水。

悠然忘朝暮,俯仰不肯起③。

浴罢咏而归,御风随所止④。

北碚留日半,因泉更入峡。

峡乎我旧交,于我如相狎⑤。

知我往求泉,而故藏诸箧。

难以百步梯,困以山路滑。

行行未能止,欲速逾不达⑥。

下听幽涧鸣,湿气透毛发。

且憩桐荫道,林外蒙为豁。

隔望西山坪,与语而不答。

---

① 鲁沂:沂水在山东曲阜县南,那里有温泉,故暮春可浴。
② 吾乃怀点志:孔子听了曾晳的话后曾说"吾与点也。"孔子很赞同曾点(曾晳)的意见。这里卢前说他的志向也与当年的曾点一样,所以与一群人一道去北温泉游玩。
③ 俯仰:犹瞬息。王羲之《兰亭集序》:"俯仰之间,以为陈迹。"
④ 御风:乘风而行。《庄子·逍遥游》:"列子御风而行,泠然善也。"苏轼《赤壁赋》:"浩浩乎如凭虚御风,而不知其所止。"此言在温泉浴后身体极为舒服,走起路来有如御风而行。
⑤ 相狎:亲近、亲热。
⑥ "欲速"句化用《论语·子路》:"欲速则不达。"此言爬山不能过急,过急则更难达到目的。

嘉陵江晚渡(二首)

向晚横江一舸轻,千山遇雨乍晴明。
清新合付玲珑笔,试写虚堂落叶声。

一叶惊寒夏坝秋①,沙鸥踪迹傍扁舟。
丹枫半树江头见,却忆芦花白了头。

选自《北碚诗词》,李萱华,西南师范大学出版社1991年版,第126—128页

---

① 夏坝:抗战时复旦大学所在地。原为下坝,陈望道更名夏坝。此句化用一叶落而知秋的成语。

胡絜青

胡絜青(1905—2001),原名玉贞,笔名燕崖、胡春。

一九八二年旅北碚诗

一别北碚走天涯,三十二年始回家。
旧屋旧雨惊犹在,新城新风笑堪夸。
嘉陵烟云流渔火,缙云松竹沐朝霞。
劫后逢君话伤别,挑灯殷殷细品茶。

选自《北碚文史资料》第9辑,政协重庆市北碚区文史资料委员会,1997年版,第167页

金锡如

金锡如（1905—2001），字质彬。

北温泉

温泉虽小景致精，柳绿花红池水清。
远处汽笛声声叫，嘉陵水碧蜀山青。

选自《重庆市北碚区志》，重庆市北碚区地方志编纂委员会，科学技术文献出版社重庆分社1989年版，第594页

苏渊雷

苏渊雷(1908—1995),原名中常,字仲翔,晚署钵翁,又号遁圆。

自北碚舟行逆水上金刚碑口占示济波兄[1]

青山妩媚笑迎人,入峡风光别样新。
夷险胸中无蒂芥,往来心上有波尘。
横流立足难成涉,远景凝眸恐未真。
争说一声山水绿,谁知欸乃杂酸辛[2]。

过数帆楼旧址[3]

嘉陵断三峡,空翠拥楼台。
泉石天然胜,幽怀触处开。
我来风雨节,负手一徘徊。
莫数归帆远,乡愁剪剪来[4]。

---

[1] 金刚碑:在温塘峡口,是一个历史久远的煤炭港口。江边碚石横亘,亦称金刚碚。济波兄,即穆济波(1889—1976),四川合江人,曾任西北大学、中山大学、西南师范学院(现西南大学)教授。早期著名的语文教育家。
[2] 欸乃:摇橹声。柳宗元《渔翁》诗:"烟销日出不见人,欸乃一声山水绿。"
[3] 旧址:指数帆楼被烧后尚未修复的废址。诗作于壬午九月,即1942年。
[4] 剪剪:阵阵。

乳花洞

言入乳花洞,还疑璎珞宫①。

天光花影碎,树色湿云重。

地僻心偏远②,路迷情自通。

不须深处探,即此接鸿蒙③。

选自《北碚文史资料》第6辑,中国人民政治协商会议重庆市北碚区委员会文史资料委员会,1994年版,第158—160页

---

① 璎珞:贯串珠玉而成的装饰品,此言乳花洞极美,有如珠玉装饰而成的地下宫殿。
② "地僻"句:此句化用陶渊明《饮酒》"心远地自偏"诗句。
③ 鸿蒙:指宇宙形成以前的混沌状态。

杨舒武

杨舒武(1881—1956),又名时杰,别号志铭。

缙云山题石[①]

缙云屹屼九峰歧,景物天生色色奇。
蔽日松梧栖鹤凤,乖时薇蕨供夷齐[②]。
雾收隐约寻常见,风急哀猿到处啼[③]。
最是名花堪献佛,庄严灿烂庙东西。

选自《北碚诗词》,李萱华,西南师范大学出版社1991年版,第108页

嘲缙云寺山门石狮

昂昂石狮,赫赫箕口。
气吞八方,胸无一有。
威镇群山,气冲牛斗。

[①] 此诗作于1940年。
[②] 夷齐:伯夷、叔齐,商末孤竹君之二子。孤竹君以叔齐为继承人,孤竹君死,叔齐让位与兄伯夷,伯夷不受,二人逃奔周。后反对武王伐商,隐居首阳山,以薇蕨为食,不食周粟而死。
[③] 风急哀猿:化用杜甫《秋兴八首》"风急天高猿啸哀"语。

黄尘满眶,绿苔盈首。
不甘鸡口,惟愿牛后。
但见哑笑,未闻狂吼。
挥之不去,鞭之莫走。
万岁千秋,山门独守。

选自《百年回望——辛亥革命志士后裔忆先辈》,陈元生,武汉出版社2011年版,第184页

费孝通

费孝通（1910—2005），有《费孝通全集》。

金锡如同志邀游北温泉戏相唱和以为乐

嘉陵三峡接长江，暴雨方休川水黄。
远客从来忆旧游，风帆点点泛青光。

选自《重庆市北碚区志》，重庆市北碚区地方志编纂委员会，科学技术文献出版社重庆分社1989年版，第594页

柳 倩

柳倩(1911—2004)，原名刘智明，当代著名诗人、学者、剧作家、书法家。

北温泉公园

洪涛默默涌流沙，逆水行舟逐浪斜。
北碚遥看天地转，南泉相映路迷赊①。
万山环绕流秀色，绿竹浓遮束天涯。
何处暗流通幽径，温泉处处暖千家。

壬戌初伏

选自《北碚诗词》，李萱华，西南师范大学出版社1991年版，第173页

---

① 南泉：指南温泉。地处长江以南，始建于明代万历年间。

屈趁斯

屈趁斯(1915—2014)，著名书法家。

北泉公园建园五十六周年

攀萝蹑屐蔓重兴，绿藻温泉洗客尘。
缙岭丹霞歌复旦，云开碧翠一珠明。

癸亥春

选自《北碚诗词》，李萱华，西南师范大学出版社1991年版，第173页

郑临川

郑临川（1916—2003），乳名宝生。

北碚舟中[①]

一棹寻春讯，嘉陵两岸山。
天随青嶂合，心逐白云间。
飞瀑自今古，幽禽任往还。
劳歌江上曲，生意总相关。

选自《北碚诗词》，李萱华，西南师范大学出版社1991年版，第141页

[①] 此诗作于抗战时期。

张长炯

张长炯(1919—),号耿斋。有《耿斋散曲集》等。

越调·小桃红

北碚赞

北碚城小美而娇,四面青山抱,百丈高楼好登眺。放眼游遨:缙云层岭狮峰峭,北泉水暖,鸡公山秀,双桥[①]驾谷浪滔滔。

选自《耿斋散曲集》,张长炯,天地出版社1996年版,第96页

[①] 双桥:指观音峡公路吊桥和铁路桥。

王　庄

王庄（1923—2018）。

望海潮·北温泉

蜀中名胜，巴峡奇秀，温塘别具风情。修竹悠然，山花烂漫，亭台院苑深深。芳草碧茵茵。荷花任鱼乐，黄鹂鸣春，绿女红男，摩肩接踵竟嘉宾。

此间何处消魂，数帆楼醉卧，赏月听琴。空谷兰香，江天弄影，飞泉泼击声声。流水有知音。乘兴沐汤浴，款洗征尘，一路辛劳遁失，归去更酥心。

选自《北碚诗词》，李萱华，西南师范大学出版社1991年版，第176页

陈树棠

陈树棠(1893—1985),号朴园。

游北温泉簡赠家骆馆长[1]

八年抗战周,晓发渝州郭。
风烟解缆初,违忆麟台约[2]。
波媚橹声柔,日丽云影灼。
踟蹰九峰前,心胸万古拓。
黩武话蒙哥[3],上刑比汤镬[4]。
自力和更生,大同匡时略。
试舣茂叔舟[5],借问推官凿[6]。
乳花一磬浮,造像六朝索[7]。

---

[1] 此诗作于1945年。家骆:杨家骆。抗战时期任中国辞典馆馆长,馆址设在北泉观音殿。
[2] 麟台:官署名。唐天授中曾改秘书省为麟台。作者原注:"先白玉公入东阳峡与李明府舟先后不相及,即今北碚进温泉峡口处。"
[3] 蒙哥:元宪宗。在攻打合州钓鱼城时,中炮风,死于北温泉。
[4] 汤镬:古代的一种酷刑,把人投入滚汤中煮死。《史记·廉颇蔺相如列传》:"臣知欺大王之罪当诛,臣请就汤镬。"
[5] 茂叔:周茂叔,即朱理学家周敦颐。
[6] 推官:彭应求。作者原注:"濂溪先生,讲学经此,刻推官彭应求诗序,立于寺中。"
[7] 六朝:指北温泉的六朝造像。

汉洗尤光怪[①],考工失奥博[②]。

偏赞北泉圣[③],所思胜棋著。

青山绿水亭,白鸟情如昨[④]。

余绪亦仪型,宁静复淡泊。

欢言辞典馆,捆载从京洛[⑤]。

渌渌劳沾溉[⑥],勤勤事述作。

高歌颂琼瑶,夙愿偿腰脚。

狂澜赖以挽[⑦],君意何磅礴。

运祚起贞元[⑧],道真犹橐籥[⑨]。

落落张夫子[⑩],遗书款款托。

刊削满谷院,徘徊尚林薄。

浣尘咏而归,仿佛乘笙鹤[⑪]。

选自《北碚诗词》,李萱华,西南师范大学出版社1991年版,第153页

---

① 汉洗:汉代铜器的一种。
② 考工:指《周礼·考工记》,此处谓《考工记》也未曾记载如此光怪陆离的铜器。
③ "偏赞"句:作者原注,"黄任老诗:北泉称圣南泉贤"。黄任老,即黄炎培。
④ "白鸟"句:作者原注,"髯翁曾题北岩亭傍:青山绿水白鸟亭"。髯翁:于右任。
⑤ 京洛:指长安和洛阳。
⑥ 渌渌:形容水汽弥漫的样子。
⑦ "狂澜"句:作者原注,"承题扑园书芷歌中句"。
⑧ 运祚:即国运,气运。贞元:纯正。
⑨ 橐籥:亦作橐龠,古代冶炼时用以鼓风吹火的装置,道家用以喻指自然。
⑩ 张夫子:即张森楷,清代史学家,有史学著作千余卷,存于北泉图书馆。
⑪ "仿佛"句:作者原注"东坡居士摘句"。

秦效侃

秦效侃(1925—2020),名运覧,字效侃,以字行。

贺新郎·登缙云山狮子峰

足下山无数。想从前,谪仙曾立,太华高处。青眼狂歌皆不见,万古情天知尔汝。澹几点,寒钟霜杵。我亦登临多梗慨,黯当年,谩有惊人句。岁月迈,恨如许。

松风肃肃吹飞雨。洗红尘,玉颜金斗,万千兰絮。不废江流穿一线①,渺渺山城旧雾。历阳劫②,能消几度?人世今逢开口笑③,感清时,情溢神州路。身手健,可堪负!

选自《未花集》,秦效侃,西南师范大学出版社1998年版,第237页

---

① "不废"句:见杜甫《戏为六绝句·其二》"尔曹身与名俱灭,不废江河万古流"。
② 阳劫:指人世间的劫难。
③ "人世"句:唐杜牧《九日齐山登高》"尘世难逢开口笑,菊花须插满头归"。

渝合高速公路通车

二千零二年应北碚建设指挥部之约题写

无边风景眼中收,高速路成第一流。
绿树鲜花迎直道,飞桥长隧接合州。
五年直辖歌重庆,百姓同心争上游。
今日一通通四海,西南百世记宏猷[①]。

选自《重庆市北碚区美术馆馆藏精品·秦效侃捐赠书法集》,重庆市北碚区美术馆,中国图书出版社2021年版,第9页

---

① 宏猷:远大的谋略,宏伟的计划。

海 戈

海戈,生卒年不详,本名张海平。

题剪拂集还赠语堂先生[①]

抵碚才二日,便遇大轰炸[②]。
抬头数敌机,炸弹嘘嘘下。
洋房倒几间,可怜鹅石坝[③]!
但问北碚人,都云并不怕。
街头传此册,类诵唐虞话。
返国共艰危,方口真骨架。
匆匆十四年,得失重评价。

选自《北碚诗词》,李萱华,西南师范大学出版社1991年版,第121—122页

[①] 此诗作于1940年。剪拂集:林语堂早期的作品集。语堂:林语堂。
[②] 轰炸:1940年6月24日本飞机轰炸北碚,受灾216户,死亡44人,伤28人。
[③] 鹅石坝:指北碚街后嘉陵江河坝,敌机投燃烧弹数枚,颇有砂石俱焚之慨。

赵筱麟

赵筱麟,生卒年不详。

磨滩夜雨①

磨滩景物最珑玲,两道横桥夹小汀。
静夜每闻声淅沥,滩声宜作雨声听。

缙云耸翠

五岳寻山事莫论②,南屏横列缙云尊。
开轩细把诸峰数,一道岚光绿到门。

高坑喷雪

悬岩镇日雪花弹,十里清溪大磨滩。

---

① 此诗作于1945年。磨滩:指大磨滩。梁滩河流经歇马场旁,有一大石坝,滩险水急,截断江流,滩上架有一道人行桥和一道水闸。雨季飞流直下,景色别具一格。
② 五岳:中国五大名山的总称。即:东岳泰山,南岳衡山,西岳华山,北岳恒山,中岳嵩山。

万古晴空霏玉屑,我来六月不知寒。

选自《北碚诗词》,李萱华,西南师范大学出版社1991年版,第134—135页

谢湛如

谢湛如,生卒年不详。

雨游缙云山[①]

未了相思债,还留翰墨缘。
此山历今古,大道启遇贤。
欢喜心香艺[②],庄严佛月悬。
上方回首处[③],法雨正三千[④]。

选自《北碚诗词》,李萱华,西南师范大学出版社1991年版,第137页

[①] 作者自注:"壬午仲冬冒雨游山礼佛。"
[②] 心香:虔诚。同焚香一样。
[③] 上方:佛寺的方丈,住持僧居所。
[④] 法雨:佛家谓佛法普及众生为雨之润泽万物。

江洁生

江洁生,生卒年不详,此诗作于1942年。

游缙云山(二首)

鬓角松风竟不寒,篮舆穿尽路湾环①。
人生难得游程雨,卧看霏霏一路山。

蜡屐同穿滑滑泥②,眼前妙谛便为诗。
松林多雾时含雨,变成吴君绝妙词③。

选自《北碚诗词》,李萱华,西南师范大学出版社1991年版,第138页

---

① 篮舆:竹子编成的舆床,即竹轿子。
② 蜡屐:涂蜡的木屐。
③ 作者自注:"祥麟兄谓松林多雾,故时有疏雨,殊为妙解。"又云:"星与同游者吴祥麟、周望公、谢湛如三君及冯世范兄妹。"

何矧堂

何矧堂,生卒年不详。

与思模游北泉

北泉涵暖梅花冷,江上风光雨又晴。
莫遣心情随物志,好教霞外看云生。

乳花洞

警报欲寻钟乳洞,森森石罅漏寒光[1]。
流泉不识烽烟急,滴滴泠泠唱午凉[2]。

选自《北碚诗词》,李萱华,西南师范大学出版社1991年版,第140—141页

---

[1] 石罅:石岩裂缝,缝隙。
[2] 泠泠:本指流水声。借指清幽的声音。

傅琴心

傅琴心,生卒年不详。著有《江西历代乡贤事略》《母教》等。

清凉亭[1]

千峰万壑郁葱茏,出峡春波宛如龙。
更倩红楼添一角[2],江山顿觉太玲珑。

毛背沱沿溪行[3]

窄江十里水萦回[4],野艇两三随意排。
照影新篁初解箨[5],更添青翠扑眉来。

---

[1] 清凉亭:原名慈寿阁。在北碚公园火焰山下。系卢作孚用其母亲寿礼所建,落成于1935年,由赵熙题名寿阁,后由林森改题清凉亭。
[2] 红楼:初为兼善中学校舍,今为北碚美术馆。建造于1931年,因红墙翘角故名。
[3] 毛背沱:观音峡入峡口,龙凤溪与嘉陵江之会合处,由于江水迂回侵蚀,形成的一座沙滩巨沱。
[4] 窄江:指龙凤溪。上接高坑岩瀑布,蜿蜒曲折,沿江水竹密茂,清流潺潺,风景分外优美。
[5] 新篁:竹笋。箨:笋壳。

江　边

清溪一夜绿平桥,乍见春光上柳条。
报道北泉游兴动,江边已试马蹄骄。

缙云山中看杜鹃花

极目四望中,山山渍血红。
满天啼杜宇①,遍地泣哀鸿②。
花事阑珊尽③,乡心酸楚同④。
吟诗欲寄意,惟有怨东风。

温泉归棹

柔舻声中噪暮鸦⑤,轻舟出峡争归家。
碧波倚石浓于酒,红叶缀枝艳似花。
天外晴明峰远近,秋来萧瑟树横斜⑥。

---

① 杜宇:杜鹃鸟。传说中国古代蜀王望帝,让位于其相开明,后归隐。时适二月,子鹃鸟鸣,蜀人怀之,因呼鹃为杜鹃,后亦称杜鹃鸟为"杜宇"。
② 哀鸿:《诗经·小雅·鸿雁》"鸿雁于飞,哀鸣嗸嗸",后用以比喻流离失所的灾民。
③ 阑珊:衰落,将残、将尽。
④ 酸楚:悲痛,凄恻。
⑤ 柔舻:轻柔的划船之声。
⑥ 萧瑟:树叶被风吹拂所发出的声音。

故乡也有佳山水,可奈风尘老岁华①。

选自《北碚诗词》,李萱华,西南师范大学出版社1991年版,第143—145页

---

① 风尘:比喻战乱。

索 以

索以，生卒年不详。

夕照亭①

旗亭小憩几扶筇②，万籁吹来一壑风。
天景渐开江景远，始知身在半山中。

接引殿③

刘宋遗踪见古寺，萧疏水木伴清华。
中原北定殊非远④，莫向南朝认旧家。

浴室时有陪都女士游泳

襆头半背竞新装⑤，曲曲温泉引上房。

---

① 夕照亭：在北泉后山松林坡。夕阳西下，红霞折影，绿荫中别有风致。
② 扶筇：拄着竹杖。
③ 接引殿：温泉寺主体殿宇之一。亦名天王殿，与大佛殿同是明代建筑。
④ 中原北定：即北定中原。陆游《示儿》："王师北定中原日"。此指抗日战争即将胜利。
⑤ 襆头：用毛巾、帕子包扎着头。

不与骊山争少长[1],满池亦自有微香。

黛湖字碑

笔柏森然上蠹天,碣铭尽写醵祠钱[2]。
黛湖两字新碑在,文物从今数北泉。

选自《北碚诗词》,李萱华,西南师范大学出版社1991年版,第145—146页

---

[1] 骊山:在陕西临潼县。因山形似骊马,呈纯青色,故名。西北麓为华清宫故址,有著名的温泉华清池。
[2] 醵:凑钱、集资。欧阳修《归田录》卷二:"每岁乾元节,醵钱饭僧进香,合以祝圣寿,谓之香钱。"此句言过去的碑铭尽写些出香钱人的名字。

吴显斋

吴显斋,笔名吴缶。

游天府煤矿①

自铸火车惯运煤②,山中十里走轻雷。
专家心血工人汗,此是渝郊第一回。

游泳池晚浴

夕照半沉水,星光渐浮天。
柔波人欲倦,温峡月初妍。

北碚泛舟遇雨

云压千山黑,雨洗一江明。
七里冲烟艇,风光系客情。

---

① 天府煤矿:在北碚文星场,原为小煤窑。1933年卢作孚组织五家煤厂,成立天府煤矿公司,最高日产煤量达两千吨。并建有北川铁路,是当时川东最大的煤矿,现为天府矿务局。
② 自铸火车:抗战时期,天府煤矿机修厂,自力更生制造了火车头三部。

温塘峡外

估客归帆倦水程①,桨声人语不分明。
温塘峡外船夫曲,并入怒涛作浪声。

磬室夜宿

铁马金戈漫费猜②,山风欺枕到楼台。
江声更比泉声闹,一并争鸣入梦来。

乳花洞

密窟藏昏晓,扑衣蝙蝠迎。
境从今日探,洞是何年成。
石乳借花韵,山泉送雨声。
平生有硬骨,到此腰如磬③。

---

① 估客:商贩。
② 铁马:战马。金戈:泛指武器,借喻雄师劲旅。
③ 腰如磬:腰弯得像磬一样。磬:古时用玉做的一种敲击乐器。

北泉图书馆

暂作青山友,浑忘画里行①。
温泉数十曲,啼鸟两三声。
碍帽花接客,藏书寺为城。
下帷足枕馈②,此中勤题名。

黛湖野餐③

避暑到幽谷,黛湖水气清。
镜波凉入骨,松树密如屏。
云彩连衫白,山光匝水青。
野餐无客到,时有幽禽声。

选自《北碚诗词》,李萱华,西南师范大学出版社1991年版,第147—150页

---

① 浑忘:简直忘了。
② 下帷:垂下室内悬挂的幕,常用作闭门读书的代辞。
③ 作者自序:"由北泉松林别墅上绍隆寺,过寺半里,便见一闸,疏栏跨谷,停泓贮翠,即黛湖是也。三十三年夏,曾与友人到此游冰,聚餐,留连竟日,逸兴至今犹存,因追记之。"绍隆寺现为绍龙观。

徐 英

徐英,生卒年不详。

北泉观梅

透春消息两三枝,省识逋翁绝代词[1]。
遥想孤山明月夜,清游如梦异当时。

重来北泉呈同游诸公

江光云影蜿蜒开,前度刘郎今又来[2]。
世外烟尘君莫问,青山绿水一徘徊。

选自《北碚诗词》,李萱华,西南师范大学出版社1991年版,第150—159页

---

[1] 逋翁:宋代隐逸诗人林逋。他结庐西湖之孤山,二十年足不及城市。其《山园小梅》诗中"疏影横斜水清浅,暗香浮动月黄昏"二句,曲尽梅之体态,人们公认为咏梅的绝妙好词。
[2] 此系引用句。刘禹锡《再游玄都观》:"种桃道士归何处? 前度刘郎今又来。"

徐绮丽

徐绮丽,生卒年不详,教师。

雨中游缙云山寺四首[①](选三)

青鞋伞盖接逶迤,风雨灵山景色奇;
下树松涛岩谷响,拨开云雾蹴天墀。

晓风吹拂雨淋冷,暂憩游踪玩月亭[②];
一路苍苔坡道滑,欲携筇杖折冬青。

竟向温泉浣湿衣,缙云回首入云微;
短蓬一舸沧波晚,击楫酣歌款款归[③]。

选自《北碚诗词》,李萱华,西南师范大学出版社1991年版,第151—152页

[①] 作者自注:"领幼师科全体学生于雨中登缙云山寺。"时间是1945年春。
[②] 玩月亭:在缙云寺侧,现已毁坏。
[③] 酣歌:尽兴高唱。《南史·梁宗室萧恭传》:"岂如临清风,对朗月,登山泛水,肆意酣歌也。"

谷 莺

谷莺(1922—2003),本名廖永祥。有《历代三峡诗歌选注》《新华日报旧体诗选注》《历代四川山水诗选注》《锦城诗粹》《蜀诗总集》等。

游北温泉[1]

几度林泉看花回,风光好处市城隈。
戎马征衫成酷爱[2],幽心花癖肯重来?
鸡虫得失不须论[3],鹿豕游居剧可哀[4]。
况有大敌仇如海[5],砥柱坚员赖吾侪[6]。

自合州放船至重庆江中

吴画嘉陵何处寻[7],壮观惟有石狰狞。
三百里路流人血,难堪江水一丈清。

---

[1] 此诗作于复旦大学读书期间。
[2] 戎马:指军事、战争。杜甫《登岳阳楼》:"戎马关山北,凭轩涕泗流。"
[3] "鸡虫"句:化用杜甫《缚鸡行》"鸡虫得失无了时,注目寒江倚山阁"。
[4] 鹿豕:指山野无知之物。后亦用以比喻愚蠢之人。
[5] 大敌:指日本侵略者。
[6] 吾侪:吾辈。
[7] 吴画嘉陵:作者自注"唐玄宗时,大画家吴道子,曾于长安大同殿,画嘉陵三百里风景图,故知嘉陵江历来以风景优美著称"。

登缙云山

年来绝旅踪,登临意何穷!
山为朝雨绿,花因春光浓。
尚余胜可揽,且复友相从。
应须夸北客,残山亦可风!

选自《北碚诗词》,李萱华,西南师范大学出版社1991年版,第156—157页

马客谈

马客谈(1894—1969),教育家。

国立重庆师范十一周年纪念,寄怀川中校友[①]

匆匆十一度星霜[②],又见人间海艺桑。
曾避豺虎登蜀道,为传薪火立渝庠[③]。
嘉陵春早花都发,和砚风高韵更长[④]。
闻说群贤敷教广,欣然万里一飞觞。

重庆师范、江宁师范联合校庆,赋此以诗[⑤]

渝校功成宁校赓,后先辉映弟从兄。
八千里印鸿泥迹[⑥],十一年深师友情。

---

① 重庆师范十一周年校庆系1949年。
② 星霜:星辰运转,一年循环一次;霜为每年秋至降临,因用以指年岁。
③ 庠:学校的古称,此处指国立重庆师范。
④ 和砚:指北碚公园火焰山,当年重师校址在其下。
⑤ 江宁师范:抗战胜利后,作者和重庆师范学校部分员工,复员回南京,创办了国立江宁师范学校,马客谈仍任校长。北碚的重师又更名为国立北碚师范学校。
⑥ 鸿泥迹:苏轼《和子由渑池怀旧》"人生到处知何似,应似飞鸿踏雪泥;泥上偶然留指爪,鸿飞那复计东西"。

淮水东流延教泽,缙云西峙象坚贞。
春风两地同吹拂,啼鸟枝头语更情。

选自《北碚诗词》,李萱华,西南师范大学出版社1991年版,第159—160页

沈　鹏

沈鹏(1931—)，著名书法家、美术评论家、诗人、编辑出版家。斋名介居。

北泉登高二首

一

西屏笔立彩云开，滚滚天风逐浪来。
疑是置身三峡路，新秋万里我登台。

二

巴山蜀水一时收，岚影波光伴有鸥。
云雾何能遮望眼，峰回路转识渝州。
一九七九年九月十六日旅次渝市

选自《北碚诗词》，李萱华，西南师范大学出版社1991年版，第170页

郭 清

郭清，生卒年不详。

酬北温泉公园五首[①]

温泉浴

苍天未教愚长生，病入花甲成老人。
久卧征尘烟土重，温泉能使一身轻。

虹桥飞渡

双桥横跨似飞虹，凭借天公送好风。
三十年中如一梦，今朝不比旭阳同。

花果香

树如奔马风如狂，未到温泉已夕阳，
阁谢主人无别件，一车满载果花香。

杜鹃声

昨夜无眠梦未成，今晨听得杜鹃声。
时时提醒君知否，车过岩边要慢行。

[①] 作者自注：癸亥春三月十五日北泉公园建园五十六周年。是日群贤毕集，宾客满座，或书或画，或赋诗或座谈，以资庆贺。愚亦趁兴咏得小诗五首，以助盛会之乐。自愧无赠，仅以此酬北泉公园主人。

北泉小景

幽幽小径石栏杆,花满亭园树满山。
万物逢春皆自得,半坡芍药胜牡丹。

选自《北碚诗词》,李萱华,西南师范大学出版社1991年版,第174—175页

黄友凡

黄友凡,有《盛世歌吟》《巴松文集》《回忆与怀念》等。

登缙云山

葱笼缙云连九峰①,巍峨重峦狮子雄②。
苍松蓝天迎宾客,烟波嘉陵绕长虹。
古寺林深有奇树,幽岩芳香多荆丛。
秀丽山川人不老,放眼巴渝春正红。

选自《北碚诗词》,李萱华,西南师范大学出版社1991年版,第175页

---

① 九峰:即缙云山九峰。
② 狮子:指缙云山的狮子峰。

陆 威

陆威,生卒年不详。

重游北温泉

又向温塘觅坠梦,犹有少年意熊熊。
嘉陵弄潮跨急浪,缙云采翠搜险峰。
痛定心肠无余悸,劫后肝胆存长红。
岂有闲情唱白发,还荐射虎一弯弓。

一九八四年十月

选自《北碚诗词》,李萱华,西南师范大学出版社1991年版,第176页

陈祚璜

陈祚璜(1915—),名梦岳。著有《陈祚璜诗词集》。

登缙云山狮子峰

狮峰秀出碧玲珑,山势疑飞入太空。
绝壁悬岩千丈壑,轻衫袖拂九霄风。
滔滔一水挥银练,郁郁千松走虬龙。
更喜高林尘不到,角声清断夕阳中。

选自《北碚诗词》,李萱华,西南师范大学出版社1991年版,第177页

梁上泉

梁上泉(1931—)。有《大巴山月》《山泉集》《梁上泉诗选》《梦之花》等。

北碚纪游[①]

北温泉

山峡北温泉　满塘蒸白烟
乳花溶洞美　碧水热鱼穿
度假村消暑　数帆楼看船
身心沐浴爽　古寺悟参禅

缙云山

神往缙云顶　缆车穿碧霄
唐留石照壁　宋拱洛阳桥
八寺隐青霭　九峰萦绿涛
峨眉堪比秀　林木自森萧

作孚纪念园

胸腾火焰山　爱国情如燃
化作玉雕像　镌留金石言
各行开创早　吾辈继承先

北碚方圆地　都为纪念园

谒张自忠烈士陵园

十里长山地　驱倭十万兵
七伤犹愤斗　百战显精诚
追忆喜峰口　长思报国情
伟哉张上将　举世祭英灵

老舍故居

老舍留庐舍　今朝复旧容
笔端情未减　砚内墨犹浓
心逐嘉陵浪　眼观缙岭松
三年多大著　文苑仰舒公

金刀峡

神工开地缝　斧劈华蓥山
十里金刀峡　千梯一线天
游人沿栈道　飞瀑泻深渊
原始古生态　常将魂梦牵

1999年3月10日至12日,北碚

选自《梁上泉文集·第1卷,诗词曲联》,梁上泉,重庆出版社2016年版,第205—207页

赋

赋是一种传统文体，萌于战国，盛于汉唐，讲究文采、韵律，叙事、抒情相结合，兼具诗歌和散文的特质。赋是诗歌文体的一种延伸，陆机认为"诗缘情而绮靡，赋体物而浏亮"，刘勰认为赋的特点是"铺采摛文，体物写志"。赋侧重于写景、写史，并抒写作者对关注对象的感悟、理解和评价。现代以来，赋得到了新的发展，成为现代文体之外的特殊文体，受到作家、读者的喜爱。我们通过一些文集、文选和现代石刻收集到一些关于北碚及北碚历史文化景点的赋，可以为我们提供了解北碚历史、文化和经济社会发展的文学参照。

秦效侃

秦效侃(1925—2020),名运覍,字效侃,以字行。有《未花集》《北音桥运覍诗文稿》等。

宓园赋

泾阳吴宓,一代学人,学兼中外,淹贯古今。存国粹,取新知,尊儒术以固本;扬人文,张大义,泛爱众而亲仁。滋兰九畹,聚火传薪。隽彦从游,多以玉成。早饮誉于清华,久怀德于士林。领异标新,开比较文学之先路;发蒙振落,创《学衡》杂志而蜚声。

倭寇入侵,神州板荡。哀民命之阽危,恸华北之沦丧。于是先生随校播迁,同灾黎之苦难,遵江湘而流亡。至滇至黔,至于锦江,或至汉浒,乃止东阳。船唇马背,破屋绳床。学教不辍兮,如砺如砥;风雨如晦兮,鸡鸣不已。经八年之颠连,唯昭质其未亏。

解放迎中华之再造,人民乐更始之新元。劫余山斗,初汉伏辕。荀卿最为老师,大儒惟务正言。爰因雅望,迭至礼延。谢纷纭之蒲轮,乃徙倚而未迁。先生执教西南师范学院。历历史系、外语系、中文系,通才而多任;博以文,约以礼,身教而言传。即之温温,望之昂然。端体貌之清癯,时容与于校园。杖履飘萧,布袍若仙。君子居敬,躬自厚而薄责于人;达人知命,厄磨蝎於廿八之年。

嗟夫!十载苍黄,火炎昆冈。万里羹沸,宇内蜩螗。视萧艾之争荣,惜兰芷之不芳。缙云高而烟雨低迷,嘉陵瘦而水流凄怆。先生胫折目盲,心疾难瘳。委衰残之垂暮,依妹氏而首丘。

又十余年,重际升平。西南大学崇教化,美风俗,述往事,思来者,建宓园纪念先生。小园杰构,显敞而幽。乔木亭亭,绿草油油。槐子黄时,木犀香候,铺青石以为径,立明轩而非楼。屏山如黛,连九峰以竞秀;渌水涵春,汇一江而长流。虽哲人其已往,嘉流风之未休。莘莘学子,如亲謦欬;咨尔多士,力奋宏猷。

嗟夫!人文才知,地负海涵。代有人出,立德功言。潭潭学府,名重西南。园以人名,仰止高山。

秦效侃撰
公元二千零七年夏

录自西南大学文学院旁宓园内《宓园赋》碑刻

曹廷华

曹廷华(1939—),曾获曾宪梓教师奖、四川省和重庆市优秀社会科学成果奖等。有《文学概论》《美学与美育》等。

西南大学赋

缙云之麓,嘉陵之畔,山长水阔,大气自然。西南大学,于斯拔地而立;人才摇篮,而今更成大观。特色仍在,优势突显,兼容并包,海纳百川。洋洋乎江河行地,灿灿乎日月经天,壮西南地区瑰丽山水,雄重庆一方人文景观。

西南大学之兴也,社会发展使然,历史发展使然,创新发展使然,应高等教育深化改革之趋势,宜人才培养综合素质之完善。西师西农,本为同根同源;分分合合,皆因历史变迁,百年风雨沧桑,半世比邻为伴。自有光荣传承,自领行业风范,自相互助互动,自是血脉相连。人才辈出,名家卓然。吴宓先生学贯中西,乃学界泰斗,杏坛先贤;侯氏光炯精研土壤,是科学巨子,师德典范。两校校友,千千万万,遍布大江南北,扎根五岳三山,业绩卓著,众口称赞。合两校之学人为西南大学奠基,并两校之荣光为西南大学承传,续两校之情谊为西南大学催生,聚两校之精神为西南大学扬帆。西南大学,重塑一代风流,揭开历史新篇,师生鼓舞,员工开颜,沐新风而振奋,肩重任而道远,生气勃勃,彩霞满天。

西南大学,泱泱校园,宏丽庄重,气象万千。错落有致而移步换景,高低起伏而精彩展现。其山也,古木苍苍,其水也,清波微澜,其道路林荫覆盖,其广地芳草绵绵,花开四时,香飘常年,鸟鸣丛中,蝶舞花间,天赐其山水草木。

　　人造其艺术林园。宜教,宜学,宜居,宜安。教学楼掩映一片绿色,生机无限;宿舍楼深藏几多清雅,宁静致远。清风晨露之中,书声琅琅;日落月升之时,歌声婉转。入夜,图书馆大楼灯光灿烂,书山学海里,莘莘学子在与智者对话,在与先贤攀谈,用智慧浇灌心田,用胸怀规划明天。西南大学,翘楚西南,师范农学年年青春,桃李杏梅岁岁香甜,大学之道无尽,永远止于至善。

　　西南大学创新组建,天时地利人和俱全,乘"211"之主流航船,通达学科建设之彼岸。优势整合,队伍精干,突出传统特色,全面协调发展。教师教育再上境界,打造基础教育师资队伍之航空母舰;农学研究再开新局,拓展生命科学奥秘世界之一片蓝天。文、理、经、政、农、工、艺、管,各显身手,各有不凡;研究生院,博士后流动站,国家文科、理科研究基地,国家大学科技园,创新知识,瞄准前沿,孵化成果,为国贡献。西南大学,启航扬帆,站在新的教育高地,谱写新的教育诗篇。

　　滔滔嘉陵江,巍巍缙云山,泱泱大学城,其名曰西南。金秋硕果里,风正好扬帆。直行大学道,功德摩云天!

选自《高校招生》,2006年第8、9期合刊

万启福

万启福(1948—),笔名阿福、桐籽等。有《清澈的瞳仁》《义字五哥》《玩家》《野猫岩》等。

北碚赋

山环水绕之壤,钟灵毓秀之城;山号缙云,水曰嘉陵;雄踞巴北,碚石峥嵘,天赐华景,北碚乃名。

南朝伊始,慈应开山;古相思寺,名驰天府。上寺缙云,钟鸣九峰;下院温泉,汤暖幽谷。南齐置治,立郡东阳;民国设区,更著蜚声。千五百载,山川长春,悠悠根脉,熠熠星辰。遥想李唐,嘉水舟轻:子昂放缆,诗射牛斗;李白怀远,情遣巴船;杜甫归洛,放歌巴陵;商隐相思,夜雨霖霖。宋宰相游泉,香火益盛;彭推官吟诗,哲人动心;周敦颐题壁,泉喧古洞;冯时行归隐,庐筑缙村;元季蒙哥遭创,魂殒泉畔;吴皋咏渝,春点缙云。相思崇胜,隆誉明清。斯时北碚,环境宜人:寺古云深,山幽鸟鸣;峡水拖蓝,仙洞贻云;松巢野鹤,水跃金鳞;神鱼依藻,灵鸟唤人。山竹傍径,石泉洁心。倚树听松涛兮,拔草观碣文;登峰览晚渡兮,归帆扬歌声。王尔鉴题咏缙岭云霞,云开锦屏;鲜与尚避暑温泉苍松,泉咽风声。

代代传薪火,人杰地乃灵。卢君作孚,携弟子英;开创先河,首航民生;通达川江,直抵海滨;诸多事业,皆见功成;中枢北碚,号令管领。浓墨重彩者,非抗战莫属:乡建彰显,气象升腾;城如花园,道通水陆;实业发达,文教倡明;休养生息热土,汇聚中华才俊。

民国政要,冠盖如云:书有于右任,画有陈树人;王用宾书刻状元碑,林子超题额清凉亭。翁文灏经营中福公司,孙哲生传扬中山精神。至于文化科教,灿烂群星:四世同堂,老舍雄文;秋郎滥觞,雅舍小品;陈望道教授复旦,梁漱溟办学勉仁;晏阳初建校磨滩,陶行知育才凉亭;林语堂赠寓文协,孙越崎驻岗缙村;胡风主编七月,路翎撰写素娥;翦伯赞著述史纲,释太虚阐释佛经;曹禺讲授戏剧,萧红创作小说;竺可桢钻研天象,黄汲清潜心地学;至于方家令孺,赵家清阁,顾氏颉刚,周氏谷城,吕氏振羽,侯氏外庐,顾氏毓秀,王氏昆仑,卢氏冀野,沈氏子善,熊氏十力,伍氏蠡甫,乃至画家叶浅予,舞者戴爱莲;翻译家梁宗岱,文史家赵景深……卢沟桥北故乡,小三峡外新家;大师鸿儒,栖居桐荫,数不胜数,逾数百人。喋至周恩来、黄炎培、郭沫若、田寿昌、冯玉祥、吕凤子、丰子恺、傅抱石、马寅初、李公朴、蒋介石、宋美龄……纷至沓来,常作鸿宾。

斯时斯土,号小陪都。尤可赞者,卢作孚主持航撤,宜昌建奇功;志愿军参战抗日,青史留殊勋。尤可痛者,孙寒冰遭炸东阳,墓守登辉堂;张自忠安厝雨台,魂依梅花山。尤可珍者,群英谱佳篇,诸贤留胜迹,足为河山铸魂。

物移星换,旭日方升;川东行署迁驻,北碚顿成重镇;小平栽松,缙云添色;贺龙护树,青山益青;伯承挥毫,小城沐春。西农西师,群贤毕至;校园琅琅,桃李莘莘。侯光炯恋土,袁隆平爱谷;红楼慰吴宓,葡萄苏葆桢。

改革春风,吹枯唤新。七百公里山河,六十六万人民;共振家园,同赴愿景。藉直辖而乘大风,开思路而辟新津;重可持续而发展,遵科学观而提升。今日北碚,播誉中国;累获桂冠,可曰佳城。一曰生态,二曰卫生,三曰文化,四曰仪表城。誉称后花园,号冠花木乡,和谐沃土,如日之升。

经济活跃,社会安宁;百业兴旺,文化提升;城乡统筹,共享资源;珍爱环境,开创太平。桥跨三峡,路越嘉陵;老街如画,新城似屏;百里花卉廊,俊如春笋;十里温泉城;欣欣向荣。巍巍缙云,森林芃芃;深深幽峡,碧水盈盈;青青梧桐,郁郁呈祥;芊芊翠竹,葱葱成荫。歇马柑橘,遍播天涯;静观花卉,远植边城;怪味胡豆,朵颐神州;河水豆花,名驰东瀛。生态绿色,巧绘蓝图;观光旅游,又换新旌。科技领军,遍洒甘霖;教育振兴,名校如云;良师院士,谆谆树人;蚕分五色,缀我冠缨。文化唱戏,走上前台;网络琳琅,步入佳境;文艺创作,激情勃发;社区鱼跃,田园龙腾。作孚建专馆,恐龙有新家;轻轨加环城,交通臻佳景。

梧桐画廊,书香门第;嘉陵明珠,宜居之城。

问如此江山,几许诗人,竞相抒写,守望夜雨三峡,高燃心舟烈焰?

观这般画卷,么多俊彦,精于诵咏,探撷骊珠万斗,畅洒大宇清芬。

（写于2009年11月2日）

选自《北碚报》，2016年9月27日第4版

北碚文化赋

　　南朝禅院，东阳故郡，钟灵毓秀，天然画图。缙云喻渝都之肺，北泉擅五泉之冠，三峡水流翡翠，金刀缝开幽谷。山水之胜，独步巴渝。嘉陵明珠乎，重庆后花园乎，实有真源矣。

　　由来地灵人杰，文脉薪传，历千五百载；郁郁乎文哉，俊彦辈出。昔子昂过境，慨然题咏；商隐相思，夜雨寄内；冯状元卜筑缙云，读书授业；鲜与尚避暑温泉，诗咽峡风。雅士佳篇，碑籍醒然。幸值卢氏昆仲，人文实业并重；抗战伊始，名流云集，文坛巨子，萃居于斯。遂有老舍宏著，秋郎雅文，漱溟要义，行知妙辞，释太虚之佛典，翦伯赞之纲要，于右任之诗书，陈树人之丹青。国中硕儒，寓于碚者，数不胜数。斯时斯地，真巴渝书香门第也。

　　如此江山，龙蜷虎卧；今朝焕彩，雄姿英发。遵二为方向，开文艺百花。百年群文，更上层楼，聚妙笔丹青，汇音舞莺燕，夺魁群星，已然跻身国家一级馆；玲珑红楼，馆藏珠玑，播古今智慧，集中外典籍，驰名海宇，足堪比肩东吴天一

阁。况两台出新,一报斐然,名播嘉陵,累累硕果。筑凌云之塔,牵灵蛛之网:广电网络,畅通四面;数字信息,覆盖八方;广场腾舞,社区欢歌;电影新潮,书城琳琅。正扩展产业,建树文明,多元并进,收获丰盈。悦汤温鱼乐,古寺飞檐,塔坪清幽,牌坊精湛;惠宇楼呵护恐龙,清凉亭凭眺远天。喜老舍常青,雅舍益雅,作孚返乡,阳初回家;孙寒冰守望复旦,张自忠魂依梅花。试看今日之碚城,树树青枝发奇葩。

噫嘻,文化素业也,经国之大业也。承传统,开新河,显智慧,振精神;我辈北碚人,正扬鞭奋马,励精鹏志不渝,与时俱进未止。天赋北碚,乃文化沃土也。

(写于2005年1月5日)

选自《北碚报》,2016年9月27日第4版

徐崇仁

徐崇仁(1968—),本名徐仁津,重庆散文学会会员。

缙云山赋

缙云山,因云雾霞光,日耀赤瑰而盛名。缙云山美,壮宇宙之奇观,穷山川之峻险;晨昏岚岫生紫烟,丹霞云雾存天然。其山耸峙,如狮虎之雄踞;高天四野,竟九峰之炫秀。极目远眺,绿海云飞,青峰明露袭蹊径;丹霞叠翠,山雄峰峻疏诗韵。下临俯渚,嘉陵碧流几春秋,昔日秃荒起高楼。长桥飞架天堑,雄瑰更比三峡。美哉,缙云山!巴蜀名山!山显祥瑞,尽展奇峰云霞之妙;水润物华,穷极巴山鎏秀之臻!

缙云山古曰巴山,源于华夏蛮荒之始。东连嘉陵,西襟铜梁,南眺江津,北接合阳。四季花香鸟鸣,生机盎然。天赐山水风物,堪称天然林园;深山多清雅,古刹颂佛经;日落月升时,仙人下瑶台。天工巧琢,信手裁云。朝日峰、香炉峰、狮子峰、聚云峰、猿啸峰、莲花峰、宝塔峰、玉尖峰、夕照峰,峰峰峻险。峰回路转,蔓藤恋壁,危崖葱翠;奇峰有态,或兽或仙。松涛绿浪浸清音,晨辉碧海添古韵。山风拂面衣袂展,脚底云飞漫若仙。巴山雄奇临江驻,瑶草凝珠耀巴蜀。人间美景兮,凡人流连!

缙云山,春夏秋冬,情醉满地芬芳。春锁霓烟挽游人,犹唐诗宋词清馨;淡夏夜雨沐晨露,灵山葱翠云雾开;秋池晴岚桂花香,农家忙于果满山;冬雪皑皑着银装,惊飞仙鹤上瑶台。缙云山色,绮霞缥缈,奇峰峻岭。松涧温泉,流水清音;月下青松,沉稳柔蓍。安禅而步逍遥,得道当有品性。幽谷彩虹,鹤停婺驻。地献祥宁,丹霞晨昏。漫妙天机,总是人间悲喜。人道而智,思诚守信。呜呼!名山之名,得于佛缘;庙宇朱华,源于胜景!斯山之魂也。

缙云山美兮,赏之芳,叹造化之秀丽;怀幽雅,别凡俗于清高;四美合,当悟景之喻情。处闹市而能宁静,谓之修行;登仙山而可养心,爱而恭临。启鸿濛之神峻,发缙云之天巧。邃谷灵于坤轴,苍壁奇于玄造!美哉,缙云名山!山连祥瑞,尽显奇峰云霞之妙;物华天宝,穷极缙云鎏秀至臻!

遥想破空当年,掘石平畦,植娉婷之松柏;接庐参修,间棕榈而庙堂;晨昏侍佛,得芳馨并日月。可谓初心不改,仙凡变见,初正终修,因果自然,肇始迩安,蕙心纨质,神至而禅。悲允虚心,佛度有缘人;喜解禅意,僧辅贤良士。众生佛法超三界,誉驰华夏。存天地之慧智;挚万民之佛音。美哉:缙云寺,佛教圣地!弘扬"佛法",传承文脉,高山仰止,善莫大焉!

华夏始主轩辕,缙云堂采药合丹。茅庵苦寒,甘露当饮,烟霞相亲。时有猿猴听经,近峙阁之佛音;常与松风和颂,邻梵宇之禅悦。帝王济世,通禅境达正法;祥云溜空,拥佛光度天下。是以中华蒙昧渐开,肇造文明;万物循序而识,人文奠基。部落有序,华夏归一;吐哺黎民,威仪八荒矣!

帝之宏法济世，正当菩萨崇佛信愿。恩及走兽，牛负载于山蹊；德感飞禽，鸡化缘于巴峡。人皇弘法，光耀华夏；凤凰挑水，异彩群峦。一香祈愿；十钟轩辕。九峰孤兀叹鼎足，故得惠民养生之仙境。一山风景而名胜，一诚人道而圣贤，瑞烟萦香。嗟乎！余尝度慈爱之仁心，盖皆胸怀天下，无我者焉！

古人有云："唐时夜雨落缙云，从此巴山得诗韵。"访古探微，寻踪览胜，缙云山下，北碚美景，惹我诗性顿然："千村果树连片载，青山链接产业带。国策党恩奔小康，脱贫攻坚圆梦来。""信步北碚东阳坝，高楼玉宇竞豪华。社会和谐歌善政，巴山夜雨四季花。"昔日巴山，今之北碚，林园郁郁，高楼林立，芬芳绵延百里；葱翠森森，重庆之肺，绿道通贯华夏。岁月更替，春秋流年。党恩浩荡，精准脱贫，新农村新风景；雄心壮志，奋发有为，全民奔赴小康。杏雨春华，缙云山溢馥流芳；秋水长风，北碚区再著华章。嗟呼！得天时之厚兮，巴山高怀远矗；藉国策之惠兮，北碚商贾翩跹尔！其赋赞曰：

禅真宫前夜雨寒，山藏灵秀起紫烟。
昙花蔼瑞温泉水，波飞乱玉展笑颜。
前贤韵事今朝史，巴山华章有诗篇。
缙云儿女多奇志，敢教日月换新天。

选自《北碚报》，2020年12月4日第4版

新诗

新诗诞生以来,尤其抗战以来,关于北碚的新诗作品很多,而且有越来越多的趋势。在本部分遴选中,艺术性是编者选择作品的主要因素,同时考虑了时间分布,尽可能每个时期都有一定的作品入选;考虑了作者因素,尽可能选择在文学史、诗歌史上具有影响的诗人及其作品,或者获得过全国性文学大奖的诗人的作品;也考虑了作者分布,适当选择对北碚体验较深的本地诗人的作品。创作于北碚,但作品中没有明显北碚元素的作品,没有收入本书。

郭沫若

郭沫若(1892—1978),乳名文豹;原名郭开贞,笔名沫若、郭鼎堂等。有《中国古代社会研究》《甲骨文字研究》等。

桃园花盛开①

春天来了,您首先就开花,
您使满山遍野烂落云霞。
开了花,又结出丰盛的果实,
您是那么单纯,爽快,不虚假。

"花实并茂"首先就要数您,
但您却没有骄矜的神气。
您不和牡丹花比赛豪华,
您不和兰草花争做君子。

杏花,李花,看来是您的好朋友,
林檎,樱花,和您也是手携手,
您不嫉妒,不垄断,不争门户,
只求自己的本分尽得足够。

---

① 该诗为1957年10月23日郭沫若先生为西南师范学院(现西南大学)桃园文学社社刊《桃园》的题词。

工人,农民,谁个不喜欢您?
尤其是普天下可爱的孩子,
祝您千年万代地开花结实,
使人间转化为快乐的园地。

1957年10月23日

录自西南大学北区弘文图书馆旁郭沫若《桃园花盛开》诗碑

方　敬

方敬(1914—1996)。有《雨景》《声音》《行吟的歌》《多难者的短曲》《拾穗集》《飞鸟的影子》《花的种子》等。

小　镇

这玲珑的小镇，
几抹花的彩霞，
艳羡那常春的花城。

这玲珑的小镇，
浮着浓荫的云，
思慕那高大的桐影。

不游蛟龙，
嘉陵江水粼粼，
不栖凤凰，
缙云山色青青。

而在这小镇的人，
都有一双培树的手，

都有一颗育花的心。

一九七九年四月十三日

伞

我的家乡巴山夜雨,
夜夜我在梦里游历,
不撑雨伞,
也不打湿我的衣履。

我将远游泰晤士河畔,
家人要我带去一把伞,
说那里天多变多雨,
而伞我可真不愿带。

已快半个世纪了,
那里曾有过,曾有过
一个讨人厌的黑影子,
成天急急忙忙地。

带上一把伞跑来跑去,
那个影子虽早已消逝,
已过了快半个世纪,

而人们却从没有忘记。

我决不带雨伞去，
就是浑身湿透也乐意。

选自《方敬选集》，四川文艺出版社1991年版，分别见于第275、348—349页

邹 绛

邹绛(1922—1996),原名邹德鸿,翻译家,现代诗人。有《现代格律诗选》等。

缙云山诗草

幽静的黛湖

幽静的黛湖
清澈的明镜
娟娟的树影
深深的爱情

山顶看日落

圆圆的红日
正缓缓下沉
雀鸟喧闹着
仿佛在送行

寂静的山路

绵延的竹林
像没有尽头
寂静的山路

梦一般温柔

1982年5月—10月

缙云山之秋

雾季又悄悄地来到，
你总是被白云拥抱……
树叶还碧绿如玉吗，
可还有一阵阵松涛？

秋天又悄悄地来到，
你常常被夜雨笼罩……
黛湖还明亮如镜吗，
可还有一声声鸟叫？

1991年10月8日北碚

选自《现代格律诗选》，邹绛，香港天马图书有限公司1993年版，分别见于第73、77、79、108页

杨 山

杨山(1924—2010)。有《黎明期的抒情》《寻梦者的歌》《爱之帆》《杨山抒情诗抄》《雨天的信》《醒来的恋歌》《杨山诗选》等。

北碚秋晨

枫叶
送一片红
龙菊
给一点绛

楼台
挂着
白的雾纱
大道
披着
香桂织成的衣裳

运肥的车儿
咕噜噜
画下路间第一道印辙
送粮的的担儿

软溜溜
挑来了满筐的金黄

秋霜似银
秋水似镜
歌
是那江上船夫的号子
酒
是那十月注满大地的朝阳

1962年

选自《寻梦者的歌》,杨山,重庆出版社1983年版,第62—63页

许世旭

许世旭(1934—2010),韩国学者,汉学家。

怀北碚

雾浓的日子,总是舒适
仅见我走着的几步路
仅见我站着的一块地
仅见与我携手的人
连同行的鼻子也朦胧起来

昏沉白日,染上了桌灯
淅淅霏霏的黄昏细雨中
步出专家楼的小院又拐几个角儿
远见袅袅的寒烟古驿
近见温馨的柳枝纱灯

每逢四合薄暮时,我挥着马棒
风衣飘飘地带领"四条汉子"
解渴解颜,对酒当歌之后
就把踉跄身影印给泥路上的
那师生一伙的幸福岁月

吠日的地方做客好
坡下有清瘦的高个子站着
供我一个夜也吃不饱的火锅
风呼呼的清晨,电话响了
叫醒过正要步入天涯那边

选自《中外诗歌研究》2005年第4期,第9页

吕 进

吕进(1939—),著名诗歌理论家。有《新诗的创作与鉴赏》《一得诗话》《新诗文体学》《中国现代诗学》等。

北 碚

是时候了,我要写一首诗
因为在这里,诗歌到处都在生长
碧绿的小城,重庆优雅的后花园
我的笔尖已经蘸满阳光

我的诗句从濮人的长矛走来
越过卢作孚故居,跨过抗战篇章
我的诗句,染满缙云山的多情
沿着嘉陵江水唱着远方

啊,我的八十万亲人
北碚将在我的诗里不朽
啊,七百五十五平方公里的土地
我的诗也将和你一起辉煌

选自《夜雨寄北:首届缙云诗会作品集》,中共重庆市北碚区委宣传部,西南师范大学出版社2020年版,第124页

狮子峰

没有听过哗哗的松涛
你就不算真正登过缙云山
狮子峰周边高高的松林
山风吹来,仿佛有大海在头上高悬
松涛像一峰接一峰的波浪
又像千军万马的阵阵呐喊

而流动的温柔的云朵
又轻轻地在腰间缠绵
无言的依偎,无声的呢喃
像浓雾,又像轻烟
这是尘世,还是梦境?
我是凡人,还是神仙?

那位未知归期的诗人
当然看不到今天美貌的巴山
但是今天的狮子峰
却曾看见过那场夜雨
看见在万籁俱静的缙云山
秋池里越涨越高的思念

选自《诗刊》2020年4月号下半月刊,第11—12页

华万里

华万里(1942—),曾获四川省首届文学奖、首届重庆散文奖等。有《轻轻惊叫》《别碰我的狂澜》等。

回忆金刀峡

那是在春天以北,一个有金刀的峡谷

风从岩石的内部吹来
我从另一个时代找回一口钟,我从
另一种铸铁,听到我
最初的回声

这是幽深的苍翠
涧水雷鸣

闪电般的鸟群,抬着一座大海吹奏
古老的林木
已不同于婴孩,最低的山前
是我最高的悲痛

在琥珀怀孕的雨滴,悄悄落下

有什么在栈道上走动
转折的时候
总会碰到一些回身的东西

像吹散墨水中的乌云,我向上仰的脸上
天空如同峡谷
我向上仰的眼眯成一条缝,鹰在缝中
天在缝中,泪
在缝中

那绝不是破碎的玻璃

梦在把梦
唤醒

我听到的是重峦叠嶂的问题和回响

我失落了金刀,所以
不能
在词语中披荆斩棘

春天在往南移动,独游的人

要有相当的深度?!

选自《1999—2005中国新诗金碟回放》,吴海歌,青海人民出版社2007年版,第163—164页

张新泉

张新泉(1941—),原名张新荃,曾获四川文学奖、鲁迅文学奖。有《男中音和少女的吉他》《人生在世》《鸟落民间》《好刀》《事到如今》等。

缙云山之秋

许多花是自己忍不住
当着游客,一点点把自己打开的
许多姹紫嫣红,是被风,一层层,涂上去的
许多游人游着游着就飞了起来
和许多风筝,称兄道弟

谁看见一撮土在动,在蓬松
就知道有蚯蚓在下面跳舞
谁听见蜂儿嗡嗡,谁就已经
尝到了蜜……

缙云山是所大学校
上午才入学的老迈与沧桑
下午已变身童男,少女

这个季节出生的娃有福了
跨出娘胎,就可以直接跑进
童话里去……

选自《诗刊》2020年4月号下半月刊,第13—14页

回　声

对着大山喊某人的名字
纵无应答,声音也会被保存
如同28年前,傅天琳带路
刘祖慈和我,对着缙云山
放肆地喊她的名字(在果园
种植了19年的名字)
28年后,我身入此山
清楚地听见了回声
傅天琳当时就走在我身边
她听见没有,不得而知
唯恐矫情,我终于没问……

那年暮色里我们因何呼喊
始终缄默的傅天琳
听出我们声音中的哽咽了吗

是否看清了彼此涨潮的眼睛

28年过去,我们成名
之后的嗓音,日渐成熟
譬如,决不会朝着安徽省
大声呼喊刘祖慈的名字
譬如见面,会十分得体地
叫一声"天琳"……

2019.09.30 于成都

选自《夜雨寄北:首届缙云诗会作品集》,中共重庆市北碚区委宣传部,西南师范大学出版社2020年版,第184页

傅天琳

傅天琳（1946—2021），当代著名女诗人。有《绿色的音符》《在孩子与世界之间》《音乐岛》《柠檬叶子》等。

我的北碚

在离北碚还有三十公里的地方
空气中就飘来炊烟的气味
家的气味，亲人的气味
整片秋天被高速路分开
我带着一座花园在飞奔

我磅礴的相思
早已交给雨的手指抹绿崇山峻岭
只有翅膀才能为我们带来天空
在我梦中，集合了多少缙云山的鸟群

我一刻也没有停下的笔
奋力追赶你的桥梁，道路，古镇，新区
一天天一年年，我在你的光里播种
吸入你山涧的水，嘉陵江的水

吸入你水一样源远流长的文化和精神

我站在夕阳的边上
却感觉内心有一颗朝阳正冉冉升起
我从曾经的一枚果核里走出来
放眼我的北碚
万象更新如孔雀频频开屏

鸟声如此之宽乾坤如此之大
爱情如此之醉芳香如此之深
即使每一片叶子都写着家的地址
我还是迷路于家门口
迷路于这个锦绣的早晨

我是你熟悉的诗歌的老黄牛
把头埋进你的青草，憨愚、陶醉
第一道车辙就是我新鲜的诗行
写在刚刚贯通的隧道
水泥味尚未散尽

我还是你坡地的那棵萝卜
被命运的酱汁反复腌制，百味丛生
还是你矮小的灌木，昂扬的枝叶
磨难和信念把希望赐予了一个柔弱的人

我还是你的云你的雾

那么软,那么轻

狮子峰站在云上与我对视

我的肺里有你松涛汹涌的声音

而此时我却找不到词语

我只能匍匐在地匍匐在地啊,亲吻你

亲吻你泥土里的乳汁,泥土里的根

选自《诗刊》2020年4月号下半月刊,第14—15页

果园诗人

最后我发现我更愿意回到果园去

回到柠檬、苹果、桃子、杏一样的人群去

沿着叶脉走一条浅显的路

反复咏叹,反复咀嚼月光和忧伤

我深深地明白,这片林子是和我的青春

一起栽种,和我的幸福一起萌芽的

就是再次把血咳在你的花上

把心伤在你的树上我也愿意

曾经以为仅仅做你的诗人,太小

这是何其难得的小啊我又是何其轻薄

果园，请再次接纳我

为我打开芬芳的城门吧

为我胸前佩戴簇新的风暴吧

我要继续蘸着露水为你写

让花朵们因我的诗加紧恋爱

让落叶因我的诗得到安慰

2007年3月

选自《柠檬叶子》，傅天琳，上海文艺出版社2009年版，第31页

雨中缙云

连续三天一直下雨

连续三天让心中藏着太多雨水的人

如逢知己

那是从唐朝一路下过来

为诗会准备了一千年的雨

有一场约会

一定和雨有关。既然巴山

既然夜雨，既然又来了一株一株

收集雨水的湿淋淋的人

准是神谕天降
一列轻轨,一辆中巴
载的全是诗歌,坐的全是李商隐

自信笺寄出雨水以来
晚唐流行弹拨乐
用古琴、琵琶、筝弹出的雨声
与这个下午一路相随

雨声拨开山的门楣
雨声让树叶与树叶相互撞击
雨声在两只白鹭的身体里荡漾

它们弯曲的颈脖像闪电
顶着一枚雷霆在雨中缠绵

一个诗人,听着听着
不由得眼泪呈滴状,爱情呈雾状
激情奔涌呈瀑布状

一滴一滴一滴滴
一滴滴雨抱在一起
就是渐渐大起来的黛湖

就是心中涨了的秋池

还有什么比诗歌更久远
一首七绝,浸在弥漫四野的水雾里
已美到令人忧伤令人窒息
美到忘了归期

但我还要提着满满一笼烟云赶路
一个盘旋,穿越点点滴滴,在缙云山
在老年,大雨转中雨

选自《重庆晚报》2020年7月27日第4版

路牌说

路牌说
它们曾经叫清合路学园路金佛路
现在叫北京路上海路南京路
路牌说
光芒总是来自于浸血的土地
前方沦陷一座城市
后方站起一条街道
一块路牌,就是半壁河山

路牌说

现在你正走在上海路上

前面就是银行邮局

博物馆图书馆文化馆

就是商场、学校

就是万家灯火中

你要住的黄朦朦的温馨酒店

路牌说

如果你一直走一直走

有可能真的走到上海

走到淞沪会战

走到你出生之前

你会看到天空扔下成吨的钢铁

看到你年轻的军人父亲

全身开满血色玫瑰

眼里喷出火焰

路牌说

请记住在西南有一座铁骨铮铮的

柔美小城,一草一木都是历史

一街一巷都是故事

路牌又说

居安思危

天下并不太平

选自《重庆晚报》2020年7月27日第4版

张　烨

张烨（1948—），中国作家协会会员，中国诗歌学会理事。1982年毕业于复旦大学分校文献信息系。有《诗人之恋》《彩色世界》《绿色皇冠》《张烨集——生命路上的歌》等。

缙云山

不知崇尚零度情的现代诗人
是否能理解一座山的深情
每一滴雨里红着西窗烛
每一潭秋池涨绿相思

山是诗人的知音
云是诗人的心笺
《夜雨寄北》
是悬挂在孤峰顶的一颗眼泪

哪一天都是前约
哪一天都是归期
金桂、银桂、丹桂香了整座山
朵朵片片默念着诗人的名字

由唐朝而现代
由天上而人间
披着缙云抑或月光、细雨
飘回你心中的巴山[①]

黛　湖

据说哪位菩萨曾在缙云山打坐
失落的一面古镜
化成了黛湖

她的眼中噙着蓝天白云
心境空寂成一轮明月

选自《夜雨寄北：首届缙云诗会作品集》，中共重庆市北碚区委宣传部，西南师范大学出版社2020年版，分别见于第190、191页

---

① 缙云山在古时称为巴山。

叶延滨

叶延滨(1948—),当代著名诗人。有《不悔》《二重奏》《乳泉》《心的沉吟》等。

缙云山上云

傍在大重庆的大江边上是雾
浮在北碚的高山顶上头叫云——

雾气说人间是看不透的江湖
云朵白得真叫人想要写首诗

在雾里哥们儿呼朋唤友烫火锅
在云间诗人就是那孤独的鹰

雾里行人都爱在朝天门挣钱
云中游客几位去缙云寺问道?

身子还在雾里忙着找寻自己
心儿已在缙云山飘逸成白云……

巴山夜雨时

李商隐这首诗只有四行
四行写于北碚的短诗
却先后重复写了两次
四个字的巴山夜雨

一是正纷纷下着
涨了巴山秋池的夜雨
一是相聚之愿景
剪烛共话心上那场雨……

两场夜雨依然在下着
下了千年成一个隐喻
隐喻是一个诗学话题
北碚有西大的大学校园
校园里有棵枝繁叶茂的树
大树学名"新诗研究所"
进出大树有接交暗号——
问话:巴山夜雨时
答道:吕进思弟子

选自《自在北碚:第二届缙云诗会作品集》,中共重庆市北碚区委宣传部,西南师范大学出版社2021年版,分别见于第162—163、164页

黄亚洲

黄亚洲(1949—),曾获第四届鲁迅文学奖、中国电影金鸡奖最佳编剧奖、"中国百佳电视艺术工作者"称号、国家"五个一工程"奖。有《黄亚洲诗选》《行吟长征路》等。

西南大学

我首先要用城市的概念,切入西南大学
她的面积让我想到平原、草原和海面
我若是一朵细小的浪花
一次周游,请求给我三年时间

我愿意结识她的七万少男少女
这是学子,她捧在心尖尖的家庭成员
于是她用七路电瓶车,制作校园的翅膀
用五座运动场,打造草原的矫健

我在大学里路过中学、小学,甚至两座幼儿园
教师,是坚守这座大海的礁岩
我在树林和草坪之间,一再看见
夕阳和无怨无悔的太极拳

我更愿意提及那次全国校园环境的评选
校园面积全国第一的西南大学,无愧地夺冠
我想评委一定都是雄鹰和云雀,他们喜欢圣洁的草原
评委也可能都是鸥鸟和珊瑚,他们热爱纯净的海面

我也愿意在历史的断层里,提取西南大学的切片
"川东教育学堂",那应该是光绪三十二年
后来又变身为女子学校,那是民国年间
或许,就因为双性的丰富,她的发育难以置信的强健

在校园里,我栖落了两夜。这座文化的森林
给了我一只小小鸟窝的温暖
我是清晨时分离开的,那一刻校园万鸟齐鸣
一曲时代的新鲜乐章,至今,撼动着我的心弦

选自《北碚报》2013年2月19日第4版

西南大学:新诗研究所

这是显而易见的事,诗歌的峭壁上
已经垂下一根井绳

感谢汲取,我看见各个层面上的
华文诗歌,都在提升

也感谢落差的巨大
我知道诗歌所有的张力,均由此产生

国际论坛已办到第四届,这是深秋
拉上一桶最新成果,有巫山红叶陪衬

由于峭壁和井绳,诗歌叮当有声
依我说,中国诗歌的半个灵魂,都在重庆山城

选自《北碚报》2013年2月19日第4版

王明凯

王明凯(1954—),曾获全国新故事创作一等奖、中国当代诗歌奖、重庆市"五个一工程"奖、重庆市社会科学成果奖。有《跋涉的力度》《蚁行的温度》等。

金刀峡

来了金刀峡,才知道金刀的故事
你的侠肝义胆,喂壮了风
那位被你赐予金刀的人
安得猛士守四方,成了抗倭将军

嗟叹你的山也雄,峡也险
刀劈斧削一线天
十里栈道挂危岩
仰首古藤千千垂
侧耳鸟鸣声声漫

嗟叹你的洞也幽,水也秀
珍乳奇钟如飞鸟
深潭长滩可行船

举目飞泉层层叠

碧水溅珠湿裙边

哦金刀,这一座山,是你劈开的吗

这一条缝,是你劈开的吗

惊魂台不言,藏刀洞不言

悬天瀑不言,一线天不言

烟雨妙曼处,有玉人娉婷而出

顺着你的风,拾级而上

北温泉

从苍桑的血管中流出来

从嶙峋的骨缝中流出来

拥一方幽翠依山傍水

端一盆琼浆碧水涟涟

一听你的名字我就冬暖夏凉

哦,我心心念念的北温泉

多少次梦寐,多少次叨念

去你纯净的温润里

无忧无虑地盛开

去你柔软的血液里

自由自在地徜徉

去你婆娑的倒影里

玉树临风地飞扬

多盼望梦想成真啊

泡在水中,我会成你的水

那些曾经吹过的风

那些曾经淋过的雨

都在你的奔涌里,展翅奔涌

游在水中,我会成你的鱼

那些曾经走过的路

那些曾经跨过的桥

都在你的洋溢里,热情洋溢

站在水中,我会成你的树

那些曾经握过的手

那些曾经流过的泪

都在你的安详里,光亮安详

选自《巴渝行吟》,王明凯,西南师范大学出版社2017年版,分别见于第51、54—55页

毛 翰

毛翰(1955—），诗人，诗歌批评家。有《诗美创造学》《歌词创作的原理和方法》《中国周边国家汉诗概览》《毛翰诗论选》等。

巴山夜雨北碚情

就为那一座山的无言，
就为那一夜雨的无眠，
秋已深，岁已晚，游子不知归，
就为那一首诗的缠绵。

嘉陵江，缙云山，
江山之约多少年，
有一位诗人在云中卧，
巴山夜雨，是谁的名片？

就为那一朵云的红颜，
就为那一池水的媚眼，
秋已深，人未老，他乡做故乡，
就为那一城诗的浪漫。

嘉陵江,缙云山,
江山之约到永远,
风尘仆仆天下客,
温泉故里,是谁的家园?

选自《夜雨寄北:首届缙云诗会作品集》,中共重庆市北碚区委宣传部,西南师范大学出版社2020年版,第130—131页

梁 平

梁平(1955—),有《拒绝温柔》《梁平诗选》《琥珀色的波兰》《近远近》《重庆书》《三十年河东》《家谱》《汶川故事》《时间笔记》等。

我在缙云山寻找一个词

缙云山不在三山五岳排位上,
也从来不觊觎那些与己无关的名分。
身段与姿色与生俱来,一次不经意的邂逅,
都可以成为永远。

很多走马的词堆积在山上,
被风吹散,比落叶还轻,不能生根。
所以我不敢给山形容,不敢修辞,
不敢自以为是,牵强附会。

缙云山不说话的石头饱读诗书,
拒绝抬举,拒绝粉饰,拒绝指指点点。
缙云满满的红,让人的想象无处留白,
七彩逊色,所有的词不能达意。

一只鸟在陶乐民俗的木栏上瞌睡,
它的稳重让我惊叹不已。
我深信那是我见过的鸟,那年,
它醒着,四周安静得能听见露珠的呼吸。

缙云山端坐如处子,还是那么年轻,
而我和所有的人已经老态龙钟,
我感到羞耻。叽叽喳喳里惊吓出一身冷汗,
害怕那只鸟醒来认识我,无地自容。

面对缙云山满腹经纶,我寻找一个词,
搜肠刮肚之后,才知道任何词都不匹配。
只有名字没有亵渎,纯粹、干净,
于是我一遍遍重复:缙云山、缙云山。

在缙云山听雨

山的胃口很大,
很轻松地吞吐太阳和月亮。
我从来不敢贸然进山,经不起这样折腾。
缙云山的诱惑,是人都无法抵挡,
山下找个角落,在没有太阳和月亮的时候,
听雨。

缙云山的雨长出很多绒毛,
绒毛与绒毛之间透出的光影很暧昧,
那是夜的霓虹、夜的魅,与日光和月光无关。
此刻,我愿意在心里呢喃山的乳名——
巴山。然后,巴山的夜,雨。

李商隐已经作古。
巴山夜雨演绎上千年别情、隐情,
有一滴雨留给自己够了,不枉然一生。
在缙云山听雨,灵魂可以出窍,
顺雨而下,嘉陵、长江,直到漂洋过海,
我就在北碚,等你。

选自《自在北碚:第二届缙云诗会作品集》,中共重庆市北碚区委宣传部,西南师范大学出版社2021年版,分别见于第68—69、70页

李 琦

李琦(1956—),曾获第五届鲁迅文学奖、黑龙江省文艺创作大奖、东北三省文学奖、第三届草堂诗歌奖年度诗人大奖等。有《帆·桅杆》《芬芳的六月》《最初的天空》等。

缙云山一日记

那一天,缙云山上,诗人雅集
傅天琳发言,她的重庆口音
是这么好听——
天下的山,我最爱缙云山
深情的告白,连山风都为之鼓掌

我想起,三十年前
我在缙云山问路
一个年轻的女孩子轻抬手臂
你就跟着那条水走!
那一瞬间,我神情恍惚
诗人傅天琳,当年,是不是
也在这里,给陌生人指路
她那时十六岁,果园女工
青春的脸上汗水涔涔
一双大眼睛,清澈而透亮

如今,已是祖母的天琳
早已成为一棵诗坛的果树
动人的诗句,就是她的果实
她是诗人,也是缙云山的女儿
知恩图报,她还像从前那么踏实
一行行诗句,回馈着
当年的土地、阳光、雨水和养分

2020年深秋,一群诗人们
坐在缙云山上喝茶
山河如画,江水不舍昼夜
我们从细微的往事,说到辽远的未来
缙云山云雾缭绕,多么神奇
这山岭,明明环抱着我们
却同时让人,憧憬和仰望

北碚怀萧红

彼时,黄葛树下,她经常久坐
手捧茶杯,望着逶迤的江水,沉默

她想起了什么?松花江,呼兰河
铁蹄下的故园,家乡的大雪?

国殇,离愁,伤病,朋友流散
恩师鲁迅,已住进坟墓几年

逝去的时光,在树下浮现
在此变成了文字,《回忆鲁迅先生》

她尚不知道,凶险的命运在不远处等候
这短暂的安宁,已临近生命的尾声

缙云山,是她最后游历过的山林
重庆,北碚,不久以后,就是香消玉碎

这个来自北方的年轻瘦弱的女人
多年以后,被尊为"文学的洛神"

八十年场景转换,又一场秋雨落下
黄葛树似乎若有所思,叶片晶莹,如泪花扑闪

选自《自在北碚:第二届缙云诗会作品集》,中共重庆市北碚区委宣传部,西南师范大学出版社2021年版,分别见于第52—53、56页

刘立云

刘立云(1954—),曾获第五届鲁迅文学奖、国家"五个一工程"奖、闻一多诗歌奖等。有诗集《红色沼泽》《黑罂粟》《沿火焰上升》《向天堂的蝴蝶》等。

诗人来到缙云山

北碚人就是慷慨:诗人们来了
拿出七千万年前的一座山
供他们登临

七千万年前的朝日峰、香炉峰、狮子峰
七千万年前的佛光岩、相思岩、舍身崖
一座古寺最是年轻,史载建于南朝
毁于明而复建于清
解说词是李商隐写的,他生于晚唐
字义山,号玉谿生,距今至少1163年

与李商隐同朝代,比李商隐更大牌的
王维和杜甫
也来过;还有满腹经纶的司空图

写过《爱莲说》的周敦颐,等等,等等,等等
都曾到此一游,也都曾为它写过诗

但是,那又怎样!大风一年年吹过来
一年年摧枯拉朽,只留下
孤零零的《夜雨寄北》,二十八个字!

而诗歌是一种多么贵重的文字,多么珍稀
缙云山对诗人们说:来了的人
谁也别骄傲,别口出狂言
多么美的文字
多么著名的诗仙诗圣,都经不起大浪淘沙

嘉陵江在低处

庞大的事物总是退守在低处
比如比高山更开阔的平原
比如比大地更谦逊的大海

在缙云山半山腰的翠雨轩喝茶
朋友指给我说:看见了吗?
远处的草蛇灰线,就是嘉陵江

嘉陵江？就是在我读过的中学课本里
一路唱着《红梅赞》的那条江？
我看见它潺潺湲湲
像一只温顺的猫，匍匐在北碚脚下

选自《自在北碚：第二届缙云诗会作品集》，中共重庆市北碚区委宣传部，西南师范大学出版社2021年版，分别见于第72—73、74页

郁　葱

郁葱(1956—),原名李丛,曾获第六届河北文艺振兴奖、第三届鲁迅文学奖。有《蓝海岸》《生存者的背影》《世界的每一个早晨》《郁葱抒情诗》等。

秋夜的缙云山

入夜,这千年名山就隐去了,
大隐,隐于山林,
那时,有点点灯火不是为了照耀,
而是让人觉得,天无论多暗,
依旧会有光亮。

缙云入夜。那嶙峋那浩翰内在而超然,
无语,无欲,不急,不缓,
你甚至感受不到它的一丝动态。
也许它峥嵘,也许它黯然,
绿意一扫,万千气象皆已覆盖。

你无论如何不知道它的重量,
你只能感受它的内涵,

有一段难了的心事,
看到它,就放下了,
那样的容量,什么样的苦乐和悲喜都是微尘。

夜缙云。看不到它的姿容,
但暗夜里它的轮廓一直之北之南,
有风声,寂静的风声,
也有树和草的声音,
在天亮之前,那些阔叶树像曾经在世的人的灵魂和影子。

夜缙云,我觉得你依然是亿年前的海,
——潮涨潮落,从容进退,
温润内敛,南岸北河,
那些经历也茂密也充满着皱褶,
但你总归是川渝大地无与伦比的隆起。

2019年的一个秋日,我站在你的脚下,
更觉得自己的微不足道,
世事繁华,掩不去红尘的浮泛,
融在缙云山的夜里,突然觉得,
微弱,是一种幸运。
喧闹的,往往是浮浅的,
在秋夜的缙云山,我不再作声。
夜缙云,多少寒凉冷暖,

依旧在表里之间,
在人神之间,
在爱恨之间,
在天地之间。

2019.09.27

秋夜的嘉陵江
——与傅天琳、娜夜、蒋登科夜读嘉陵江

嘉陵江沿岸有两种颜色,
绿色和金色,
那两种颜色中,
有无以言说的人生起伏。

嘉陵江横穿北碚,
2019年9月的一个秋夜,
那天晚上没有涛声,
江水平缓,一如两岸平缓的世人和世事。

这时的嘉陵江也许不像这条江,
他平和超然,出奇地从容,
沿岸的一盏灯火和另一盏灯火没有什么不同,
仙境在江中,人间在岸上。

嘉陵江沿岸。
人们静如止水,心若青铜,
平日里,他不知道默默流走了多少光阴,
人们一代代出生、长大、老去,
在阴晴里,在悲欢里……

草枯了,明年再长,
火熄了,瞬间重燃,
嘉陵江的坦荡是出了名的,
什么时候他失态过,没有,
什么时候他轻浮过,没有,
也许有很脆弱的夜晚,
但沿岸的人声不断灯火不断,
嘉陵江的水,就不断!

有久长的叙事与抒情,有忘却和记忆,
夜笼罩着嘉陵江油画般的身体,
爱你的时候,
我从年长竟然又重新长成了孩子。

天人兴盛,鸡鸣长啼,
嘉陵江沿岸对于一些人是景致,
而对于今夜的我们,他是神灵。

经常想起一些恒久的事物,
它成为嘉陵江沿岸的树木、河流和土地。

已经过去的和即将发生的,
都会在嘉陵江的淌动中流逝,
我们终将沉默,
而嘉陵江,依旧无限、无言、无尽,
并且永不止息。

选自《夜雨寄北:首届缙云诗会作品集》,中共重庆市北碚区委宣传部,西南师范大学出版社2020年版,分别见于第168—169、171—172页

陆　健

陆健(1956—)，有《窗户嘹亮的声音》《名城与门》《日内瓦的太阳》《不存在的女子》《34份礼物》《七次话语》《陆健诗选》等。

白鱼石

一条鱼卧于嘉陵江的湍急
我看见一个人，一种牺牲
——替代了我们的牺牲
鱼的鳞片，鱼唇吃力的呼吸
它所有的鳍，鱼骨，清晰

这条鱼说：中国的江，必须
有中国的轮船行驶，游弋
它终于看到了，看到
一座城市——揾英雄泪

我要在心里为它修一座塔
设一个纪念日。我要在心里
把白鱼石称为作孚石

选自《夜雨寄北：首届缙云诗会作品集》，中共重庆市北碚区委宣传部，西南师范大学出版社2020年版，第119页

曹宇翔

曹宇翔(1957—),曾获第二届鲁迅文学奖、长征文艺奖、中国长诗奖等。有诗集《家园》《青春歌谣》《纯粹阳光》《天赋》等。

桂香浮起缙云山

昨夜明月当空,我听见
山上金桂、银桂、丹桂如喷泉
花香浪涛澎湃,隐隐轰鸣
沁人肺腑桂香,大自然神力
山影似在飘移,一天繁星

桂花弥漫,桂香浮起缙云山
抬高黛湖幽静,古村落,白云竹海
当曙光初照,又轻轻放下
放在北碚嘉陵江边人们生活里
分明浮起,却像一动未动

《夜雨寄北》的诗人今日
隐身何处,诗句淅沥千载夜雨

秋池隐约，此刻健身梯道人影幢幢
明媚花枝伸向翠绿山巅
名山依旧，一切转换时空

鸟翅翻飞花浪，峰闪霞彩
何等幸运和福分，我遇见，我目睹
云雾泉声洗出明亮簇新之我
在这里，所有的微笑都有来由
红日高照，我怀着感恩的心

嘉陵江献诗

白鱼碚兀立江心随水曲折
浩荡大江波浪向东。峡风吹拂
江滩放风筝的老人和孩子
欢呼雀跃，风筝线彩纸写满心愿
飞啊，飞进北碚蔚蓝天空

这名江，这名城，这福地
一江波涛阐述岁月，碚石纤痕深深
篙洞密布，恍若触摸到往昔
那挣扎，那苦累，那血泪长喊
江边乱石烙满纤夫苍苔背影

峡壁屏立陡峭之美,在庙嘴
信号台流连低回,江声滔滔而去
又迎面而来,尤其万家灯火的夜晚
人间大书夹着流水灯影书签
大江琴弦,一声沧桑古筝

掬起江中灯火,掬起星辰
掬起激流霞光飞浪是掬起勇敢的心
波浪向东,敲响每日朝阳铜锣
伟大的河流奔腾不息,一如两岸
人民周而复始的热腾腾生活

选自《夜雨寄北:首届缙云诗会作品集》,中共重庆市北碚区委宣传部,西南师范大学出版社2020年版,第2—3页

林 雪

林雪(1962—),曾获第四届鲁迅文学奖、辽宁文学奖等。有《淡蓝色的星》《在诗歌那边》《大地葵花》《林雪的诗》《深水下的火焰》等。

北碚正码头

"只有北碚才是正码头

其他河岸的码头都是副的"

老纤夫此语一出,庙嘴岩

火链石边沿那些花儿

在一阵风中纷纷向他倾倒

连一路湍急到石梁的嘉陵江

也转身停住点赞

赞他自信和自觉的地方性

为了表示英雄所见略同

我也大拇指朝上,接住其中

一朵浪花。历史的活塞和齿轮

不只有酷酷的铁律

也有打开菜单的温柔方式

仪态万方的方比万还多一点

包含了多少古旧情意?
我不止对一个人说起白鱼石
说她宁可不成岛、不做礁
只独守一个寂寞碛名。说她不跃龙门
不羡鲲鹏那教科书般的展翅一举
只接水气地气人气
独自躬身在江心
不止对一人说白鱼石是草根之石
还有丰富的人民性。看那碛场
有首都和一线超大特大城市命名的
北京路、上海路、天津路、南京路、广州路
也有以属五六线挺大或不大城市
命名的朝阳路
这是北碛丰富人民性的又一种内涵
众生在大大小小的路上往来、行走、生息
小鸟在白鱼石纤凹和篙洞里做窝
"莫要小看那些凹和洞吃,那可是从前
纤夫们拉船的安稳
是纤夫的心头恨、脚下跟、身上命……"
北碛正码头一位早已歌手的纤夫之歌
并不只为我一人而唱
他不知自己是时代里少有的灵魂歌手
只一首接一首,把人们的双眼
唱红、烫伤

在夏坝听歌

一切诚念终可相遇
此时河流如镜,一只无形的手
用最好的水纹绣着波浪丝巾
有绿孔雀飞来礁岛加冕
在夏坝,这古老的唱针日夜不停
摩挲江水自带流量的磁盘
从温塘峡不稳定音
唱到石梁大调
再唱到风景城升级
唱到飞蛾山和声
又从西北面缙云九峰
唱到东南角的金剑山岭
"如今我徘徊在嘉陵江上
我仿佛闻到故乡泥土的芳香……"
重要的一幕出现了
北碚大地出现了新音阶
出现了诗歌中的叠句
河岸上集起的团雾和轻烟
已变不回传说中那著词者的身影

选自《夜雨寄北:首届缙云诗会作品集》,中共重庆市北碚区委宣传部,西南师范大学出版社2020年版,分别见于第98—99、102页

李元胜

李元胜(1963—),曾获第六届鲁迅文学奖、人民文学奖、十月文学奖等。有《李元胜诗选》《无限事》《独白与对话》《我想和你虚度时光》《沙哑》等。

金刚碑

我是有时差的人
错过了你们,错过了绝大多数事物

就像把一块巨石掷进嘉陵江
让它弯曲,就像
你突然出现
光线经过你时发生弯曲

在同一条河,同一个时代
我们用不同的语法写着自己
获得了完全不同的
时间的弧度

百年前的煤,仍然由我转运着

通过你们看不见的船队

向着另一个世界

2019.10.04

选自《夜雨寄北:首届缙云诗会作品集》,中共重庆市北碚区委宣传部,西南师范大学出版社2020年版,第92页

狮子峰

登一座山,一定要上最高峰

我曾经这样固执多年

匆忙、迫切,有如星夜奔赴

山脚有蝴蝶,不停

山腰有寺院,还是不停

我对缙云山的印象

只是狮子峰的积雪

绝顶。雾的空无一物

如今,我逗留于一本书的开篇

逗留于迈进禅门前的时刻

我甚至想回到

自己人生的山脚

那时多美,一切皆在仰望中

满足于俯身往事

满足于荒草无边的溪谷

这座山,曾像我一样盘桓于此

它最终拾级而上时

放下了所有来路和归途

如今,我爱着此间的庸常

对非凡之物,止步于遥望

夕阳下的狮子峰

不再是我的必登之地

甚至,我警惕着

此山和彼山的高处

一如警惕心中的积雪

选自《自在北碚:第二届缙云诗会作品集》,中共重庆市北碚区委宣传部,西南师范大学出版社2021年版,第63—66页

荣 荣

荣荣(1964—),本名褚佩荣,曾获鲁迅文学奖、徐志摩诗歌节青年诗人奖等。有《风中的花束》《闲夜无眠》《流行传唱》等。

温泉寺

那么多人来了又走了,隐入时光隧道,
我来的时候,他们被我集体深挖一遍。

温暖的或清洌的,热闹的或冷寂的,
泉汤里模糊的脸宠与梵刹前疑惑的身影。

我边挖边感慨,嘘唏时忽见罗汉松下一位老者,
他眼里仿若实质的纠结有浓荫流淌。

类似于早年的缺憾,类似于怅茫或徘徊,
类似于人类一种普遍的叹息。

他也在慢慢转身,也在慢慢消失。
在秋阳的清冷里,我顺手也将他挖了一遍。

金刚碑

一个老人在金刚碑找到了他的旧,
旧山水,旧地方,旧日子,旧事物。

旧的面相,旧的背影,与怀旧的旧契合。
旧的相思,旧的怨念,起起落落同步履蹒跚。

走一段旧的长街,抖几个旧的包袱。
听几声旧的吆喝,仿佛又一次被唤了乳名。

一个老人在金刚碑找到了他的旧,
这是他一个人的旧,他的旧不会得而复失。

这没什么不好,在旧旧的金刚碑,
他枕山环水,满眼的秋色像铺展的画屏。

选自《自在北碚:第二届缙云诗会作品集》,中共重庆市北碚区委宣传部,西南师范大学出版社2021年版,第98、104页

田 禾

田禾(1965—),原名吴灯旺,曾获鲁迅文学奖、闻一多诗歌奖等。有《温柔的倾诉》《在阳光下》《抒情与怀念》等。

黛 湖

一个黛字让这座湖暗含古意

远看
黛湖美得像一件古瓷
缙云山用数不尽的春秋
收藏了它
蓝色的湖水微微荡漾
山影、松树、飞鸟、鱼
都是嵌在上面精美的图案
一个黑色、潮湿的黄昏
也嵌在上面

近看
黛湖是一幅不用着色的油彩
一幅被缙云山收藏的油画

由于蓝色湖水的洇染
或者说一座湖被打翻了
雾也有了深蓝的颜色
秋天了,水有点瘦,山有点寒
夕阳落入山间、水间
秋色那么浓稠
使黛湖形成了自己的风格

缙云山

一座离重庆城最近的大山
古木参天,山崖陡峭,瀑布倒悬
瀑布轰隆隆的水声
像三峡周边零星的发电站
给太阳月亮注入无限的电源
使缙云山有了长年的光照

植被从山下铺到山上
虽然是深秋了
但一半叶子枯黄、掉落
一半叶子还是绿色
半山青叶透着绿色的光芒
显然缙云山还剩下半个春天

山顶总有洁净和缓慢的云

安静和潮湿地呼吸着

月亮正在天边摆渡

黛湖是最好看的眼眸

秋风吹落的红叶

在缙云寺大院里旋转

那是秋风在为寺里的僧人

发送寒冬的袈裟

选自《自在北碚：第二届缙云诗会作品集》，中共重庆市北碚区委宣传部，西南师范大学出版社2021年版，分别见于第128、132页

龚学敏

龚学敏(1965—),有《幻影》《雪山之上的雪》《长征》《四川在上》《钢的城》《濒临》等。

在北碚雅舍致梁实秋

山城潮湿,我把你写过的那些字
聚拢来,用酒驱寒
把生锈的字打磨出初衷,江风再凉
也吹不落星宿
给残疾的字正骨,缠良知的绷带
依旧四四方方
如你刚写出的模样。酒过三巡
我要率领所有字,举起最温暖的
偏旁部首,向你致敬

给蒙尘的书籍去杂草,用真实
注解良心的疆域,笔力如同你站直的
身影。翻一页你的书
我的外套就像挨了你一记耳光
那永不受凉的良知

在十月的江面上号啕大哭
哭声被风送远
大风过后,我要率领你写出的所有书
用不同的版本,向你致敬。

我要率领北碚所有新建的大厦
向你致敬,因为
北碚所有的石头,都被你砌进
一本叫作雅舍的书
砌成大江大河深处最梁实秋的
一股清流

选自《自在北碚:第二届缙云诗会作品集》,中共重庆市北碚区委宣传部,西南师范大学出版社2021年版,第22—23页

义 海

义海(1963—),本名陈义海。有《被翻译了的意象》《一个学者诗人的夜晚》《唯美主义的半径》等。

黛 湖

这被山高高举起的水
在丛林深处
独自妩媚

她是那么安静
安静得
像回到了五百年前

其实,她每天都在唱
特别是在夜深人静的时候
只是我们听不见

她唱完了月亮唱星星
她唱完了星星唱白云
唱一片乌桕叶子落上她的面庞

只有水边的小草在听
只有水边的玉兰在听
听她柔软的音调,用微风做的歌词

她的歌声很轻,很静
我们的脚步声太快,太响
听吧,人子——把你的耳朵贴近她的面颊

这被山高高地举起的水
就这样被树林悄悄地藏着
就像珍藏一面柔软的镜子

这被山高高举起的水
就是这样被山宠爱着
山用有力的手臂把她抱在怀里

谁也不知道多少年了
缙云山就这样把她抱着
并告诉路人:这是我的女儿

2019年9月27日 星期五 夜 在北碚

选自《夜雨寄北:首届缙云诗会作品集》,中共重庆市北碚区委宣传部,西南师范大学出版社2020年版,第155—156页

李少君

李少君(1967—),有《自然集》《海天集》《神降临的小站》《南部观察》《草根集》《岛》等。

在北碚

一

自在,据说是此地典型的生活方式
溪水相伴,花草长期驻扎在窗前
白云,随一声声鸟鸣不时地来探望你

孤独,由此打开深邃的境界
缙云山,就这样提升了你精神的高度

二

倾听了太多灵魂的诉说
北碚文化馆,绵延着悠远的记忆
一场细雨,薄薄地打湿清晨的石板地面……

我走过,披着一件历史的风衣
这文明传递的温暖,一直慰藉我到了现在

三

花鸟市场、广场舞、麻将和火锅
另一个时代里则是慷慨激昂奔走呐喊

到平民学校去教书认字去开启民智
那个挥动着报纸大声疾呼的长袍眼镜青年
一定是风靡一时的街头偶像

四

北碚往事太多,仰望、沉思和叹息也多
心底就总想和这里发生一点关系
那就为之写一首诗吧

那些枫叶一样火红的岁月哦
写了,就应该像诗里写的那样去生活!

选自《自在北碚:第二届缙云诗会作品集》,中共重庆市北碚区委宣传部,西南师范大学出版社2021年版,第58—60页

娜 夜

娜夜(1964—),满族。曾获鲁迅文学奖、人民文学奖、十月文学奖等。有《起风了》《个人简历》《娜夜诗选》等。

来自缙云山的邀请函

唯有自然不会让你失望
唯有自然

来吧 带着你血液里的大漠孤烟
和你身体里那个在沙漠上种下树
的九个笔画
每天去浇水的小女孩

带上敦煌就要干枯的月牙泉
和玛曲草原把湖叫做水镜子的拉姆奶奶
她笑起来多么美:
活着心地洁白

死后骨头洁白
来吧 带着你永不疲倦的诗人之心

试着叙述你看到的 体验到的 为之动情
和失去的……

书房里 你的眼睛老花得越来越厉害了
一些字开始模糊
一些已经消失
你的阅读变得艰难了

在书房里丢失的会在草丛中找到……来吧
自然比社会好看多了

选自《诗刊》2020年4月号下半月刊,第14页

嘉陵江薄雾

嘉陵江薄雾
牵着一只小狗散步的女人
是欢喜的
狗的忠诚
似乎愈合了人的伤口里
永不结痂的哀怨 叹息

江水缓慢
青山隐约
当她和小狗一起奔跑
腰肢柔软
双乳含烟
远近的黄昏都慢了下来

选自《夜雨寄北:首届缙云诗会作品集》,中共重庆市北碚区委宣传部,西南师范大学出版社2020年版,第136页

路 也

路也(1969—),曾获鲁迅文学奖、人民文学奖、丁玲文学奖等。有《天空下》《写在诗页空白处》《泉边》等。

送路路去北碚

备好琴剑书箱和盘缠,带够干粮
此去万水千山

钻多少隧道,过多少桥梁
才能从渤海到大西南
把火车不停的那些村镇都标上记号
吟诵李白的《蜀道难》

如果你要飞,也行
波音或空客打个喷嚏,扬长而去
向舷窗外看云,天空前程远大

众山演讲,两条大江拉钩许下诺言
雾减轻了楼群的重量
折叠的码头打开,终于把你等来

黄葛树在墙上撑着伞
树下传来歌声,歌里有一朵山茶花

你吃泉水豆花和竹筒饭的时候
熊猫在吃竹子

生物工程、英语、数学、化学
再加一个帅男生
统统放进火锅,人生多么麻辣烫

但作为白羊座,务必管好自己的角和蹄子
不可成为一只疯羊
风一直朝故乡方向吹拂着你的衣衫

感觉去的是民国
记得拜访一下雅舍和多鼠斋
问候二位先生

巴山夜雨,如果想家
可以微信视频

2017年9月

选自《慢火车》,路也,北岳文艺出版社2021年版,第88—89页

散文

现代以来,关于北碚的散文作品很多。在遴选时,编者主要考虑了作品的艺术性、史料性、作者身份及分布等因素。以精美的散文为主体,但对于一些涉及北碚发展、具有文史价值的"大散文"也适当收录;在作者方面,以文学史上的名家、名家后人和获得全国性文学大奖的作家为主体,适当考虑了熟悉北碚历史文化的本地作家,试图将艺术性、史料性、发展性较好地结合起来。

陈嘉庚

陈嘉庚(1874—1961),著名爱国华侨领袖、企业家、教育家、慈善家、社会活动家。有《华侨领袖陈嘉庚救国言论集》《南侨回忆录》《《陈嘉庚言论集》《五万里路祖国行》等。

诚恳之卢区长①

  距离重庆二百余公里,有某地方繁荣,风景佳妙,某大学②亦移建在该处,乃命驾而往,暂寄迹市中某公所。该所办事人往告区长卢君,渠系广东黄埔军校毕业生,余素未相识,见面后招待甚诚挚。导往某山上参观温泉旅舍,其建筑颇好,游泳池可容百数十人,又有单人浴房十余间,汽车路不日可通。卢君导往山坡上游览,参观该处寺庙,往回三点多钟。雇来四辆车为余等坐,而彼则穿草鞋步行,余心甚不安,西反兄屡欲让坐,彼坚执不肯,云:"逐日下乡村跑惯,绝未坐轿。"余在南洋曾闻好县官,穿草鞋下乡视察,今日方亲见之,颇生感慨,安得全国各县官人人如是,民众定可减少许多惨苦矣。晚间回公所,适遇旧相识陶行知君,云伊到此

---

① 卢区长:指卢子英,卢作孚四弟,黄埔军校四期学员,历任峡防局常练大队队附、学生队队长、峡防局督练长、嘉陵江三峡乡村建设实验区区长、北碚管理局局长。

多日。又见某大学①新校舍相联矗立,为时间迫促,未曾入内,余回到重庆已近午夜。

选自《南侨回忆录》,陈嘉庚,上海三联书店2014年版,第128页

---

① 某大学:指抗战时期位于重庆的复旦大学,现存旧址在重庆市北碚区东阳镇下坝路。

晏阳初

晏阳初(1890—1990),别名晏遇春,被誉为"世界平民教育运动之父"。有《平民教育的真义》《农村运动的使命》等。

筹备中国乡村建设学院的意见[1]
一九三九年五月十八日

今天讨论关于中国乡村建设学院问题,现在先把几个月来筹备的经过,简单地报告一下,然后请大家发表意见。

一、学院名称问题。经过多次的讨论,有些同仁以为不必用"乡村建设"这四个字,主张创一个新的名称。第一,我们觉得乡村建设是本会二十年来所努力的工作。二十年前,大家并不十分注意,自从抗战开始,全国人士,对于乡村才重视起来,对于农民大众才感觉到他们的重要地位。乡村建设,已深印到一般人的脑海中了,今天反把有二十年历史朝斯夕斯努力的工作,不明白标识出来,未免太对不起一班乡村工作人员的辛勤血汗了。第二,办学院,必须向当局接洽,请求立案。我们如果另用一个名称,恐怕要费事些。就

---

[1] 中国乡村建设学院于1940年创建于重庆北碚歇马乡(现属于重庆市北碚区歇马街道),原名"中国乡村建设育才院",是中华平民教育促进会(简称"平教会")培养乡村人才的高等学校,1945年扩充为独立学院,改名为"中国乡村建设学院",院长由平教会干事长晏阳初兼任。学院旧址尚存,位于西南大学柑桔研究所内。

用一向所沿用所从事的"乡村建设"四字,这是表明我们在继续二十年来所努力的工作,容易得人明了。第三,与学院有关的一些历史事实,也不可不知道。过去本会设有育才院,现在开办乡村建设学院,就本会立场说,不过是育才院的扩大。其次,就全国乡建运动立场说,本来有中国乡村建设学会,现在组织学院,是把各方面的人才、经验汇合起来,集中努力,这多少和今日西北、西南等地的联合大学相类似。二十年前,我们就认为乡村建设是民族复兴的基础工作,到了今天,不但我们的认识没有错,而且赢得了全国人士对此的觉悟与重视。所谓建国,大家都认为应立基于乡村建设之上。所以我们现在举办学院,更不能随便抛弃我们几十年的奋斗的历史,轻易用别的字眼命名。

二、学院与大学问题。有人以为用学院名义而不用大学名义,规模似乎太小。这问题考虑得很久,我们感觉得在现阶段所以用学院方式,不是我们不能办大学,如果不能比一般的大学更精彩、更实在、更有力量,则又何必再多一个平常的大学。我们理想中的大学,就现有的人力物力来看,还不够,所以决定由小而大,由近及远,先办一个学院,先就内容作充实功夫。

三、学院院址问题。院址有人主张在成都附近,有人主张在江西,也有人主张在重庆,最后决定是重庆。理由是:第一,我们办的学院是全国性的,成都的交通,不如重庆,如果院址设在成都,就不免带有地方性。第二,罗致教授人才,招考学生,我们希望能够不限一隅,要想这样做,重庆似乎比成都方便。第三，从广义的乡村建设来说，不是机械地以农业等等的建设为限。工业建设，仍是乡村建设工作之一，工学院还是要办。既是有这种看法，学院与工业有关系的团体，应取得密切联络，重庆是工业比较发达的地方，所以乡建学院，以办在重庆附近为适宜。第四，乡建学院是全国性的，刚才已经提到，目前重庆是全国政治经济交通的中心。就是在最近几年内，战事即使结束，重庆仍不失其全国的重要性。将来如有必要，可以在适当地点设分院，或者将重庆院址改为分院，而在另一更合适地点设院本部。有这四个原因，院址决定设在重庆。至于设在重庆附近何处，有三个地方我们都去看过。看的时候，根据三个原则，(一)交通，(二)治安，(三)农村环境，而附近有市镇。就这三个条件查勘后，觉得北碚附近的歇马场高坑岩，颇为相当。此地离重庆有六十公里，离歇马场三公里，是一片尚未经营的处女地。高坑岩有长宽各约十丈的瀑布，可以利用发电，电力足供两万盏电灯之用。有河流通北碚，运输很便利，将来可在该处以学院为中心，辟文化村，现已设法进行收买土地等事。

学校的建筑以简单、适用、卫生为原则，最好能乡村化。为生活用的房舍，如住宅、宿舍等，愈简单朴素愈好；学术研究用的房舍应该带点宏壮雄伟，不失其伟大性，如图书馆一类是，但不是说要费许多钱。

四、组织筹备委员会，设立办事处。学院的正式成立，因购地建筑等事，还须有相当时期。为进行这些工作，决定在重庆设一通讯处；在重庆近郊觅一宽大可容数十人的房屋，设筹备处。指定瞿菊农、谢扶雅、陈志潜、马博庵、赵步霞、姚石庵、陈行可、黎季纯、陈筑山、孙伏园、孙廉泉、熊佛西、汪德亮、陈开泗、孙恩三、杨导之等十六人为筹备委员，由干事长兼主任委员，六月一日开始办公。又指定瞿菊农（兼办事处主任）、谢扶雅、陈志潜、陈行可、马博庵、姚石庵为筹备委员会常务委员，由主任委员兼主任常务委员。

选自《晏阳初全集（第二卷）1937—1949》，宋恩荣，天津教育出版社2013年出版，第195—197页

郭沫若

郭沫若(1892—1978),乳名文豹;原名郭开贞,笔名沫若、郭鼎堂等。有《中国古代社会研究》《甲骨文字研究》等。

雨

六月二十七日《屈原》决定在北碚上演,朋友们要我去看,并把婵娟所抱的一个瓶子抱去。这个烧卖形的古铜色的大磁瓶,是我书斋里的一个主要的陈设,平时是用来插花的。

《屈原》的演出我在陪都已经看了很多回,其实是用不着再往北碚去看的,但是朋友们的辛劳非得去慰问一下不可,于是在二十六日的拂晓我便由千厮门赶船坐往北碚,顺便把那个瓶子带了去。

今年延绵下来了的梅雨季,老是不容易开朗,已经断续地下了好几天的雨,到了二十七日依然下着,而且是愈下愈大。

二十七是星期六,是最好卖座的日期。雨大了,看戏的人便不会来。北碚的戏场又是半露天的篷厂,雨大了,戏根本也就不能上演。因此,朋友们都很焦愁。

清早我冒着雨,到剧社里去看望他们,我看到每一个人的表情都沉闷闷地,就象那梅雨太空一样稠云层迭。

有的在说:"这北碚的天气真是怪,一演戏就要下雨。听说前次演《天国春秋》和《大地回春》①的时候,也是差不多天天都在下着微雨的。"

有的更幽默一些,说:"假使将来要求雨的时候,最好是找我们来演戏了。"

我感觉着靠天吃食者的不自由上来,但同是一样的雨对于剧人是悲哀,对于农人却是欢喜。听说今年的雨水好,小麦和玉蜀黍都告丰收,稻田也突破了纪录,完全栽种遍了。

不过百多人吃着大锅饭的剧人团体,在目前米珠薪桂的时节,演不成戏便没有收入,的确也是一个伟大的威胁。

办公室里面云卫②的太太程梦莲坐在一条破旧的台桌旁,没精打采地在戏票上盖数目字。

桌上放着我所抱去的那个瓶子,呈着它那黝绿的古铜色,似乎也沉潜在一种不可名状的焦愁里面了。

突然在我心里浮出了一首诗。

——"我做了一首打油诗啦。"我这样对梦莲说。

梦莲立即在台桌上把一个旧信封翻过来,拿起笔便道:"你念吧,我写。"

我便开始念出:

不辞千里抱瓶来,此日沉阴竟未开。

---

① 《天国春秋》,是阳翰笙一九四一年写的历史剧,描写太平天国的内部斗争。《大地回春》,是陈白尘创作的剧本。
② 即应云卫(1904—1967),浙江慈溪人。戏剧、电影导演。

敢是抱瓶成大错？梅霖怒洒北培苔。

梦莲是会做诗的,写好之后她沉吟了一会,说:"两个'抱瓶'字重复了,不大好。"说着她便把第三句改为了:"敢是热情惊大士[1]。"她说:"是你把观音大士惊动了,所以才下雨啦。"

——"那吗,索性把'梅霖'改成杨枝吧。"我接着说。

于是诗便改变了一番面貌。

邻室早在开始排戏,因为有两位演员临时因故不出场,急于要用新人来代替,正在赶着排练。

梦莲和我把诗改好之后走出去看排戏。

临着天井的一座大厢房,用布景的道具隔为了两半,后半是寝室,做着食堂的前半作为了临时的排演场。有三尺来往高的半壁作为栏杆和天井隔着,左右有门出入。

在左手的门道上,靠壁有一条板凳,饰蝉娟的瑞芳[2]正坐在那儿。

梦莲把手里拿着的诗给她看。

——"这'怒'字太凶了一点。"瑞芳看了一会之后指着第四句说。

——"我觉得是观音菩萨生了气啦,"我这样说,"今天老是不晴,戏会演不成的。"

——"其实倒应该感谢这雨。"瑞芳说,"你看,演得这样生,怎么能够上场呢?"

---

[1] 佛教称佛和菩萨为大士。
[2] 即张瑞芳,一九一八年生,北京人。话剧、电影演员。

我为她这一问略略起了一番深省。做艺术家的人能有这样的责任心,实在是值得宝贵;也唯其有这样的责任心,所以才能够保证得艺术的精进吧。

——"好的,我要另外想一个字来改正。"我回答着。

——"婵娟出场了!婵娟!"导演的陈鲤庭①在叫,已经在开始排第四幕,正该瑞芳出场的时候。

瑞芳应声着,匆匆忙忙地跑去参加排演去了。我便坐到她的座位上靠着壁思索。我先想改成"遍"字。写上去了,又勾倒过来,想了一会又勾倒过去;但是觉得仍旧不妥贴,便又改为"透"字。"杨枝透洒北碚苔",然而也不好。最后我改成了"惠"字。

刚刚改定,瑞芳的节目演完了,又匆匆忙忙地跑了过来。

——"改好了吗?"她问。

我把改的"惠"字给她看。

——"对啦,这个字改得满好,这个字改得满好。"她接连着说,满愉快而天真地。

梦莲在旁边似乎也在思索,到这时她说:"那吗'惊'字恐怕也要改一下才好了。"

——"用不着吧?惊动了的话是常说的。"瑞芳接着说,依然是那么明朗而率真。

雨到傍晚时分虽然住了,但戏是没有方法演出的。有不少冒着雨从远方来看戏的人,晚上不能回家,结果是使北碚的旅馆,一时呈出了人满之状,"大士"的"惠",毫无疑问地,

---

① 陈鲤庭,一九一〇年生,上海人。剧作家、电影导演。

是普济到了一般的小商人了。

第二天,二十八日,星期日。清早九点钟的时候,雨又下起来了。四处的屋檐都垂起了雨帘。

同住在兼善公寓一院里面的王瑞麟[1],把鲤庭和瑞芳约了来,在我的房间里同用早点。

瑞芳突然笑着向我说:"那一个字又应该改回去了。"

我觉得这话满有风趣。我回答道:"真的,实在是生了气。"

瑞麟和鲤庭都有些诧异,不知道我们所说的是什么。

我把故事告诉他们。同时背出了那首诗:

不辞千里抱瓶来,此日沉阴竟未开。

敢是热情惊大士?杨枝惠洒北碚苔。

不过这个字终竟没有改回去。因为不一会雨就住了,痛痛快快地接连又晴了好几天。好些人在看肖神,以为《屈原》一定无法演出的,而终于顺畅地演了五场。听说场场客满,打破纪录,农人剧人皆大欢喜。惠哉,惠哉。

一九四二年七月八日

(本篇最初发表于一九四二年七月十二日重庆《大公报》)

选自《郭沫若全集》(文学编第十卷),郭沫若,人民文学出版社1985年版,第286—290页

---

[1] 王瑞麟(1905—1956),陕西汉中市人。话剧演员,话剧、电影导演。

卢作孚

卢作孚(1893—1952),原名卢魁先,别名卢思,近代著名爱国实业家、教育家、社会活动家;民生公司创始人、中国航运业先驱,被誉为"中国船王""北碚之父"。

介绍嘉陵江

嘉陵江是经过我们这一块地方的一条大河,我介绍的却是一个小朋友。两天出版一次的一个小报,我们盼望这个小报传扩出去,同嘉陵江那条河流一样广大,至少流到太平洋。并且嘉陵江的命有好长,这个报的生命也有好长。所以竟叫这个小报也叫为《嘉陵江》。

这个小《嘉陵江》,身体虽小,肚皮却大,大到可以把五洲吞了。各位朋友,不要见笑,不信试看一看,简直可以从这个小《嘉陵江》里,看穿四川,中国乃至五大洲——全世界。面积之大,诚然不能去比河下面那条嘉陵大江,内容之大却又不是河下面那条嘉陵大江够得上同他一天说话的呵!(注:即"不可同日而语")

三峡有许多地方,我们要在三峡做许多事业,各位不晓得可以在《嘉陵江》上去看它。我们做些什么事业,做到什么程度,怎样做,各位朋友,都可以从《嘉陵江》上看出来呵!

我们是专门帮助三峡的——不止三峡的——各位朋友的,我们很关心各位朋友,家庭好吗?职业好吗?居住的地方好吗?身体上健康?精神上快乐吗?却苦不能一个一个地来与各位朋友闲谈闲谈,谈些好的生活方法,只好请这位小《嘉陵江》当代表登门拜访。

(本文系卢作孚创办《嘉陵江》报时所写的发刊词,于1928年3月4日发表在《嘉陵江》报创刊号,署名努力的同人。)

四川嘉陵江三峡的乡村运动

四川嘉陵江三峡是在嘉陵江流域重庆与合川一段间,跨在江北、巴县、璧山、合川四县的境界。我们凭借了一个团务机关——江、巴、璧、合四县特组峡防团务局,凭借局里训练了几队士兵,先后训练了几队学生,在那里选择了几点——北碚、夏溪口[①]以至于矿山北川铁路沿线——试作一种乡村运动。目的不只是乡村教育方面,如何去改善或推进这乡村里的教育事业,也不只是在救济方面,如何去救济这乡村里的穷困或灾变。中华民国根本的要求是要赶快将这一个国家现代化起来,所以我们的要求是要赶快将这一个乡村现代化起来。

现代是由现代的物质建设和社会组织形成的,而现代的

[①] 夏溪口,北碚地名,位于澄江镇,曾为码头。

物质建设和社会组织又都是由人们协力经营起来的，人都是训练起来的。人的训练有三个要点：第一是他们的头脑有现代整个世界那样大，能够在非常明了的整个世界的状态之下决定他们自己的办法；第二要他们的问题至少有中华民国那样大，在非常明了的国家紧急状态之下决定他们自己的任务；第三是要他们在可能的范围内创造一个现代的物质建设和社会组织起来，无论在交通方面、产业方面、文化方面或其他公共活动方面。而这一种创造的工作，是要在安定的秩序下面才能前进起来，所以首先要创造的尤其是安定的秩序。我们依着这样的程序在这一个乡村里为中华民国做小小的试验，供中华民国里小至于乡村大至于国家的经营的参考，其经营至于一点，其帮助则愿意到各方面。虽然困难比成功为多，然而常常得周围社会上的帮助，尤其是政治上的帮助，尤其是政治上最高领袖的帮助，度过了许多的困难。谁说中华民国不能往好的方面做？谁说环境是前进的障碍？由我们的试验证明我们所得周围的同情和帮助，远比我们所做的多。只有我们十分惭愧没有能力运用周围帮助的力量去尽量做好一桩事情，去酬答包围我们的同情，却没有周围对不住我们的问题。

我们初到这里办理团务是在民国十六年，责任只是在维持地方的安宁，而又当那地方还偶然有匪在周围为患的时候。于是我们决定以地方安宁为第一步。为使地方安宁，乃必须使匪不安宁；乃决定我们是动的，匪是被动的；乃决定以攻为守,帮助到我们的周围。不但不让匪活动,亦不让匪藏匿;不但不让匪在地方,亦不让匪在邻近。那时各地方都讲究办团,军队都讲究清匪;我们则只须联络他们,协助他们。很短时间之后,周围也就都清静了,于是我们积极的乡村运动开始了。

第一是吸引新的经济事业。这里富有煤矿,产煤都在山间,运输不便,促成煤业有关的人们组织北川铁路公司①,建筑一条轻便铁路在江北、西山②的山间。不久又有宝源煤矿公司筑堤以成运河在璧山县属东山之下,而且改用机器采煤了。我们又进一步联络北川铁路沿线的五个煤厂组织一个天府煤矿公司,准备改用机器采煤。促成友人组织洪济造冰厂,利用水力,组织嘉陵煤球厂利用煤粉。欢迎义瑞桐油公司购地大种桐林,重庆友人集资培植果园。除开我们直接经营的三峡染织厂③,集资经营的北碚农村银行以外,凡这许多事业需要帮助的时候都尽量予以帮助。一方面盼望这许多事业成功;一方面盼望乡村里的人们对这许多事业有一种认识,认识生产是应这样变成现代的。可以说他们是几个现

---

① 北川铁路建于1933—1934年,地处北碚区文星乡和代家沟境内,自嘉陵江观音峡左岸的白庙子起东北行,经水岚垭、麻柳湾到达万家湾,经文星场、后丰岩至郑家湾,过土地垭、代家沟、大岩湾,直趋终点大田坎,共11站,全长约16.8公里。1952年,代家沟以上煤矿失去开采价值,大田坎至代家沟一线拆除。1968年,随着天府煤矿新矿区的开发,北川铁路全线拆除,完成了它的历史使命。
② 北碚嘉陵江东岸地区。
③ 1930年北碚实验区利用文化基金创办的三峡染织厂,是四川第一家机器织布厂。

代的模型，是想将这一大幅地方变成一个现代的生产陈列馆，以上一些事业便首先陈列在中间。而将来的如像水泥厂、发电厂、炼焦厂……是正在预备着要经营的，都将他们装置在乡村人们的理想里。

第二是创造文化事业和社会公共事业。先以北碚乡而且北碚乡的市场为中心。这市场是在五年间由四百九十几家人增加到八百五十几家人，由一千九百几十个人增加到三千五百几十个人。我们用文化事业和社会公共事业将这市场整个包围了。另外造成功一种社会的环境，以促使人们的行动发生变化。在今天以前乡村的人们，除了每年偶然唱几天或十几天戏外，没有人群集会的机会；除了赌博外，没有暇余时间活动的机会；除了乡村的人们相互往还外，没有与都市或省外国外的人们接触的机会。因此他们没有一切知识和一切兴趣。这样死的乡村如何可以运动到活起来呢？这是我们感觉得非常困难的问题。于是姑且以北碚做第一个试验，以其比较集中，容易办，而且可以造起周围的影响来。

我们训练我们的士兵一队，其后更训练学生一队，担任北碚的警察任务。维持公共秩序，管理公共卫生，预防水火灾患，训练人们在一切公共地方或公共问题发生的时候有秩序的行动，取缔人们妨害公众的行动。创办一个地方医院，为远近的人民治疗疾病，尤其是普遍送种牛痘到纵横百照间的区域，每季到几万的人数。创办一个图书馆，供给近的人们到馆里读书，远的人们到馆里借书。创办一个公共运动场，集中了青年，尤其是小孩，在那里活动；集中了无数中年以上的人们在那里围着欣赏那许多青年和小孩活动。创办一个平民公园，在公园里有一个博物馆，一个动物园。每天下午集中了无数本地和嘉陵江上下过此停宿的人们在那里游玩。有一小小的嘉陵江日报馆，每天出版一张日报，载着现代的国防、交通、产业、文化各种新消息，在一切公共的地方陈列着，在一切公共经过的地方贴着，让人阅读。峡防团务局所经营的乡村电话总机关，训练的学生和士兵，和新创办的中国西部科学院①，其中生物地质两个研究所，附设一个三峡染织厂、一个兼善中学校并附设一个小学校，都在这市场的旁边。每年总有几个时期让人尽量进去参观，由办公、上课、研究的地方以至于寝室、厨房、厕所，都让他们参观完。

我们更认为中心运动的是民众教育。由峡防局设了一个民众教育办事处，联络各机关服务的几十个青年，白天各担任机关的工作，夜晚便共同担任民众教育。他们曾经办了十个民众学校，现在更进化而为挨户教育，派教师到人家去，周围几家或十几家都集中在一家里授课。今夜晚在这家里，明夜晚在那家里。他们在这个机会当中除受教育外，还大大地增进了人群会集的快乐。在船夫休息的囤船上办了一个船夫学校，在力夫休息的茶社里办了一个力夫学校，为训练妇女的职业技能办了一个妇女学校。设置了三个书报

---

① 中国西部科学院是爱国实业家卢作孚于1930年9月创建的中国第一所民办科学院，院址最初设在北碚火焰山东岳庙，1934年迁建北碚文星湾。其下设理化、地质、生物、农林4个研究所及博物馆、图书馆和兼善学校。

阅览处。在各茶社、酒店里都张贴着一切国防的、产业的、交通的、文化的和生活的常识的照片和图画,都悬着新闻简报的挂牌,在市集正繁盛的时候都有人去作简单的报告。设置了一民众问事处,帮助人决疑写信和写契约;一个职业介绍所,一方面帮助需要人工作的事业和人家,一方面更帮助了需要工作的人。他们与运动场、图书馆、博物馆、动物园以至于地方医院联络,利用每一个地方有人进出的时候,即是实施民众教育的时候。尤其总动员的是民众会场的活动。因为这里不仅集中市场上的人,亦并集中了四乡的人。其中有电影、有幻灯,电影里面有三峡的事业或人们活动的影片,有四川风景的影片;幻灯有实物、图书、照片、画报,显微镜下的玻片都可以映射出来的幻灯片。每星期有两次演剧——新剧或川剧,演员都是各机关服务的青年。在这民众会场的机会当中尤其注重的是闭幕时间的报告,是要给予民众以深刻的刺激和影响。

我们的各种报告材料,各种教育的材料,都集中在下列几个运动里面:

第一是现代生活的运动。有三种重要的材料:(一)是新知识的广播。凡现代国防的、交通的、产业的、文化的种种活动当中有了新记录,机器或化学作用有了新发明,科学上有了新发现,必立刻广播到各机关,到各市场和乡间。(二)是新闻的广播。今天世界的、中国的、四川的乃至于三峡的消息,举凡大家应得知道的事件,米价、银价、今年的粮税额、下一次民众会场的节目、警察调查得的人口、医院发现的流行传染病、正待介绍职业的男女工人，到处的新闻简报必写出来，更必在人群集中的时候扼要报告。（三）是生活常识。要如何讲究卫生？要如何教子弟？要如何分工合作地做事？要如何处理银钱收入和支出？要如何解决公众的问题——何处应掘沟？何处应修路？一方面讲，一方面做，是这样促起现代生活的运动。

第二是识字的运动。辅助教育必先运用文字，文字本身并不是教育。我们在民众学校和挨户教育都从各种实际材料中去教人识字。凡一切事业、一切陈列品、一切动物、一切花木以至于一切道路的指引，都用文字说明。凡替不识字的人们解释一切事物，都指着文字替他们解释，为他们叹息不识字是大憾事。常让识字的人们将一切说明念与不识字的人们听。凡有一切参观的机会，无论动物园和博物馆，无论电影或戏剧，往往是让识字的先进去，或需要收费的让他们免费进去。布置一种环境去包围那不识字的人们，促成他们识字。

第三是职业的运动。民众教育主要的意义是在增进人们谋生的机会。我们觉得增加职业人数比增加认识字人数更要紧。今天以前一家人只依赖一二人有职业，我们要促成除开衰老的、幼小的而外都有职业。今天以前许多人农隙便赋闲，我们要促他们增加副业。在商业上为他们联络都市的关系。在乡村里增加工厂，在工厂里增加工人，增加都市需要的或我们有关事业需要的手工制造品,以增加大众寻求职业的机会。

　　第四是社会工作的运动。我们利用人们农隙的时间作副业的工作,更利用人们工余的时间作社会的工作。促起大众起来解决码头的问题、道路的问题、桥梁的问题、公共会集或游览地方的问题、公共预防水灾火灾的问题、公共卫生的问题。不但是大众出力,大众出钱,而且是大众主持。这些具体的活动以引起大众管理公共事务的兴趣,以训练大众管理公共事务的方式。以完成地方自治的组织,尤其是进入现代的经营。举一个例:北碚面临嘉陵江,高出江面八丈以上,然而是要被洪水淹没的。后面被一条溪流围绕着,中央高而周围低,每被洪水淹没的时候,市场的人无法逃避。最好是将溪流填了起来与北碚一样平,作人们逃避的道路,而且增加了现在无法发展的市场到一倍以上的地面。分头征求市民的意见都很赞成,于是召集一次全体市民会议,决定全市总动员。除市集的日期外,八百五十余家人,每家人皆担任运石运泥,每天由一挑以至五挑。各种营业的人,不同卖米的、卖肉的,都出钱,都由他们决定。尤其是私人的厕所,由警察指定为公用,一向粪是肥料,年有收益,仍然是私人的,召集这许多私人一度会议之后,这许多收益都让归公有了。以这许多钱来雇用筑堤的工人,每天加以数百市民在那里工作,狂呼歌唱,非常热烈。许多老年人亦常在那里欣赏他们的工作,尤其是被选了二十位执行委员,必常常有人在那里照料,指挥并处理各种问题。每夜必开会一次,都列席,列席的人都发言。对于一个问题必提意见,必考虑批评他人的意见,必得一个共同承认的方案。我们偶然去参加两次会议,亦震惊他们勇往和紧张的精神。谁说中国人无办法?最有办法的乃是老百姓!谁说公众的事做不好?你看这一群老百姓把他们公众的事情做得何等好?!

我们对于北碚所做的运动,推广到璧山县属的夏溪口①,由夏溪口一直到宝源、遂川两个煤矿。推广到北川铁路沿线,跨有江北县文星、黄桷两镇②的地面。由两个特务队在那里担任四种工作:第一是团务,担任防匪工作。第二是警察,管理公共秩序,一切卫生,救济等事务,并附设治疗所。第三是民众教育,一样有民众学校、有书报阅览处、有民众问事处、有职业介绍所;一样作新知识的广播,作新闻的广播,作生活常识的广播;一样作识字运动,作职业和社会的工作的运动;一样得地方的同情和帮助,促起了各种组织和活动。

他们要办一个民众学校,便有人捐助房屋;他们要建筑书报阅览处、要建筑菜场、要建筑公共运动场,便有人捐助木料、捐助石灰、捐助砖瓦、捐助工钱。他们召集会议,便训练众人会议的方式;选举办事的人员,便训练众人选举的方式。都由具体的问题,由举办某种公众的事业,而集合众人讨论办法,举人担任,让众人眼见着提议,眼见着预备,眼见

---

① 当时,澄江镇的夏溪口属于璧山。
② 当时,文星、黄桷属于江北县,现属重庆市北碚区东阳街道、天府镇。

着开始工作,眼见着工作前进,眼见着完成。以此引起众人做事的兴趣。第二回乃比第一回更热烈。这尤其是在那里造起运动的人们更深切感着的兴趣。

他们的要求是深入到人们的生活内容里去找着帮助的机会,由帮助他们做,促起他们自己做,造起环境去包围了他们以改变他们的行动,由一个一个问题的解决以促起他们最后能够管理公众全部的事务,完成乡村自治的组织,担任乡村一切公共的任务。尤其是使这乡村现代化起来。

我们如何将一个乡村——嘉陵江三峡——现代化呢?请看将来的三峡:

1. 经济方面

(1)矿业 有煤厂、有铁厂、有磺厂。

(2)农业 有大的农场、大的果园、大的森林、大的牧场。

(3)工业 有发电厂、有炼焦厂、有水门汀厂、有制碱厂,有制酸厂、有大规模的织造厂。

(4)交通事业 山上山下都有轻便铁道,汽车路,任何村落都可通电话,可通邮政,较重要的地方可通电报。

2. 文化方面

(1)研究事业 注意应用的方面,有生物的研究,有地质的研究,有理化的研究,有农林的研究,有医药的研究,有社会科学的研究。

(2)教育事业 学校有实验的小学校,职业的中学校,完全的大学校;社会有伟大而且普及的图书馆,运动场和民众教育的运动。

（3）人民　皆有职业，皆受教育，皆能为公众服务，皆无嗜好，皆无不良的习惯。

（4）地方　皆清洁，皆美丽，皆有秩序，皆可住居，皆可游览。

（本文初发表于1934年10月1日中华书局《中华教育界》，后收入《中国的建设问题与人的训练》一书。）

选自《卢作孚文选》，唐文光、李萱华等，西南师范大学出版社1989年版，第31、196—203页

顾颉刚

顾颉刚(1893—1980),名诵坤,字铭坚,号颉刚,小名双庆,笔名有余毅、铭坚等。中国现代著名历史学家、民俗学家,古史辨学派创始人,现代历史地理学和民俗学的开拓者、奠基人。

北碚扩大联谊会题名记

距今二十年前,卢作孚先生掌江巴璧合①峡防局,共施政也,匪特辑宁人民而已,且谋所以教养之。既而专主民生公司,其介弟子英先生继任其事,秉其矩度,守而弗失,北碚一区遂为四川乡村建设之模范,凡游蜀者莫不艳称焉。二十六年倭寇东犯,政府西迁,自秣陵而至鄂渚,更由汉水而至巴山。全国文化机关若京若沪若平,亦皆捆载其历年之累积,辐辏于此新都。然双江所汇,地势迫隘,无以尽容,且敌人轰炸频,都城之中实亦不适于弦歌考索之业,则聚而谋曰:"北碚风物为重庆最,建设美丽,宜于定居,何逐往乎?"四方之民琐尾流离而至,闻斯仁德,亦多襁负其子,托于滕君之一廛。以是北碚户口日增,市廛日盛,文化陶冶日厚,主客之情谊日笃,以遨以游,若故土然,若一家然。春秋所谓"刑迁如归"者,于此见之。三十四年八月十日,敌穷蹙乞降,十

---
① 指江北县、巴县、璧山县、合川县。

四日递降书,爆竹之声澈于霄汉,侨居者各有宁家之心。子英先生乃邀集孙越英,镇乡之耆老,萃于一堂,凡二百余人,喜胜利之骤临,悲朋游之将散,忧乐无端,甘酸莫辨。有善为谐语者曰:"吾辈他日异地相逢,当集为北碚同乡会。"噫,向之乐于自远方来者,今又将广鲁于天下,推贤主人之流风于千万里外,作乎子英昆季闻之亦足以豪矣。颉刚初迁渝,假馆柏溪,既而偕友人游缙云,乐其风土之清嘉,排众难来此,子英先生遂以志书相属,珥笔相从,何忍遽去,是以书其事于题名之末,以著其流连之情云。

三十五年一月二十日,颉刚记于雪庐

选自《文史杂志》1945年第5卷第9—10期

梁漱溟

梁漱溟(1893—1988),蒙古族,中国著名思想家、哲学家、教育家、国学大师、现代新儒家的早期代表人物之一,有"中国最后一位大儒家"之称。有《中国文化要义》。

家书(节选)

一

树棻吾妻:

十四日信收到,但三日、六日两信则未见到。这是因为你前一信系托人带来,而后两信系交邮的原故。现在邮局和航空公司之间,对渝粤一线未经定约,所以渝粤的航空信件就靠不住。而信件要经陆地邮送,则由粤到渝,便不定多少天了。我于一日抵渝后,马上托人兑十万元给孙宝刚君。款系三日由广东省银行兑出,可惜他忘记用电汇,而用了航空汇。及我知悉后,再三交涉改电汇,已作不到。只有电告孙宝刚等候收款。此电连发三通,系分三处拍发的,不知孙先生告诉你否。北方大局情形不好,你恐难去北平,还是来渝为妥。我已分电姚厅长和麦秘书长两处,请他们代你订购飞机票位。订好即分由黄巽、孙宝刚二位通知你。你亦可托黄、孙两位分向姚、麦两方面接头。至于路费,则兑去之十万元,除还孙君五万外,其余五万和你手中所存,当可敷用。

我在此一切安好,唯事情稍忙。恕儿住北碚校内,同他哥哥一起。我则回碚看一次,没有多住。现在住重庆特园69号鲜宅内。你飞机若有定期,即托麦秘书长发电告我,以便接你。不过电信不灵通,接得到,接不到,殊无把握。这是件难事。你不必太着急,不久总见面的。

漱白　十一月廿日

二

树棻夫人:

十二月九日寄鲜家一信已转来收阅。我在北碚不动,有信寄勉中最妥。南京五十万收得否。关于房契问题,用款必多,我已嘱宽儿续兑三十万,收到后告我。向政府上呈文及登报声明,可请陆公大表侄起草,你可说我写信说要托他才行。徐科长处我拟函谢其帮忙,他的号是什么,是否"书琴"二字?余不尽。

漱手字　十二月廿一日

三

树棻夫人如晤:

我于廿二日午后三时抵渝,有许多人来接,故无困难。今定星期二回北碚学校,有信直寄北碚为妥。你住屋迁移否?火药局增租事办理如何?火药局房契送地政局第四科看过否?此事单办,不必等待其他房契同办,隔开日子多了,不如乘热进行。南京五十万元收到否?你没有御寒大衣,是否要作一件?以上各事均望回信告我。余不尽。

漱溟顿首　廿三夜

选自《梁漱溟致夫人的四十九封家书》,梁漱溟,中华书局2014年版,第4、118、100页

怀念卢作孚先生

卢作孚先生是最使我怀念的朋友。我得结交作孚先生约在抗日战争军兴前后(1937年),而慕名起敬则远在战前。我们相识后,彼此都太忙于各自所事,长谈不多,然而在精神上则彼此契合无间。

大约是民国七八年间(1918年或1919年),我去拜访住在天津的周孝怀(善培)老先生,就首次听到他谈起作孚先生。周老先生为宋儒周濂溪之后,在清末曾任四川省劝业道台,后又出长广东将弁学堂,任监督(校长);著名将领如伍庸伯、邓铿、熊略、叶举等,都是周老主持该学堂时培养出来的。周老先生在向我谈起作孚先生时,对其人品称赞备至。在六七十年后的今天,周老谈起他时的情景我至今依然记得。周老将拇指一挠,说道:"论人品,可以算这个!"由此可见周老对作孚先生卓越不群的品德之称道。

可是我得与作孚先生见面相识,则在此之后将近二十年。那是因抗日战争爆发,我撤退到大后方的四川之后。当

时作孚先生与我所从事的活动虽不同,但地点均多在重庆,因此交往较多。在彼此交往中,更感到作孚先生人品极高。我常对人说:"此人再好不过!他心中完全没有自己,满腔里是为社会服务的事业。这样的品格,这样的人,在社会上找不到。"作孚先生有过人的开创胆略,又具有杰出的组织管理才能,这是人所共见。人们对他的了解较多的在此,人们常称道他的自然也多在此,但岂知作孚先生人品之高尚更是极难得的呀!

作孚先生是民生轮船公司的创办人和领导者。他在当时旧中国,内有军阀割据,外有帝国主义的压迫侵略的情况下,创办民族工业,迂回曲折,力抵于成,真可谓艰难创业,功在国家社会。毛泽东主席五十年代在谈到民族工业时说有四个人不应忘记:讲重工业,不能忘记张之洞;讲轻工业,不能忘记张謇;讲化学工业,不能忘记范旭东;讲交通运输业,不能忘记卢作孚。作孚先生受到这样的赞誉是当之而无愧的!

作孚先生还热心致力于地方和农村建设事业。重庆北碚就是他一手筹划和开创而发展起来的,作孚先生及其胞弟卢子英,从清除匪患,整顿治安入手,进而发展农业工业生产,建立北碚乡村建设实验区,终于将原是一个匪盗猖獗、人民生命财产无保障、工农业落后的地区,改造成后来的生产发展、文教事业发达、环境优美的重庆市郊的重要城镇和文化区,现在更成为国内闻名的旅游胜地。1941年我将创办不久的勉仁中学迁至北碚。1946年尾,我退出和谈、辞去民盟秘书长职务后,便在这景色宜人的北碚息影长达三年之久,静心从事著述;《中国文化要义》一书即写成于此时。1948年我又与一般朋友创办勉仁文学院于北温泉,从事讲学活动,直到1949年底四川解放后来北京,才离开北碚。在上述我在北碚从事的种种活动中,自然都得到作孚先生以及子英先生的热心支持和帮助。

作孚先生是1952年故去的,距今已有三十余年!作孚先生与我是同年,都出生在甲午之战前一年,如果他今天仍健在,也当是九十岁高龄了!

作孚先生是个事业家、实干家,是个精神志虑超旷不凡的人!我们应当永远向他学习!

(1983年)

选自《梁漱溟全集》,梁漱溟,山东人民出版社2005年版,第525—527页

翦伯赞

翦伯赞（1898—1968），中国著名历史学家、社会活动家，杰出的教育家。有《历史哲学教程》、《中国史纲》（第一、二卷）、《中国史论集》等。

回忆歇马场

一

歇马场是我不能忘记的一个地方，在这里，我度过了几乎是整个抗日战争时期。从一九四〇年春天，我和淑婉在警报中离开重庆，来到这个陌生的地方，一直到一九四六年的春天，才离开这里，算起来，我在这里整整住了六年。

歇马场是巴县的一个小市镇，南距重庆一百二十里。从重庆到北碚的公路，经过这里，汽车四小时可达。公路两旁的风景很美丽。我记得当我第一次前往歇马场的时候，绿油油的麦苗，正布满公路两旁的山坡，桃花开得鲜红。无边的春色充满这些幽静的山溪。

和公路平行，有一条用石板铺成的古道，这条古道说明了歇马场在很早以前就是从巴县通达四川北部的一个驿站。

歇马场在什么时候发展成为一个市镇，不可确知。我在这里，曾经掘得几枚五铢钱，可能早在汉代这里已经是一个市聚。

歇马场四周都是丛山。山多童秃,树木很少。山的起伏很小,没有奇突的峰峦。丛山之间,间有梯田,梯田多种水稻。除了梯田以外,都是山坡,山坡多系火成岩,表面仅有四五寸厚的土壤,农民就在这薄薄的土壤上栽种各种杂粮。

歇马场的市镇,紧靠山脚,越过这座山便是璧山县境。

从很远就可以望到耸立在山头的两座残废的堡垒,这两座堡垒说明了这里在过去曾经是一个不太平静的地方。

歇马场的市镇很小。一条长约半里的直街,没有一条小巷。土的街道,高低不平。街道上覆有避雨的过厅,整个市街,阴沉黑暗。

房屋的结构很简陋。一般都是架木为柱,编竹为壁,然后在竹壁上涂以泥土。有些房屋也用石灰粉刷,那是比较富裕的人家。

这个市镇大约有居民两百户左右,都以经营小本买卖或手工业作坊为生。杂货店、草药店、饮食店等各种商店都有,最多的是茶馆;也有鸦片馆,鸦片馆没有招牌,但有一个人所共知的标志,那就是禁烟的布告。手工业作坊以制作竹器的居多,也有木匠、铜匠和铁匠。铁匠都是依靠一个人工鼓风炉,做出各种各样的器物。

靠近这个市镇北头的山坡上,有一座关帝庙,这座神庙,不知从什么时候起,变成了乡公所的办公厅。在抗日战争期间,这里是囚禁壮丁的牢狱。

关帝庙里附设一个小学,有几十个学生。小学的经费由附近农民分担。农民负担的捐税很多,其中有养鸡税,不管农民养鸡与否,都要按月缴纳养鸡税。在一九四二年,每户农民每月缴纳的养鸡税是四百元。

关帝庙前有一座旧戏台,楹柱施有雕刻,金漆已经剥脱,但从那些退了色的金漆可以想见这座戏台也曾经有过它的金碧辉煌的时代。一直到抗日战争时期,每年秋收之后,地主们为了庆祝五谷丰登,在这个戏台还要演十天半月的戏。演戏的经费,是向农民按户抽收。

在距这个市镇五里左右的大磨滩,有一个大瀑布。瀑布宽约二十丈左右,从一堵高约三十丈的壁立的悬岩上,飞腾而下,声如雷鸣。雪白的水花日夜飞溅。这种奇观,令人想到李白有名的诗句:"飞流直下三千尺,疑是银河落九天。"

在悬岩正中,透过瀑布,可以看出有一个用石板封闭了的洞穴,这个洞穴显然是人工开凿的。在瀑布中间为什么开凿一个洞穴,很难索解。

在瀑布南的悬岩上,也有两个洞穴,有石级可通。在这两个洞穴中都有一个为放置棺木而凿的长方形石坑,石壁上并刻有墓碑,显然都是葬地。

从古以来,这个瀑布,恐怕没有停止过它的奔流。到一九四三年,资本家发现了这个瀑布的科学价值,他们在这里设立了一个水电厂,把这壮阔的瀑布,压缩到一条用钢骨水泥筑成的小沟中,集中力量去推动发电机。这件事引起了资本家和地主的利害冲突,为了反对设立水电站,地主们利用农民的保守性,煽动农民出来反对,制造了一次小小的民变。结果,资本家和地主妥协,而大批的农民则被送入监狱。

歇马场的人民在以前也许连县政府都没有见过,但想不到抗战以后,很多大衙门——立法院、司法院、司法行政部、最高法院、行政法院,乃至战地党政委员会,都迁到这个市镇的附近。除了这些大衙门以外,还迁来两个学校——朝阳大学和乡村教育学院,乡村教育学院并从农民手中强制征购了五百亩土地建立了一个农场。搬到这里来的还有邮政局、电报局、长途电话局、中央储蓄会等等现代化的机关。还有内政部的警察派出所。如果不应遗漏,还应该提到距这个市镇十余里的五云山,有一个大规模的集中营,在这个集中营中,经常囚禁着成千的思想犯。为了说服这些思想犯放弃他们的唯物主义的思想,有些大学教授曾经在这个集中营做过义务教师。

跟着这些机关、学校、警察局、集中营而来的是各种各样的人物,院长、部长、小职员、警察、特务,无所不有。这些外来的人,大半都是外省人,当地的居民一律称为"下江人"。"下江人"实际上就是剥削阶级的代名词。

不论新的因素怎样涌进这个古旧的市镇,而这个市镇始终保持着中古的面貌。一直到我离开这个市镇的时候,并没有什么改变。

二

我住的地方,是距这个市镇半里左右的刘家院子。刘家院子的主人,在以前是一个大地主,每年收租千石以上。现在已经中落了,但仍然可以依靠租谷为生。

刘家院子的房子很大,是一座四合的院子,上面是五开间的正房,两旁是厢房,下面是倒厅,中间有一个三十平方丈的大天井。房子虽大,但已经破烂不堪,竹壁上的泥土,到处削落,几乎不足以蔽风雨。

在这个院子后面,有一个不高的山坡,山坡的高度,与屋顶平行。在山坡上,丛生着各种树木,最多的是松树,也有栗树,每到秋天,栗子落在瓦上,其声砰砰然。此外,也有野生的杜鹃花,每天春天,自开自落。

在这个院子前面,有一个用三合土筑成的大禾场,这是秋季晒谷用的;在夏天,这里是纳凉的地方。每当傍晚的时候,我常常在这里散步,对面山峰起伏的姿态,我现在还可以记得起来。

禾场前面有一座坟墓,坟堆高与屋顶齐,堵塞这个院子的大门。坟墓的建筑,相当精致,墓前有华表、碑碣,墓门有浮雕。由于石材不佳,在风雨侵蚀之中,有些浮雕已经剥落。

这座坟墓里面埋葬的是房东的祖父,据说建筑这座坟墓用了三千两银子。

禾场两旁是菜园,菜园四周种满了橘柚,也有椿树、栀子、樱桃和葡萄。

院子两旁都是丛密的竹林。这里的竹子,梢端细如线条,袅袅下垂,婀娜有致。这种竹子是秋天发笋,笋壳多毛,可以用作做鞋底的材料。

院子左边有一株黄葛树,盘根错节,当在百年以上,枝叶扶疏,萌翳约一亩之地。我每晚散步,都要经过它的身边,我当时的贫血的面貌,只有它最熟悉。

我的住房,坐东朝西。每到夏天,太阳直射,温度常在九十度(华氏)以上。

在这个房屋里面,除了一张破烂的木床以外,什么也没有。后来好容易借到一张书案、两个竹书架、一把藤椅,这样才开始我的写作。

在大天井中,我自己担土筑了两个花坛,从附近乡村教育学院的农场中找了一些花种,如玫瑰、月季、蔷薇及其他草花,我亲手栽种、灌溉。到后来,这些花草都长得蓬蓬勃勃。在春天,不消说是红紫烂漫;就是在冬天,也有耐寒的草花,在雾里开放。

我最喜欢的是两株秋海棠。当我栽种的时候,不过几寸高,到我离开这里时,已经高与屋檐相齐。现在这两株秋海棠,不知还存在否?

在花坛上,有一株自生的桃树。我看着它从土里钻出嫩芽,在我离开这里时,它已经两丈多高。房东屡次要砍掉它,是我劝阻,才没有砍掉。现在恐怕早已当柴烧了。

在院子前面的坟顶上,我也曾种了不少的草花,特别是菊花。当我种花的时候,房东不大愿意,说妨碍风水。经过我的解释,他才勉强同意。现在这些花草,如果没有被铲除,也会埋没在野草之中了。

在院子后面山坡的南边,我曾经用自己的劳力挖掘了一个仅能容纳两三人的防空洞,每当敌机临头,我和淑婉就避入这个防空洞。这里,在当时是每天都要去,甚至一天要去几次的地方,现在是久别了。

一切都成了过去,一切的过去,我都怀念。

三

这里的天气真是不好,一到初冬,便入雾季,直到次年清明以后,才能看见太阳。这种长期的阴沉日子,实在令人难受。在夏天,天气酷热,因为四周都是高山,很少有凉风吹来。

当我初到这里时,很不习惯,但不久便习惯了这里的气候,而且慢慢对这古朴的地方感兴趣,特别是对于我的邻人,那些穷苦而善良的农民。

这里的农民,特别是佃农,在中国的佃农中,恐怕是最苦的。他们几乎是全家老幼男女,无条件地替地主耕种土地。我亲眼看到我的邻人姓罗的佃农,每年秋收以后,把所有谷物一粒不留地送进地主的谷仓,连稻草和麦秆也要分出一部分交给地主。此外,还要无报偿地替地主做家庭的劳役,而且地主并有权侮辱乃至殴打佃农和他的眷属。

佃农付出的是全家的劳动力,而得到的不过是两间破烂的房子和一块小小的山坡。房子不要房租,但他们所住的房子几乎是与地主的猪牛同室。被给予的山坡,不过半亩。佃农就在这小小的山坡上,栽种小麦、大豆、红薯、高粱和玉蜀黍等农作物。一种农作物尚未收割,第二种又种下去了。我真担心这种掠夺农业,会使土地的报酬一天天减少。但是有什么办法呢？佃农一年的主要生活资料，就靠着这一小块山坡。

自然，这一小块山坡上所生产的杂粮并不能解决佃农一家大小全年的生活，并且这些杂粮有一大部分还要拿去卖钱，作为购买食粮、添补农具和雇短工的工钱之用。此外，还有一笔大的开支，即缴纳各种苛捐杂税。所以当青黄不接的时候，这里的佃农往往以树叶、野草为生。至于地主用以喂猪的牛皮菜，那是他们最上等的食品。

他们穿的衣服，都是祖宗的遗产，千补百结，几乎看不见原来的底布。无论老幼男女，在冬天只有一件单衫。在夏天，没有蚊帐，疟疾是他们的养生病。

由于剥削的残酷，这里的佃农不得不做过量的劳动。他们日未出而作，日既入而不息。我们邻人姓罗的佃农，就在这过量的劳动中死了。

佃农的妻子，在农忙的时候和男子一样，从事田野劳动。收割以后，则不分昼夜，编制草帽。割猪草，放牛，这是小孩们的工作。

这里的农业技术，非常落后，例如中国其他地方常见的农具，如耙、手锄、拉泥的拉板等，这里都没有。特别是攸关农业之水利设备，全不注意。在这里，我没有看到一口水井或池塘，就是有一块天然的洼地，也要把它填高，用以耕种。因此，一遇天旱，便是凶年。

最奇异的，是他们明知没有生活水利的设备，但在种稻之后，却要将田中的储水放干。据说，如果不把水放干，让太阳晒着稻根,稻就不能茂盛。这种办法虽然是传统的经验,但实在太危险了,假如几天之内不下雨,全年的收成就归于乌有,然而这里的农民却宁愿做这样冒险的事。

如果说这里的农民迷信很深,不如说他们除了皇天,再没有地方可以申诉他们的痛苦和愿望。他们常常跪伏在土地神和坛神之前,求雨求晴,或者为他们的六畜繁殖祷告。有了病的时候,没有钱请医生,总是用巫师廉价的神水代替药物。不知有多少农民,在巫师的神水欺骗之下,丧失了他们的生命。

和农民的生活对比起来,地主的生活是很富裕的。本地人称地主曰绅粮。这里的绅粮都拥有宽大的住宅、菜园、果园、厩房、磨坊,有些并有油酒作坊;此外并有男女佃农,供其驱使。

绅粮的子弟,已经学会了穿洋服,西装革履代替了长袍草鞋。绅粮的妇女,也学会了时髦,旗袍、高跟鞋,而且烫发。当农民的子弟成群的被绑上战场的时候,绅粮的子弟却逍遥于歇马场的茶馆之中,有些还在自费留洋的政策之下飞到了美国。当农民的妇女衣不蔽体的时候,绅粮的妇女却从重庆买来了美国的口红、法国的雪花膏。

这里的乡长、保长,和其他的地方一样,只有绅粮才能做到。歇马场的乡长,在巴县的乡长中是一个肥缺。我知道有一位绅粮的儿子,宁愿牺牲县长不做,而屈就歇马场的乡长。

乡长最大的好处是买卖壮丁。在当时卖放一个壮丁,虽然没有硬性的行市,但也有人所皆知的价钱。为了卖放,不能不多捉,我亲眼看到乡公所的乡丁,在田野中捕捉农民,随便开枪,就像猎取野兽一样。

捕获的壮丁,锁闭在关帝庙里,不许家属探视。没有钱赎身的壮丁,几天以后,就要解到县政府。为了防备壮丁在路上逃亡,在起解之前三天,照例不给壮丁饭吃,使他饿得无力。在起解时,除了用绳索捆绑,并且解去他们的裤带。

为了逃避兵役,我亲眼看到我的房东所雇的一个长工,自己用镰刀砍去了一个手指。这一类惊心动魄的故事实在太多,如果全部都写出来,可以写成很厚一本著作。

四

我就在这样一个地方,这样一个环境中,一连住了六年。六年的岁月,在一个人的生命中并不算短,但现在回想起来,就像一场怪梦。

我在这里的生活,比起佃农来,不能说苦,因为我在最苦的时候,也没有吃过树叶和野草。但在这几年中,断炊的事情也是常有的。我当时的生活,常常使我回忆到青年时代在北平看过的一个影片。这个影片,是叙述文艺复兴时代的几个贫穷学者,他们提起锅来当锣打,抱着空瓶而沉醉。

因为营养不足,我不久就患了贫血病。医生检查的结果,我比一个正常的人少一百万左右的红血球。有什么办法呢,就让它少点吧!这个红血球的差数,恐怕到现在,还是我生命中的赤字。

和贫血同时是头痛、牙痛。我要感谢沫若先生,他告诉我,头痛是受了牙痛的影响,他劝我拔去那两个常痛的牙齿,我拔去了,果然以后头痛就减轻了一些。

住在乡下,总想找点事做。抗日救国,在当时是犯罪的,只有研究历史似乎尚能为当局所容忍。所以在我到歇马场的最初半年中,写了一些历史论文,这些论文,后来收入拙著《中国史论集》第一辑中。

不管住在怎样荒僻的深山中,敌人的飞机还是在我头上盘旋。我是一个人,我的血液还在流动,我怎么能望着祖国的沉沦而视若无睹呢?大约从这年的秋季起,我就开始讲学的生活。第一个邀我讲学的是冯玉祥将军,那时冯玉祥将军闲住重庆巴县中学。我在那里讲了一年中国史。以后郭沫若先生邀我在赖家桥文化工作委员会讲学,陶行知先生邀我到草街子育才学校讲学。讲学的生活持续了三年,在这三年中,我前后讲了中国通史六次,此外还作了一些专题讲演。

从一九四二年的秋天起,我又回到歇马场破烂的书斋,开始《中国史纲》的著作。从一九四二年秋到一九四六年春,这三年半的时间中,我在桐油灯下,写成了《中国史纲》一、二两卷和《中国史论集》第二辑。

在这几年中,我的足迹,大半只在歇马场附近。这不是我不愿意走动,我也想到成都去,也想到峨眉山去;但是我的行动受到了限制。

是一个阴雨的日子,在下午四五点钟左右,歇马场发出了一阵爆竹的声音,淑婉跑进来告诉我:日本投降了。我放下笔,我高兴得跳起来。

  书不能写下去了。每天都在计划设法迁到重庆,候船东下。行李总得收拾一下,虽然只有几本破书。但是收拾好了以后,我们还在这里住了半年。

  一九四六年的春天,山坡上的麦苗和我初来歇马场所看到的一样高,桃花和我初来时开得一样红。就在这个时候,我和住了六年的歇马场告别了。

  现在,我离开这里已经一年多了,偶尔回忆,这里的一切依然历历如在目前。

  土的街道、矮小的房屋、戏台、堡垒、瀑布……破烂的木床、竹书架、秋海棠、黄葛树……佃农、树叶、野草……

一九四七年六月十五日于上海

选自《世界华人学者散文大系》,伺宝民,大象出版社2003年版,第545—553页

老 舍

老舍(1899—1966),原名舒庆春,字舍予,有《骆驼祥子》《四世同堂》《茶馆》《龙须沟》等。

八方风雨(节选)

十一　在北碚

北碚是嘉陵江上的一个小镇子,离重庆有五十多公里,这原是个很平常的小镇市;但经卢作孚与卢子英先生们的经营,它变成了一个"试验区"。在抗战中,因有许多学校与机关迁到此处,它又成了文化区。此地出煤。在许多煤矿中,天府公司且有最新的设备与轻便铁路。原有的手工业是制造石器——石砚及磨石等——与挂面,现在又添上小的粉面厂与染织厂。

这里的学校是复旦大学,体育专科学校,戏剧专科学校,重庆师范,江苏省立医学院,兼善中学和勉仁中学等。迁来的机关有国立编译馆,礼乐馆,中工所,水利局,中山文化教育馆,儿童福利所,江苏医院,教育电影制片厂……。有了这么多的学校与机关,市面自然也就跟着繁荣起来。它有整洁的旅舍,相当大的饭馆,浴室和金店、银行。它也有公园,体育场,戏馆,电灯和自来水。它已不是个小镇,而是个小城。

它的市外还有北温泉公园,可供游览及游泳;有山,山上住着太虚大师与法尊法师,他们在缙云寺中设立了汉藏理学院,教育年青的和尚。

二十八、二十九两年,此地遭受了轰炸,炸去许多房屋,死了不少的人。可是随炸随修。它的市容修改得更整齐美丽了。这是个理想的住家的地方。具体而微的,凡是大都市应有的东西,它也都有。它有水路,旱路直通重庆,百货可以源源而来。它的安静与清洁又远非重庆可比。它还有自己的小小的报纸呢。

林语堂先生在这里买了一所小洋房。在他出国的时候,他把这所房交给老向先生与文协看管着。因此,一来这里有许多朋友,二来又有住处,我就常常来此玩玩。在复旦,有陈望道,陈子展,章靳以,马宗融,洪深,赵松庆,伍蠡甫,方令孺诸位先生;在编译馆,有李长之,梁实秋,隋树森,阎金锷,老向,诸位先生;在礼乐馆,有杨仲子,杨荫浏,卢前,张充和诸位先生;此处还有许多河北的同乡;所以我喜欢来到此处。虽然他们都穷,但是轮流着每家吃一顿饭,还不至于教他们破产。

三十一年夏天,我又来到北碚,写长篇小说《火葬》,从这一年春天,空袭就很少了;即使偶尔有一次,北碚也有防空洞,而且不必像在重庆那样跑许多路。

哪知道,这样一来可就不再动了。十月初,我得了盲肠炎,这个病与疟疾,在抗战中的四川是最流行的;大家都吃平价米,里边有许多稗子与稻子。一不留神把它们咽下去,入了盲肠,便会出毛病。空袭又多,每每刚端起饭碗警报器响了;只好很快的抓着吞咽一碗饭或粥,顾不得细细的挑拣,于是盲肠炎就应运而生。

我入了江苏医院。外科主任刘玄三先生亲自动手。他是北方人,技术好,又有个热心肠。可是,他出了不少的汗。找了三个钟头才找到盲肠。我的胃有点下垂,盲肠挪了地方,倒仿佛怕受一刀之苦,而先藏躲起来似的。经过还算不错,只是外边的缝线稍粗(战时,器材缺乏),创口有点出水,所以多住了几天院。

我还没出院,家眷由北平逃到了重庆。只好教他们上北碚来。我还不能动。多亏史叔虎,李效庵两位先生——都是我的同学——设法给他们找车,他们算是连人带行李都来到北碚。

从这时起,我就不常到重庆去了。交通越来越困难,物价越来越高;进一次城就仿佛留一次洋似的那么费钱。除了文协有最要紧的事,我很少进城。

妻絜青在编译馆找了个小事,月间拿一石平价米,我照常写作,好歹的对付着过日子。

按说,为了家计,我应去找点事作。但是,一个闲散惯了的文人会作什么呢?不要说别的,假若在从武汉撤退的时候,我若只带二三百元(这并不十分难筹)的东西,然后一把捣一把的去经营,说不定我就会成为百万之富的人。有许多人,就是这样的发了财的。但是,一个人只有一个脑子,要写文章就顾不得作买卖,要作生意就不用写文章。脑子之外,还有志愿呢。我不能为了金钱而牺牲了写作的志愿。那么,去作公务人员吧?也不行!公务人员虽无发国难财之嫌,可是我坐不惯公事房。去教书呢,我也不甘心。教我放下毛笔,去拿粉笔,我不情愿。我宁可受苦,也不愿改行。往好里说,这是坚守自己的岗位;往坏里说,是文人本即废物。随便怎么说吧,我的老主意。

我戒了酒。在省钱而外,也是为了身体。酒,到此时才看明白,并不帮忙写作,而是使脑子昏乱迟钝。

我也戒烟。这却专为省钱。可是,戒了三个月,又吸上了。不行,没有香烟,简直活不下去!

既不常进城,我开始计划写一部百万字的长篇小说。一百万字,我想,能在两年中写完;假若每天能照准写一千五百字的话。三十三年元月,我开始写这长篇——就是《四世同堂》。

可是,头昏与疟疾时常来捣乱。到三十三年年底,我才只写了三十万字。这篇东西大概非三年写不完了。

北碚虽然比重庆清静,可是夏天也一样的热。我的卧室兼客厅兼书房的屋子,三面受阳光的照射,到夜半热气还不肯散,墙上还可以烤面包。我睡不好。睡眠不足,当然影响到头昏。屋中坐不住,只好到室外去,而室外的蚊子又大又多,扇不停挥,它们还会乘机而入,把疟虫注射在人身上。"打摆子"使贫血的人更加贫血。

三十三年这一年又是战局最黑暗的时候,中原,广西,我们屡败;敌人一直攻进了贵州。这使我忧虑,也极不放心由桂林逃出来的文友的安全。忧虑与关切减低了我写作的效率。

十二　望北平

三十三年四月十六日,文协开年会。第二天,朋友们给我开了写作二十年纪念会,到会人很多,而且有朗诵,大鼓,武技,相声,魔术等游艺节目。有许多朋友给写了文章,并且送给我礼物。到大家教我说话的时候,我已泣不成声。我感激大家对我的爱护,又痛心社会上对文人的冷淡,同时想到自己的年龄加长,而碌碌无成,不禁百感交集,无法说出话来。

这却给我以很大的鼓励。我知道我写作成绩并不怎么好;友人们鼓励我,正像鼓励一个拉了二十年车的洋车夫,或辛苦了二十年的邮差,虽然成绩欠佳,可是始终尽责不懈。那么,为酬答友人的高情厚谊,我就该更坚定的守住岗位,专心一志的去写作,而且要写得更用心一些。我决定把《四世同堂》写下去。这部百万字的小说,即使在内容上没什么可取,我也必须把它写成,成为从事抗战文艺的一个较大的纪念品。

三十三年的战局很坏,我可是还天天写作。除了头昏不能起床,我总不肯偷懒。这一年,《四世同堂》得到三十万字。

三十四年,我的身体特别坏。年初,因为生了个小女娃娃,我睡得不甚好,又患头晕。春初,又打摆子。以前,头晕总在冬天。今年,夏天也犯了这病。秋间,患痔,拉痢。这些病痛时常使我放下笔。本想用两年的功夫把《四世同堂》写完,可是到三十四年年底,只写了三分之二。这简直不是写东西,而是玩命!

抗战胜利了,我进了一次城。按我的心意,文协既是抗敌协会,理当以抗战始,以胜利终。进城,我想结束结束会务,宣布解散。朋友们可是一致的不肯使它关门。他们都愿意把"抗敌"取消,成为永久的文艺协会。于是,大家开始筹备改组事宜,不久便得社会部的许可,发下许可证。

关于复员,我并不着急。一不营商,二不求官,我没有忙着走的必要。八年流浪,到处为家;反正到哪里,我也还是写作,干吗去挤车挤船的受罪呢?我很想念家乡,这是当然的。可是,我既没钱去买黑票,又没有衣锦还乡的光荣,那么就教北平先等一等我吧,写了一首"乡思"的七律,就拿它结束这段"八方风雨"吧:

茫茫何处话桑麻?破碎山河破碎家;
一代文章千古事,余年心愿半庭花!
西风碧海珊瑚冷,北岳霜天翔角斜;
无限乡思秋日晚,夕阳白发待归鸦!

一九三四年十二月二十八日写于四川北碚

(原载一九四六年四月四日至五月十六日北平《新民报》)

选自《老舍作品集》,庞俭克,现代出版社,2019年版,第210—213页

多鼠斋杂谈

一　戒酒

并没有好大的量,我可是喜欢喝两杯儿。因吃酒,我交下许多朋友——这是酒的最可爱处。大概在有些酒意之际,说话作事都要比平时豪爽真诚一些,于是就容易心心相印,成为莫逆。人或者只在"喝了"之后,才会把专为敷衍人用的一套生活八股抛开,而敢露一点锋芒或"谬论"——这就减少了我脸上的俗气,看着红扑扑的,人有点样子!

自从在社会上作事至今的廿五六年中,虽不记得一共醉过多少次,不过,随便的一想,便颇可想起"不少"次丢脸的事来。所谓丢脸者,或者正是给脸上增光的事,所以我并不后悔。酒的坏处并不在撒酒疯,得罪了正人君子——在酒后还无此胆量,未免就太可怜了!酒的真正的坏处是它伤害脑子。

"李白斗酒诗百篇"是一位诗人赠另一位诗人的夸大的谀赞。据我的经验,酒使脑子麻木、迟钝,并不能增加思想产物的产量。即使有人非喝醉不能作诗,那也是例外,而非正常。在我患贫血病的时候,每喝一次酒,病便加重一些;未喝的时候若患头"昏",喝过之后便改为"晕"了,那妨碍我写作!

对肠胃病更是死敌。去年,因医治肠胃病,医生严嘱我戒酒。从去岁十月到如今,我滴酒未入口。

不喝酒,我觉得自己像哑巴了:不会嚷叫,不会狂笑,不会说话！啊，甚至于不会活着了！可是，不喝也有好处，肠胃舒服，脑袋昏而不晕，我便能天天写一二千字！虽然不能一口气吐出百篇诗来，可是细水长流的写小说倒也保险；还是暂且不破戒吧！

二　戒烟

戒酒是奉了医生之命，戒烟是奉了法弊的命令。什么？劣如"长刀"也卖百元一包？老子只好咬咬牙，不吸了！

从廿二岁起吸烟，至今已有一世纪的四分之一。这廿五年养成的习惯，一旦戒除可真不容易。

吸烟有害并不是戒烟的理由。而且，有一切理由，不戒烟是不成。戒烟凭一点"火儿"。那天，我只剩了一支"华丽"。一打听，它又长了十块！三天了，它每天长十块！我把这一支吸完，把烟灰碟擦干净，把洋火放在抽屉里。我"火儿"啦，戒烟！

没有烟，我写不出文章来。廿多年的习惯如此。这几天，我硬撑！我的舌头是木的，嘴里冒着各种滋味的水，嗓门子发痒，太阳穴微微的抽着疼！——顶要命的是脑子里空了一块！不过，我比烟要更厉害些：尽管你小子给我以各样的毒刑，老子要挺一挺给你看看！

毒刑夹攻之后，它派来会花言巧语的小鬼来劝导："算了吧，也总算是个老作家了，何必自苦太甚！况且天气是这么热；要戒，等到秋凉，总比较的要好受一点呀！"

"去吧！魔鬼！咱老子的一百元就是不再买又霉、又臭、又硬、又伤天害理的纸烟!"

今天已是第六天了,我还撑着呢!长篇小说没法子继续写下去;谁管它!除非有人来说:"我每天送你一包'骆驼',或廿支'华福',一直到抗战胜利为止!"我想我大概不会向"人头狗"和"长刀"什么的投降的!

三 戒茶

我既已戒了烟酒而半死不活,因思莫若多加几种,爽性快快的死了倒也干脆。

谈再戒什么呢?

戒荤吗?根本用不着戒,与鱼不见面者已整整二年,而猪羊肉近来也颇疏远。还敢说戒?平价之米,偶尔有点油肉相佐,使我绝对相信肉食者"不鄙"!若只此而戒除之,则腹中全是平价米,而人也决变为平价人,可谓"鄙"矣!不能戒荤!

逼不得已,只好戒茶。

我是地道中国人,咖啡、蔻蔻、汽水、啤酒,皆非所喜,而独喜茶。有一杯好茶,我便能万物静观皆自得。烟酒虽然也是我的好友,但它们都是男性的——粗莽,热烈,有思想,可也有火气——未若茶之温柔,雅洁,轻轻的刺戟,淡淡的相依;茶是女性的。

我不知道戒了茶还怎样活着,和干吗活着。但是,不管我愿意不愿意,近来茶价的增高已教我常常起一身小鸡皮疙瘩!

茶本来应该是香的,可是现在卅元一两的香片不但不香,而且有一股子咸味!为什么不把咸蛋的皮泡泡来喝,而单去买咸茶呢?六十元一两的可以不出咸味,可也不怎么出香味,六十元一两啊!谁知道明天不就又长一倍呢!

恐怕呀,茶也得戒!我想,在戒了茶以后,我大概就有资格到西方极乐世界去了——要去就抓早儿,别把罪受够了再去!想想看,茶也须戒!

四　猫的早餐

多鼠斋的老鼠并不见得比别家的更多,不过也不比别处的少就是了。前些天,柳条包内,棉袍之上,毛衣之下,又生了一窝。

没法不养只猫子了,虽然明知道一买又要一笔钱,"养"也至少须费些平价米。

花了二百六十元买了只很小很丑的小猫来。我很不放心。单从身长与体重说,厨房中的老一辈的老鼠会一日咬两只这样的小猫的。我们用麻绳把咪咪拴好,不光是怕它跑了,而是怕它不留神碰上老鼠。

我们很怕咪咪会活不成的,它是那么瘦小,而且终日那么团着身哆里哆嗦的。

人是最没办法的动物,而他偏偏爱看不起别的动物,替它们担忧。

吃了几天平价米和煮苞谷,咪咪不但没有死,而且欢蹦乱跳的了。它是个乡下猫,在来到我们这里以前,它连米粒与包谷粒大概也没吃过。

我们总觉得有点对不起咪咪——没有鱼或肉给它吃,没有牛奶给它喝。猫是食肉动物,不应当吃素!

可是,这两天,咪咪比我们都要阔绰了;人才真是可怜虫呢! 昨天,我起来相当的早,一开门咪咪骄傲的向我叫了一声,右爪按着个已半死的小老鼠。咪咪的旁边,还放着一大一小的两个死蛙——也是咪咪咬死的,而不屑于去吃,大概死蛙的味道不如老鼠的那么香美。

我怔住了,我须戒酒,戒烟,戒茶,甚至要戒荤,而咪咪——会有两只蛙,一只老鼠作早餐! 说不定,它还许已先吃过两三个蚱蜢了呢!

五　最难写的文章

或问:什么文章最难写?

答:自己不愿意写的文章最难写。比如说:邻居二大爷年七十,无疾而终。二大爷一辈子吃饭穿衣,喝两杯酒,与常人无异。他没立过功,没立过言。他少年时是个连模样也并不惊人的少年,到老年也还是个平平常常的老人,至多,我只能说他是个安分守己的好公民。可是,文人的灾难来了! 二大爷的儿子——大学毕业,现在官居某机关科员——送过来讣文,并且诚恳的请赐挽词。我本来有两句可以赠给一切二大爷的挽词:"你死了不能再见,想起来好不伤心!"可是我不敢用它来搪塞二大爷的科员少爷,怕他说我有意侮辱他的老人。我必须另想几句——近邻,天天要见面,假若我决定不写,科员少爷会恼我一辈子的。可是,老天爷,我写什么呢?

在这很为难之际,我真佩服了从前那些专凭作挽诗寿序挣吃饭的老文人了!你看,还以二大爷这件事为例吧,差不多除了扯谎,我简直没法写出一个字。我得说二大爷天生的聪明绝顶,可是还"别"说他虽聪明绝顶,而并没著过书,没发明过什么东西,和他在算钱的时候总是脱了袜子的。是的,我得把别人的长处硬派给二大爷,而把二大爷的短处一字不提。这不是作诗或写散文,而是替死人来骗活人!我写不好这种文章,因为我不喜欢扯谎。

在挽诗与寿序等而外,就得算"九一八","双十"与"元旦"什么的最难写了。年年有个元旦,年年要写元旦,有什么好写呢?每逢接到报馆为元旦增刊征文的通知,我就想这样回复:"死去吧!省得年年教我吃苦!"可是又一想,它死了岂不又须作挽联啊?于是只好按住心头之火,给它拼凑几句——这不是我作文章,而是文章作我!说到这里,相应提出:"救救文人!"的口号,并且希望科员少爷与报馆编辑先生网开一面,叫小子多活两天!

六 最可怕的人

我最怕两种人:第一种是这样的——凡是他所不会的,别人若会,便是罪过。比如说:他自己写不出幽默的文字来,所以他把幽默文学叫作文艺的脓汁,而一切有幽默感的文人都该加以破坏抗战的罪过。他不下一番功夫去考查考查他所攻击的东西到底是什么，而只因为他自己不会，便以为那东西该死。这是最要不得的态度，我怕有这种态度的人，因为他只会破坏，对人对己都全无好处。假若他作公务员，他便只有忌妒，甚至因忌妒别人而自己去作汉奸；假若他是文人，他便也只会忌妒，而一天到晚浪费笔墨，攻击别人，且自鸣得意，说自己颇会批评——其实是扯淡！这种人乱骂别人，而自己永不求进步；他污秽了批评，且使自己的心里堆满了尘垢。

第二种是无聊的人。他的心比一个小酒盅还浅，而面皮比墙还厚。他无所知，而自信无所不知。他没有不会干的事，而一切都莫名其妙。他的谈话只是运动运动唇齿舌喉，说不说与听不听都没有多大关系。他还在你正在工作的时候来"拜访"。看你正忙着，他赶快就说，不耽误你的工夫。可是，说罢便安然坐下了——两个钟头以后，他还在那儿坐着呢！他必须谈天气，谈空袭，谈物价，而且随时给你教训："有警报还是躲一躲好！"或是"到八月节物价还要涨！"他的这些话无可反驳，所以他会百说不厌，视为真理。我真怕这种人，他耽误了我的时间，而自杀了他的生命！

七 衣

对于英国人，我真佩服他们的穿衣服的本领。一个有钱的或善交际的英国人，每天也许要换三四次衣服。开会，看赛马，打球，跳舞……都须换衣服。据说：有人曾因穿衣脱衣的麻烦而自杀。我想这个自杀者并不是英国人。英国人的忍耐性使他们不会厌烦"穿"和"脱",更不会使他们因此而自杀。

我并不反对穿衣要整洁,甚至不反对衣服要漂亮美观。可是,假若教我一天换几次衣服,我是也会自杀的。想想看,系纽扣解纽扣,是多么无聊的事!而纽扣又是那么多,那么不灵敏,那么不起好感,假若一天之中解了又系,系了再解,至数次之多,谁能不感到厌世呢!

在抗战数年中,生活是越来越苦了。既要抗战,就必须受苦,我决不怨天尤人。再进一步,若能从苦中求乐,则不但可以不出怨言,而且可以得到一些兴趣,岂不更好呢!在衣食住行人生四大麻烦中,食最不易由苦中求乐,菜根香一定香不过红烧蹄髈!菜根使我贫血;"狮子头"却使我壮如雄狮!

住和行虽然不像食那样一点不能将就,可是也不会怎样苦中生乐。三伏天住在火炉子似的屋内,或金鸡独立的在汽车里挤着,我都想掉泪,一点也找不出乐趣。

只有穿的方面,一个人确乎能由苦中找到快活。七七抗战后,由家中逃出,我只带着一件旧夹袍和一件破皮袍,身上穿着一件旧棉袍。这三袍不够四季用的,也不够几年用的。所以,到了重庆,我就添置衣裳。主要的是灰布制服。这是一种"自来旧"的布作成的,一下水就一蹶不振,永远难看。吴组缃先生名之为斯文扫地的衣服。可是,这种衣服给我许多方便——简直可以称之为享受!我可以穿着裤子睡觉,而不必担心裤缝直与不直;它反正永远不会直立。我可以不必先看看座位,再去坐下;我的宝裤不怕泥土污秽,它原是自来旧。雨天走路,我不怕汽车。晴天有空袭,我的衣服的老鼠皮色便是伪装。这种衣服给我舒适,因而有亲切之感。它和我好像多年的老夫妻,彼此有完全的了解,没有一点隔膜。

我希望抗战胜利之后,还老穿着这种困难衣,倒不是为省钱,而是为舒服。

八　行

朋友们屡屡函约进城,始终不敢动。"行"在今日,不是什么好玩的事。看吧,从北碚到重庆第一就得出"挨挤费"一千四百四十元。所谓挨挤费者就是你须到车站去"等",等多少时间?没人能告诉你。幸而把车等来,你还得去挤着买票,假若你挤不上去,那是你自己的无能,只好再等。幸而票也挤到手,你就该到车上去挨挤。这一挤可厉害!你第一要证明了你的确是脊椎动物,无论如何你都能直挺挺的立着。第二,你须证明在进化论中,你确是猴子变的,所以现在你才嘴手脚并用,全身紧张而灵活,以免被挤成像四喜丸子似的一堆肉。第三,你须有"保护皮",足以使你全身不怕伞柄,胳臂肘,脚尖,车窗,等等的戳、碰、刺、钩;否则你会遍体鳞伤。第四,你须有不中暑发痧的把握,要有不怕把鼻子伸在有狐臭的腋下而不能动的本事……你须备有的条件太多了,都是因为你喜欢交那一千四百多元的挨挤费!

我头昏,一挤就有变成爬虫的可能,所以,我不敢动。

再说，在重庆住一星期，至少花五六千元；同时，还得耽误一星期的写作；两面一算，使我胆寒！

以前，我一个人在流亡，一人吃饱便天下太平，所以东跑西跑，一点也不怕赔钱。现在，家小在身边，一张嘴便是五六个嘴一齐来，于是嘴与胆子乃适成反比，嘴越多，胆子越小！

重庆的人们哪，设法派小汽车来接呀，否则我是不会去看你们的。你们还得每天给我们一千元零花。烟、酒都无须供给，我已戒了。啊，笑话是笑话，说真的，我是多么想念你们，多么渴望见面畅谈呀！

九　狗

中国狗恐怕是世界上最可怜最难看的狗。此处之"难看"并不指狗种而言，而是与"可怜"密切相关。无论狗的模样身材如何，只要喂养得好，它便会长得肥肥胖胖的，看着顺眼。中国人穷。人且吃不饱，狗就更提不到了。因此，中国狗最难看；不是因为它长得不体面，而是因为它骨瘦如柴，终年夹着尾巴。

每逢我看见被遗弃的小野狗在街上寻找粪吃，我便要落泪。我并非是爱作伤感的人，动不动就要哭一鼻子。我看见小狗的可怜，也就是感到人民的贫穷。民富而后猫狗肥。

中国人动不动就说：我们地大物博。那也就是说，我们不用着急呀，我们有的是东西，永远吃不完喝不尽哪！哼，请看看你们的狗吧！

还有：狗虽那么摸不着吃，（外国狗吃肉，中国狗吃粪；在动物学上，据说狗本是食肉兽。）那么随便就被人踢两脚，打两棍，可是它们还照旧的替人们服务。尽管它们饿成皮包着骨，尽管它们刚被主人踹了两脚，它们还是极忠诚的去尽看门守夜的责任。狗永远不嫌主人穷。这样的动物理应得到人们的赞美，而忠诚，义气，安贫，勇敢，等等好字眼都该归之于狗。可是，我不晓得为什么中国人不分黑白的把汉奸与小人叫作走狗，倒仿佛狗是不忠诚不义气的动物。我为狗喊冤叫屈！

猫才是好吃懒做，有肉即来，无食即去的东西。洋奴与小人理应被叫作"走猫"。

或者是因为狗的脾气好，不像猫那样傲慢，所以中国人不说"走猫"而说"走狗"？假若真是那样，我就又觉得人们未免有点"软的欺，硬的怕"了！

不过，也许有一种狗，学名叫作"走狗"；那我还不大清楚。

十　帽

在七七抗战后，从家中跑出来的时候，我的衣服虽都是旧的，而一顶呢帽却是新的。那是秋天在济南花了四元钱买的。

廿八年随慰劳团到华北去，在沙漠中，一阵狂风把那顶呢帽刮去，我变成了无帽之人。假若我是在四川，我便不忙于去再买一顶——那时候物价已开始要张开翅膀。可是，我是在北方,天已常常下雪,我不可一日无帽。于是,在宁夏,我花了六元钱买了一顶呢帽。在战前它公公道道的值六角钱。这是一顶很顽皮的帽子。它没有一定的颜色,似灰非灰,似紫非紫,似赭非赭,在阳光下,它仿佛有点发红,在暗处又好似有点绿意。我只能用"五光十色"去形容它,才略为近似。它是呢帽,可是全无呢意。我记得呢子是柔软的,这顶帽可是非常的坚硬,用指一弹,它当当的响。这种不知何处制造的硬呢会把我的脑门儿勒出一道小沟,使我很不舒服;我须时时摘下帽来,教脑袋休息一下!赶到淋了雨的时候,它就完全失去呢性,而变成铁筋洋灰的了。因此,回到重庆以后,我总是能不戴它就不戴;一看见它我就有点害怕。

因为怕它,所以我在白象街茶馆与友摆龙门阵之际,我又买了一顶毛织的帽子。这一顶的确是软的,软得可以折起来,我很高兴。

不幸,这高兴又是短命的。只戴了半个钟头,我的头就好像发了火,痒得很。原来它是用野牛毛织成的。它使脑门热得出汗,而后用那很硬的毛儿刺那张开的毛孔!这不是戴帽,而是上刑!

把这顶野牛毛帽放下,我还是得戴那顶铁筋洋灰的呢帽。经雨淋、汗沤、风吹、日晒,到了今年,这顶硬呢帽不但没有一定的颜色,也没有一定的样子了——可是永远不美观。每逢戴上它,我就躲着镜子;我知道我一看见它就必有斯文扫地之感!

前几天,花了一百五十元把呢帽翻了一下。它的颜色竟自有了固定的倾向,全体都发了红。它的式样也因更硬了一些而暂时有了归宿,它的确有点帽子样儿了!它可是更硬了,不留神,帽沿碰在门上或硬东西上,硬碰硬,我的眼中就冒了火花!等着吧,等到抗战胜利的那天,我首先把它用剪子铰碎,看它还硬不硬!

十一　昨天

昨天一整天不快活。老下雨,老下雨,把人心都好像要下湿了!

有人来问往哪儿跑?答以:嘉陵江没有盖儿。邻家聘女。姑娘有二十二三岁,不难看。来了一顶轿子,她被人从屋中掏出来,放进轿中;轿夫抬起就走。她大声的哭。没有锣鼓。轿子就那么哭着走了。看罢,我想起幼时在鸟市上买鸟。贩子从大笼中抓出鸟来,放在我的小笼中,鸟尖锐的叫。

黄狼夜间将花母鸡叼去。今午,孩子们在山坡后把母鸡找到。脖子上咬烂,别处都还好。他们主张还炖一炖吃了。我没拦阻他们,乱世,鸡也该死两道的。

头总是昏。一友来,又问:"何以不去打补针?"我笑而不答,心中很生气。

正写稿子,友来。我不好让他坐。他不好意思坐下,又不好意思马上就走。中国人总是过度的客气。

友人函告某人如何,某事如何,即答以:"大家肯把心眼放大一些,不因事情不尽合己意而即指为恶事,则人世纠纷可减半矣!"发信后,心中仍在不快。

长篇小说越写越不像话,而索短稿者且多,颇郁郁!

晚间屋冷话少,又戒了烟,呆坐无聊,八时即睡。这是值得记下来的一天——没有一件痛快事!在这样的日子,连一句漂亮的话也写不出!为什么我们没有伟大的作品哪?哼,谁知道!

十二　傻子

在民间的故事与笑话里,有许多许多是讲兄弟三个,或姐妹三个,或盟兄弟三个,或女婿三个;第三个必定是傻子,而傻子得到最后的胜利。据说这种结构的公式是世界性的,世界各处都有这样的故事与笑话。为什么呢?因为人们是同情于弱者的。三弟三妹三女婿既最幼,又最傻,所以必须胜利。

和许多别种民间故事与笑话的含义一样,这种同情弱者的表示可也许是"夫子自道也",这就是说:人民有一肚子委屈而无处去诉,就只好想象出一位"臣包文正",或北侠欧阳春来,给他们撑一撑腰,吐一口气。同样的,他们制造出弱者胜利的故事与笑话,也是为了自慰;故事与笑话中的傻子就是他们自己。他们自己既弱且愚,可是他们讽刺了那有势力,有钱财,与有学问的人,他们感到胜利。

可是,这种讽刺的胜利到底是否真正的胜利,就不大好说。假若胜利必须是精神上的呢,他们大概可以算得了胜。

反之,精神胜利若因无补于实际而算不得胜利,那就不大好办了。

在我们的民间,这种傻子胜利的故事与笑话似乎比哪一国都多。我不知道,我应当庆祝他们已经得到胜利,还是应当把我的"怪难过的"之感告诉给他们。

(原载一九四四年九月一、九、十五、二十三日,十一月五、十一、十五、二十日,十二月十、十五、十九、二十四日《新民报晚刊》)

摘自《老舍散文》,老舍,人民文学出版社2013年版,第84—96页

梁实秋

梁实秋(1903—1987),原名梁治华,字实秋,著名散文家、学者、文学批评家、翻译家。有《雅舍小品》《槐园梦忆》等。

雅 舍

到四川来,觉得此地人建造房屋最是经济。火烧过的砖,常常用来做柱子,孤零零的砌起四根砖柱,上面盖上一个木头架子,看上去瘦骨嶙嶙,单薄得可怜;但是顶上铺了瓦,四面编了竹篦墙,墙上敷了泥灰,远远的看过去,没有人能说不像是座房子。我现在住的"雅舍"正是这样一座典型的房子。不消说,这房子有砖柱,有竹篦墙,一切特点都应有尽有。讲到住房,我的经验不算少,什么"上支下摘"、"前廊后厦"、"一楼一底"、"三上三下"、"亭子间"、"茅草棚"、"琼楼玉宇"和"摩天大厦",各式各样,我都尝试过。我不论住在哪里,只要住得稍久,对那房子便发生感情,非不得已我还舍不得搬。这"雅舍",我初来时仅求其能蔽风雨,并不敢存奢望,现在住了两个多月,我的好感油然而生。虽然我已渐渐感觉它是并不能蔽风雨,因为有窗而无玻璃,风来则洞若凉亭,有瓦而空隙不少,雨来则渗如滴漏。纵然不能蔽风雨,"雅舍"还是自有它的个性。有个性就可爱。

"雅舍"的位置在半山腰,下距马路约有七八十层的土阶。前面是阡陌螺旋的稻田。再远望过去是几抹葱翠的远山,旁边有高粱地,有竹林,有水池,有粪坑,后面是荒僻的榛莽未除的土山坡。若说地点荒凉,则月明之夕,或风雨之日,亦常有客到。大抵好友不嫌路远,路远乃见情谊。客来则先爬几十级的土阶,进得屋来仍须上坡,因为屋内地板乃依山势而铺,一面高,一面低,坡度甚大,客来无不惊叹。我则久而安之,每日由书房走到饭厅是上坡,饭后鼓腹而出是下坡,亦不觉有大不便处。

"雅舍"共是六间,我居其二。篦墙不固,门窗不严,故我与邻人彼此均可互通声息。邻人轰饮作乐,咿唔诗章,喁喁细语,以及鼾声、喷嚏声、吭汤声、撕纸声、脱皮鞋声,均随时由门窗户壁的隙处荡漾而来,破我岑寂。入夜则鼠子瞰灯,才一合眼,鼠子便自由行动,或搬核桃在地板上顺坡而下,或吸灯油而推翻烛台,或攀援而上帐顶,或在门框桌脚上磨牙,使得人不得安枕。但是对于鼠子,我很惭愧地承认,我"没有法子"。"没有法子"一语是被外国人常常引用着的,以为这话最足代表中国人的懒惰隐忍的态度。其实我的对付鼠子并不懒惰。窗上糊纸,纸一戳就破;门户关紧,而相鼠有牙,一阵咬便是一个洞洞。试问还有什么法子?洋鬼子住到"雅舍"里,不也是"没有法子"?比鼠子更骚扰的是蚊子。"雅舍"的蚊风之盛,是我前所未见的。"聚蚊成雷"真有其事!每当黄昏时候,满屋里磕头碰脑的全是蚊子,又黑又大,骨骼都像是硬的。在别处蚊子早已肃清的时候,在"雅舍"则格外猖獗,来客偶不留心,则两腿伤处累累隆起如玉蜀黍,但是我仍安之。冬天一到,蚊子自然绝迹,明年夏天——谁知道我还是住在"雅舍"!

"雅舍"最宜月夜——地势较高,得月较先。看山头吐月,红盘乍涌,一霎间,清光四射,天空皎洁,四野无声,微闻犬吠,坐客无不悄然!舍前有两株梨树,等到月升中天,清光从树间筛洒而下,地上阴影斑斓,此时尤为幽绝。直到兴阑人散,归房就寝,月光仍然逼进窗来,助我凄凉。细雨濛濛之际,"雅舍"亦复有趣。推窗展望,俨然米氏章法,若云若雾,一片弥漫。但若大雨滂沱,我就又惶悚不安了。屋顶湿印到处都有,起初如碗大,俄而扩大如盆,继则滴水乃不绝,终乃屋顶灰泥突然崩裂,如奇葩初绽,砉然一声而泥水下注,此刻满室狼藉,抢救无及。此种经验,已数见不鲜。

"雅舍"之陈设,只当得简朴二字,但洒扫拂拭,不使有纤尘。我非显要,故名公巨卿之照片不得入我室;我非牙医,故无博士文凭张挂壁间;我不业理发,故丝织西湖十景以及电影明星之照片亦均不能张我四壁。我有一几一椅一榻,酣睡写读,均已有着,我亦不复他求。但是陈设虽简,我却喜欢翻新布置。西人常常讥笑妇人喜欢变更桌椅位置,以为这是妇人天性喜变之一证。诬否且不论,我是喜欢改变的。中国旧式家庭,陈设千篇一律,正厅上是一条案,前面一张八仙桌,一边一把靠椅,两旁是两把靠椅夹一只茶几。我以为陈设宜求疏落参差之致,最忌排偶。"雅舍"所有,毫无新奇,但一物一事之安排布置俱不从俗。人入我室,即知此是我室。笠翁《闲情偶寄》之所论,正合我意。

"雅舍"非我所有,我仅是房客之一。但思"天地者万物之逆旅",人生本来如寄,我住"雅舍"一日,"雅舍"即一日为我所有。即使此一日亦不能算是我有,至少此一日"雅舍"所能给予之苦辣酸甜,我实躬受亲尝。刘克庄词:"客里似家家似寄",我此时此刻卜居"雅舍","雅舍"即似我家。其实似家似寄,我亦分辨不清。

长日无俚,写作自遣,随想随写,不拘篇章,冠以"雅舍小品"四字,以示写作所在,且志因缘。

狗

我初到重庆,住在一间湫隘的小室里,窗外还有三两棵肥硕的芭蕉,屋里益发显得阴森森的。每逢夜雨,凄惨欲绝。但凄凉中毕竟有些诗意。旅中得此,尚复何求?我所最感苦恼的乃是房门外的那一只狗。

我的房门外是一间穿堂,亦即房东一家老小用膳之地,餐桌底下永远卧着一条脑满肠肥的大狗。主人从来没有扫过地,每餐的残羹剩饭、骨屑稀粥,以及小儿便溺,全都在地上星罗棋布着,由那只大狗来舐得一干二净。如果有生人走进,狗便不免有所误会,以为是要和它争食,于是声色俱厉的猛扑过去。在这一家里,狗完全担负了"洒扫应对"的责任。

"君子有三畏",狾犬其一也。我知道性命并无危险,但是每次出来进去总要经过它的防次,言语不通,思想亦异,每次都要引起摩擦,酿成冲突,日久之后真觉厌烦之至。其间曾经谋求种种对策,一度投以饵饼,期收绥靖之效,不料饵饼尚未啖完,乘我返身开锁之际,无警告的向我的腿部偷袭过来;又一度改取"进攻乃最好之防御"的方法,转取主动,见头打头,见尾打尾,虽无挫衄,然积小胜终不能成大胜,且转战之余,血脉偾张,亦大失体统。因此外出即怵回家,回到房里又不敢多饮茶。不过使我最难堪的还不是狗,而是它的主人的态度。

狗从桌底下向我扑过来的时候,如果主人在场,我心里是存着一种奢望的:我觉得狗虽然也是高等动物、脊椎动物哺乳类,然而,究竟,至少在外形上,主人和我是属于较近似的一类,我希望他给我一些援助或同情。但是我错了,主客异势,亲疏有别,主人和狗站在同一立场。我并不是说主人也帮着狗猖猖然来对付我,他们尚不至于这样的合群;我是说主人对我并不解救,看着我的狼狈而哄然噱笑,泛起一种得意之色,面带着笑容对狗嗔骂几声:"小花!你昏了?连×先生你都不认识了!"骂的是狗,用的是让我所能听懂的语言。那弦外之音是:"我已尽了管束之责了,你如果被狗吃掉莫要怪我。"然后他就像是在罗马剧场里看基督徒被猛兽扑食似的作壁上观。俗语说:"打狗看主人",我觉得不看主人还好,看了主人我倒要狠狠的再打狗几棍。

后来我疏散下乡,遂脱离了这恶犬之家。听说继续住那间房的是一位军人，他也遭遇了狗的同样的待遇，也遭遇了狗的主人的同样的待遇，但是他比我有办法，他拔出枪来把狗当场格毙了。我于称快之余，想起那位主人的悲怆，又不能不赋予同情了。特别是，残茶剩饭丢在地下无人舐，主人事必躬亲洒扫，其凄凉是可想而知的。

在乡下不是没有犬厄。没有背景的野犬是容易应付的，除了菜花黄时的疯犬不计外，普通的野犬都是些不修边幅的夹尾巴的可怜的东西，就是汪汪的叫起来也是有气无力的，不像人家豢养的狗那样振振有词自成系统。有些人家在门口挂着牌示"内有恶犬"，我觉得这比门里埋伏恶犬的人家要忠厚得多。我遇见过埋伏，往往猝不及防，惊惶大呼。主人闻声搴帘而出，嫣然而笑，肃客入座，从容相告狗在最近咬伤了多少人。这是一种有效的安慰，因为我之未及于难是比较可庆幸的事了。但是我终不明白，他为什么不索性养一只虎？来一个吃一个，来两个吃一双，岂不是更为体面么？

这道理我终于明白了。雅舍无围墙，而盗风炽，于是添置了一只狗。一日邮差贸贸然来，狗大声咆哮，邮差且战且走，蹒跚而逸，主人拊掌大笑。我顿有所悟。别人的狼狈永远是一件可笑的事，被狗所困的人是和踏在香蕉皮上面跌跤的人同样的可笑。养狗的目的就要它咬人，至少作吃人状。这就是等于养鸡是为要它生蛋一样，假如一只狗像一只猫一样，整天晒太阳睡觉，客人来便咪咪叫两声，然后逡巡而去，我想不但主人惭愧，客人也要惊讶。所以狗咬客人，在主人方面认为狗是克尽厥职，表面上尽管对客抱歉，内心里是有一种愉快,觉得我的这只狗并非是挂名差事,它守在岗位上发挥了作用,所以对狗一面苛责,一面也还要嘉勉;因此脸上才泛出那一层得意之色。还有衣裳楚楚的人,狗是不大咬的,这在主人也不能不有"先护我心"之感。所可遗憾者,有些主人并不以衣裳取人,亦并不以衣裳废人,而这种道理无法通知门上,有时不免要慢待嘉宾。不过就大体论,狗的眼力总是和它的主人差不了多少。所以,有这样多的人家都养狗。

选自《梁实秋文集·第二卷》,《梁实秋文集》编辑委员会,鹭江出版社2002年版,第206—208、250—252页

北碚旧游(节选)

....

北碚的"碚"字,不见经传……其意义大概是指江水中矗立的石头。由北碚沿嘉陵江北去到温泉,如果乘小舟便在中途遇一险滩,许多大块的石头横阻江心,水流沸涌,其势甚急。石头上有许多洞孔累累如蜂窝,那是多少年来船夫用篙竿撑船戳出来的痕迹。大些的船需有纤手沿岸爬行拉船上滩,同时也要船夫撑篙。有一回我的弟弟治明海外归来,到北碚看我,我和业雅陪他乘舟游温泉,路过险滩,舟子力弱,船在水中滴溜转,我们的衣履尽湿,船被急流冲下,直到黄

椭镇而后止，鼓勇再度上行过滩，真是险象环生。这大概就是北碚得名之由来。

我到北碚，最初住在委员会的三楼上一室……一床一几一椅而已。邻室为方令孺所住，令孺安徽桐城人，中年离婚，曾在青岛大学教国文，是闻一多所戏称的"酒中八仙"之一，所以是我早已稔识的朋友。我在她书架上发现了一册英文本的《咆哮山庄》，闲来无事一口气读完，大为欣赏，后来我便于晚间油灯照明之下一点点的译了出来。

北碚有两三条市街，黄土道，相当清洁整齐，有一所兼善中学在半山上，有一家干净的旅舍兼善公寓，有一支百数十人的自卫队，有一片运动场，有一处民众图书馆，有一个公园，其中红的白的辛夷特别茂盛。抗战军兴，迁来北碚的机关很多，如胡定安先生主持的江苏省立医学院暨附属医院，马客谈先生主持的南京师范学校，黄国璋先生主持的地理研究所，国立礼乐馆，国立编译馆，余上沅先生主持的国立戏剧专科学校，等等。

北碚的名胜是北温泉公园，乘船沿嘉陵江北行，或乘滑竿沿江岸北行，均可于一小时内到达。其地有温泉寺，相当古老，建于南朝刘宋景平元年。虽经历代修葺，殿宇所存无几。大门内有桥梁渠水，水是温热的，但其中也有游鱼历历可数。寺内后面有两座大楼，一为花好楼，一为数帆楼，杨家骆先生一家就住在其中的一座楼上。有一天我和李清悚游到该处，承杨家骆先生招待，他呼人从图书馆取出一个古色斑斓的汉铜洗，像一个洗脸盆，只是有两耳，洗中有两条浮雕鱼纹。洗中注满水,命人用手掌摩擦两耳,旋即见水喷涌上升可达尺许。这是一件罕见的古董,听说现在台湾,我也不知其名。温泉的水清澈而温度适当,不像华清池那样的烫。泉喷口处如小小的水帘洞,人可以钻到水帘洞后面,二人并坐于一块平坦的石上,颇有奇趣,水汇成一池,约宽两丈长三丈。有一次我陪同业雅、衡粹、姗嫂游温泉,换上泳装在池里载沉载浮了一下午,当晚宿于农庄,四个卧房全被我们分别占用。农庄是招待所性质,其位置是公园中之最胜处。我夜晚不能成眠,步出走廊,是夜没有月色只有星光,俯瞰嘉陵江在深黑的峡谷中只是一条蜿蜒的银带,三点两点渔火不断的霎亮,偶然还可以听见舟人吆喝的声音。对面是高山矗立黑茫茫的一片。我凭栏伫立了很久,露湿了我的衣裳。

....

因为要在北碚定居,我和业雅、景超便在江苏省立医院斜对面的山坡上合买了一栋新建的房子。六间房,可以分为三个单位,各有房门对外出入,是标准的四川乡下的低级茅舍。窗户要糊纸,墙是竹篾糊泥刷灰,地板颤悠悠的吱吱作响。烽火连天之时,有此亦可栖迟。没有门牌,邮递不便,因此我们商量,要给房屋起个名字。我建议用业雅的名字,名为"雅舍"。于是取一木牌,我横写"雅舍"二字,竖在土坡下面,往来行人一眼即可望到。木牌不久被窃,大概是拿去当做柴火烧掉了。雅舍命名之由来不过如此,后来我写的《雅舍小品》颇有一些读者,或以为我是自命风雅,那就不是事实了。

　　雅舍六间房,我占两间,业雅和两个孩子占两间,其余两间租给许心武与尹石公两先生。许先生代张道藩为教科用书编委会主任委员,家眷在歇马场,独来北碚上任,并且约了他的知交尹石公来任秘书,石老年近六十,只身在川。我们的这两位近邻都不是平凡的人。两位都是扬州人,一口的扬州腔。许公是专攻水利的学者,担任过水利方面的行政职务,但是文章之事亦甚高明。他长年穿一套破旧的蓝哔叽的学生装(不是中山装),口袋里插两支笔。石老则长年一袭布袍,头顶濯濯,稀疏的髭须如戟,雅善词章,不愧为名士。许公办事认真,一丝不苟,生活之俭朴到了惊人的地步,据石老告诉我,许公一餐常是白饭一盂,一小碟盐巴,上面洒几滴麻油,用筷头蘸盐下饭。石老不堪其苦,实行分爨。有一天石老欣然走告,谓读笠翁《偶寄》,有"面在汤中不如汤在面内"之说,乃市蹄髈一个煮烂,取其汤煨面,至汤尽入面中为止。试烹成功,与我分尝。许公态度严肃,道貌岸然,和我们言不及私,石老则颇为风趣。有一次我游高坑岩,其地距北碚不远,在歇马场附近,有一瀑布甚为著名。我游罢归来,试画观瀑图一纸,为石公所见,认为情景逼真,坚索以去……我三十九岁生日,石老赠我一首诗,这首诗是苦吟竟夜而成,我半夜醒来还听到他在隔壁呷唔朗诵,初不知他是在作诗贻我。

　　…………

　　雅舍生涯,因为不时的有高轩莅止诗酒联欢,好像是俯仰之间亦足以快意生平。其实战时乡居,无不清苦。

雅舍的设备,简陋到无以复加。床是四只竹凳横放,架上一只棕绷。睡上去吱吱响,摇摇晃。日久棕绷要晒,要放在水池里泡,否则臭虫繁殖之速令人难以置信……雅舍的床没有臭虫,要归功于我们的两位工友之勤快。一位是五十左右的黄嫂,一位是二十左右的小陈。黄嫂的任务是买菜做饭洗衣打杂,小陈的工作是以挑水担柴为主。先说水。雅舍附近无河无井,水要到嘉陵江去取,中间路途不近而木桶所容有限,一天要来回跑上十次八次。小陈的两条小腿上全是青筋暴露,累累然成为静脉肿瘤。小陈很机智,买两大瓦缸,一缸高高架起,凿一小孔,插一竹管,缸内平铺一层沙一层石一层炭。水注缸内,经过过滤,由竹管注入下面一缸,再用矾搅,水乃澈清,可供饮用。另一大缸,则仅用矾搅,作洗衣洗澡之用。夏季蚊蝇乱舞,则窗上糊上了冷布,桌上放了胶纸,床上挂了纱帐,亦可勉强应付……黄嫂是五十左右的乡妇,忠实可靠,所有家事她一手承当……黄嫂天性极厚,视雅舍为自己的家。她坚持要养猪,一个家若是没有猪便不成为家。我们拗她不过,造起一个猪圈,她买来一窝小猪。每日收集馊水,煮菜喂猪,羼豆催肥,成了她的主要工作,人的三餐反成为次要。冬天晴暖之日,她在檐下缝补衣袜,小猪几只就偎在她的脚边呼呼大睡,那是一幅动人的图画。年终杀猪又是一景。闻其声不忍食其肉,何况不止是闻其声?杀猪所得,尽犒工友。

雅舍的饮食也是很俭的。我们吃的是平价米,因为平价,其中若是含有小的砂石或稗秕之类,没有人敢于怨诉。我患盲肠炎,有人说是我在空袭警报时匆匆进膳,稗子落进盲肠所致,果如其说,那就怪我自己咀嚼欠细了。人本非纯粹肉食动物,我们家贫市远,桌上大概尽是白菜豆腐的天下,景超所最爱吃的一道菜是肉丝炒千丝。孩子们在菜里挑肉丝拣肉屑,父母看在眼里痛在心里……萧毅武先生经常口中念念有词:"莱阳海带,寤寐求之!"询以何谓"莱阳海带",则狮子头之英语语音也。先生不知肉味久矣。

....

酒在川中并不缺乏,像大曲、绿豆烧之类产量甚丰,质亦不恶。茅台酒亦是佳制,我有时独酌,一瓶茅台一斤花生,颓然而睡不知东方之既白,上沅戏谓我为吃花酒。方令孺有一回请我吃她在宿舍里炭盆上焖的肉,一大块肉置甑中,仅加调味料而不加水,严扃锅盖不令透气,炭火上焖数小时,风味绝佳,盖亦东坡肉一类的做法。天府之国,有酒有肉,战时得此,无复他求矣。

....

雅舍虽然简陋,但是常常胜友如云。有一回牙科韩文信大夫有事来北碚,意欲留宿雅舍,雅舍实无长物可以留待嘉宾,韩大夫说:"打个通宵麻将如何?"于是约了卢翼野,凑上业雅和我正好一桌。两盏油灯,十几根灯草,熊熊然如火炬,战到酣处,业雅仰天大笑。椅仰人翻,灯倒牌乱。鸡报晓时,始兴阑人散。又有一次,谢冰心来,时值寒冬,我们围着炭盆谈到夜深,冰心那一天兴致特高,自动的用闽语唱了一段福建戏词,词旨颇雅。她和业雅挤在一个小榻上过了一夜。

雅舍有围棋一副喜好手谈之士常聚于此。陈可忠、张北海是一对,伯仲之间难分高下。立法委员祁志厚先生技高一筹,祁绥远人,人皆称之为"蒙古人",乡音甚重,不事修饰,丽饶有见识,迥异庸流。有时偕一位半个黑脸的友人同来,我们背后称之为"黑脸人",其人棋艺更高,每杀得"蒙古人"溃不成军,旁观者无不称快。业雅见纸板做的棋盘破烂不堪,乃裂白布一方,用黑线缝织棋路,黑白鲜明,浆洗之后熨平,高明之至。北海尝大声叱喝:"这是大汉文物,'蒙古人',你见过么?""蒙古人"不答,仍旧凝视枰上,以其浓厚之多音微吟:"翁章枪古似,得失葱兴知。"另一对是蒋子奇、汪绍修,嗜棋如命,也常是雅舍的座上客。一日,一局甫罢,孙培良来,和绍修对弈,孙已胜算在握,绍修则寻疵捣隙不肯放松,结果反败为胜,孙大怒,斥之为无理取闹,拂袖而去。

雅舍门前有一丈见方的平地一块,春秋佳日,月明风清之夕,徐景宗、萧柏青、席徵庸三位联翩而至,搬藤椅出来,清茶一壶,使放言高论无所不谈。有时看到下面稻田之间一行白鹭上青天;有时看到远处半山腰鸣的一声响冒出阵阵的白烟,那是天府煤矿所拥有的川省惟一的运煤小火车;有一次看到对面山顶上起火烧房子,清晰的听到竹竿爆裂声。如果不太晚,还可以听到下面路上小孩子卖报的呼声:"今天的报,今天的报!"

……………

抗战期间对外交通困难。故物资供应当然短绌。政府乃控制物资以为调剂，并鼓励公教机关兴办合作社。编委会一到北碚，即设消费合作社。依法成立后，公推业雅为经理，我为理事会主席。这合作社之主要业务为经办平价米之运配，此事颇不简单。米为主要食物，每口每月可领两斗，需要按期派员赴粮政机关洽领，然后装船押运，然后卸船雇人搬运到所，请专门师傅配发。这一切需要一位忠实可靠的干员才能胜任，我们请到了一位朱心泉先生，本地人，绝对忠实，他不分寒暑任劳任怨，长年在外奔波。米运到之后，在平地上堆积成一小丘，专门师傅坐在小丘之上吸旱烟。同人闻讯前来领米，或携洗脸盆，或提枕头套，或用包袱，看持米证，依次领取。师傅走下小丘，用一畚箕取米倒入斗内，这一举动颇有考究，其举高下注之势，其动作疾徐之间，可能影响斗内米量之多少，如不善为控制，可能不敷分配，短差甚巨。所以师傅注米于斗，然后用木板刮平，砉然一声，不多不少，恰是一斗，而且手法利落。每次分配完毕，要请他吃酒。他指点我们，在每斗之中还要舀出一小杯，以补贴耗损之用。同人都很认真，我必亲临监视。全部分完之后有时还能剩下一斗半斗的米，我就把它出售，以出售所得之钱平均分还同人，有时钱数太少，则购买橘柑每人一枚。每月经办一次，每次皆大欢喜。

　　食油也是配给的，手续更为麻烦。好像是每人十四两。同人领油自备容器。执事者用固定容量之长柄勺入桶舀油，倒入器内，分量难得十分准确。有一位富有科学头脑的同人，在他的玻璃瓶上预作暗记，油不足量即斤斤计较，致生龃龉。管理合作社这业务最负责的是舒傅俪先生,她奉公守法,认真负责,是业雅得力的助手,她的夫君舒蔚青先生收藏话剧剧本甚多夥,为张道藩先生所器重,惜以肺疾去世,所藏剧本悉归于编译馆。傅俪先生现居台湾。另外一位工作人员是何万全先生,年轻热心。

糖虽非必需,亦不可少。市上往往不易购得,且价亦昂。乃请朱心泉先生遄赴内江,糖厂厂长为我故人,大量采购砂糖而归,低价分售同人,每人可得四五斤,终年食糖无缺,其他机关无不啧啧称羡。其他日用必需品,如布料鞋袜毛巾牙刷之类,则可自物资局购进,物资局局长前为何浩若先生。后为熊祖同先生,皆我同学,依法批购在手续上得到不少便利。我们的合作社始终是物资充足,门庭若市。每有新货运到,我手写布告通知大家,朱墨斑斓,引以为乐。朱心泉先生每次运货,常自己在途中将毛巾一打或牙刷数支举以赠人,我们起初还责怪他不该公私不分,事后才晓得这是江湖陋规,非如此无法完成任务。

白沙编译馆同人初迁北碚,百余人的伙食是一问题,合作社奉命成立膳食部,供应此百余人的每日两餐。我们雇用了一名厨师两名伙夫,每天晚上我们商酌第二天的食谱,要营养、价廉、简便,这不是容易事。但是大家努力,我们达成了任务,一个月后同人等均各有定居,自理炊事,膳食随即撤销。

合作社营业每晚结账,每月底总结账目,清点底存,计算盈亏。我们不懂会计,没有什么复式账簿,只是据实的一笔一笔的记载。时常月底结账,账面上的数字和实际的数字不能完全吻合，总是多多少少有一点偏差。算盘打到深夜，不能资债平衡，这时候我就做一决定，在账面数字清算完毕之后，我在账上加注，言明本月实际收支数目较账面数目溢出若干或亏损若干，然后我签上名字，表示由我负责，并且据以公布，细账公开欢迎查阅。同人等信任我们，从没有人发生异议。合作社办理的情形，政府主管机关每年派员督察考核一次，编译馆合作社总是名列最优。有一次督导人员告诉我们，他从来没有见过一个合作社把数字不符的情形公然记在账上，这足以证明这个账是真的。所以我们的账他不要细看，匆匆一翻，满意而去，我们对他的招待是一杯茶一支烟。合作社的业务，涉及金钱与物资，欲求办理成功，必需经办人员清廉自守，公私分明，而且肯积极服务。其实，这点道理又岂止于合作社为然？

北碚旧游不止仅如上述，但是事隔四十年，记忆模糊了。其中不少人已归道山，大多数当亦齿迫迟暮。涉笔到此，废然兴叹。

一九七九年西雅图

选自《梁实秋集》，梁实秋，花城出版社2008年版，第336—363页

忆老舍(节选)

我最初读老舍的《赵子曰》《老张的哲学》《二马》，未识其人，只觉得他以纯粹的北平土话写小说颇为别致。北平土话，像其他主要地区的土语一样，内容很丰富，有的是俏皮话儿，歇后语，精到出色的明喻暗譬，还有许多有声无字的词字。如果运用得当，北平土话可说是非常的生动有趣；如果使用起来不加检点，当然也可能变成为油腔滑调的"耍贫嘴"。以土话入小说本是小说家常用的一种技巧，可使对话格外显得活泼，可使人物个性格外显得真实突出。若是一部小说从头到尾，不分对话叙述或描写，一律使用土话，则自《海上花》一类的小说以后并不多见。我之所以注意老舍的小说者尽在于此。胡适先生对于老舍的作品评价不高，他以为老舍的幽默是勉强造作的。但一般人觉得老舍的作品是可以接受的，甚至颇表欢迎。

抗战后，老舍有一段期间住在北碚，我们时相过从。他又黑又瘦，甚为憔悴，平常总是佝偻着腰，迈着四方步，说话的声音低沉，徐缓，但是有风趣。他和王老向住在一起，生活当然是很清苦的。在名义上他是中国文艺界抗敌协会的负责人，事实上这个组织的分子很复杂，有不少野心分子企图从中操纵把持。老舍对待谁都是一样的和蔼亲切，存心厚道，所以他的人缘好。

有一次北碚各机关团体以国立编译馆为首发起募款劳军晚会，一连两晚，盛况空前，把北碚儿童福利试验区的大礼堂挤得水泄不通。国立礼乐馆的张充和女士多才多艺，由我出面邀请，会同编译馆的姜作栋先生（名伶钱金福的弟子），合演一出《刺虎》，唱做之佳至今令人不能忘。在这一出戏之前，垫一段对口相声。这是老舍自告奋勇的，蒙他选中了我做搭档，头一晚他"逗哏"我"捧哏"，第二晚我逗他捧，事实上挂头牌的当然应该是他。他对相声特有研究，在北平长大的谁没有听过焦德海草上飞？但是能把相声全本大套的背诵下来则并非易事。如果我不答应上台，他即不肯露演，我为了劳军只好勉强同意。老舍嘱咐我说："说相声第一要沉得住气，放出一副冷面孔，永远不许笑，而且要控制住观众的注意力，用干净利落的口齿在说到紧要处使出全副气力斩钉截铁一般迸出一句俏皮话，则全场必定爆出一片彩声哄堂大笑，用句术语来说，这叫作'皮儿薄'，言其一戳即破。"我听了之后连连辞谢说："我办不了，我的皮儿不薄。"他说："不要紧，咱们练着瞧。"于是他把词儿写出来，一段是《新洪羊洞》，一段是《一家六口》，这都是老相声，谁都听过，相声这玩艺儿不嫌其老，越是经过千锤百炼的玩艺儿越惹人喜爱，借着演员的技艺风度之各有千秋而永远保持新鲜的滋味。相声里面的粗俗玩笑，例如"爸爸"二字刚一出口，对方就得赶快顺口答腔的说声"啊"，似乎太无聊，但是老舍坚持不能删免，据他看相声已到了至善至美的境界，不可稍有损益。是我坚决要求，他才同意在用折扇敲头的时候只要略为比划而无须真打。我们认真的排练了好多次。到了上演的那一天，我们走到台的前边，泥塑木雕一般绷着脸肃立片刻,观众已经笑不可抑,以后几乎只能在阵阵笑声之间的空隙进行对话。该用折扇敲头的时候,老舍不知是一时激动忘形,还是有意违反诺言,抡起大折扇狠狠的向我打来,我看来势不善,向后一闪,折扇正好打落了我的眼镜,说时迟,那时快,我手掌向上两手平伸,正好托住那落下来的眼镜,我保持那个姿势不动,彩声历久不绝,有人以为这是一手绝活儿,还高呼:"再来一回!"

我们那一次相声相当成功,引出不少人的邀请,我们约定不再露演,除非是至抗战胜利再度劳军的时候。

老舍的才华是多方面的,长短篇的小说,散文,戏剧,白话诗,无一不能,无一不精。而且他有他的个性,绝不俯仰随人。我现在检出一封老舍给我的信,是他离开北碚之后写的,那时候他的夫人已自北平赶来四川,但是他的生活更陷于苦闷。他患有胃下垂的毛病,割盲肠的时候用一小时余还寻不到盲肠,后来在腹部的左边找到了。这封信附有七律五首,由此我们也可窥见他当时的心情的又一面。

前几年王敬羲从香港剪写老舍短文一篇,可惜未注明写作或发表的时间及地点,题为《春来忆广州》,看他行文的气质,已由绚烂趋于平淡,但是有一缕惆怅悲哀的情绪流露在字里行间。听说他去年已作了九泉之客,又有人说他尚在人间。是耶非耶,其孰能辨之? 兹将这一小文附录于后:

春来忆广州

我爱花。因气候、水土等等关系,在北京养花,颇为不易。冬天冷,院里无法摆花,只好都搬到屋里来。每到冬季，我的屋里总是花比人多，形势逼人！屋中养花，有如笼中养鸟，即使用心调护，也养不出个样子来。除非特建花室，实在无法解决问题。我的小院里，又无隙地可建花室！

一看到屋中那些半病的花草，我就立刻想起美丽的广州来。去年春节后，我不是到广州住了一个月吗？哎呀，真是了不起的好地方！人极热情，花似乎也热情！大街小巷，院里墙头，百花齐放，欢迎客人，真是"交友看花在广州"啊！

在广州，对着我的屋门便是一株象牙红，高与楼齐，盛开着一丛红艳夺目的花儿，而且经常有很小的小鸟，钻进那朱红的小"象牙"里，如蜂采蜜。真美！只要一有空儿，我便坐在阶前，看那些花与小鸟。在家里，我也有一棵象牙红，可是高不及三尺，而且是种在盆子里。它入秋即放假休息，入冬便睡大觉，且久久不醒，直到端阳左右，它才开几朵先天不足的小花，绝对没有那种秀气的小鸟作伴！现在，它正在屋角打盹，也许跟我一样，正想念它的故乡广东吧？

春天到来，我的花草还是不易安排：早些移出去吧，怕风霜侵犯；不搬出去吧，又都发出细条嫩叶，很不健康。这种细条子不会长出花来。看着真令人焦心！

好容易盼到夏天，花盆都运至院中，可还不完全顺利。院小，不透风，许多花儿便生了病。特别由南方来的那些，如白玉兰、栀子、茉莉、小金桔、茶花……也不知怎么就叶落枝枯，悄悄死去。因此，我打定主意，再买来这些比较娇贵的花儿之时，就认为它们不能长寿，尽到我的心，而又不作幻想，以免枯死的时候落泪伤神。同时，也多种些叫它死也不肯死的花草,如夹竹桃之类,以期老有些花儿看。

....

真羡慕广州的朋友们,院里院外,四季有花,而且是多么出色的花呀!白玉兰高达数丈,杆子比我的腰还粗!英雄气概的木棉,昂首天外,开满大红花,何等气势!就连普通的花儿,四季海棠与绣球什么的,也特别壮实,叶茂花繁,花小而气魄不小!看,在冬天,窗外还有结实累累的木瓜呀!真没法儿比!一想起花木,也就更想念朋友们!

选自《雅舍小品》,梁实秋,长江文艺出版社2016年版,第55—58页

侯外庐

侯外庐（1903—1987），原名兆麟，又名玉枢，自号外庐，有《中国古代社会史论》《中国封建社会史论》《中国思想通史》《宋明理学史》等。

毋忘振羽

一九四〇年初，我在重庆与吕振羽重逢。振羽的到来，政治上，我们多了一位知己，学术上，就像添了一支兵马。

振羽同志在重庆期间，任教于复旦大学，居家于学校所在地北碚。北碚距离歇马场的白鹤林、骑龙穴约二十余里，交通不甚便利，但振羽和我们常有往还。有时他偕夫人江明同志或别的同志一起来，有时也独自前来。振羽每来都同访伯赞和我两家。我们见面，话题所及，无论文章、学术、时事、朋友，样样都能披心腹，见情愫。关于李达同志在抗战初期的行踪，我大都是从振羽处得知。

振羽在渝期间，是《中苏文化》极受欢迎的撰稿人。我约请他写过好几篇文章，其中，题为《五四运动的历史意义和教训》的一篇，发表在《中苏文化》六卷三期，这一期的出版时间是一九四〇年十二月，也就是皖南事变的前夕。

就在这篇文章发表后不久，皖南事变发生了，振羽奉命转移。离渝前，他特地到黄家垭口中苏文化协会向我辞行。

他告诉我,他要去新四军,我极表赞成,也没有掩饰自己的钦羡。皖变之后而愿往新四军者,谁能不敬佩他的大勇!告别时,振羽神情庄严,嘱托我照顾他的年轻的弟弟持平。他把那次辞行当做最后作别,表示他此去前线,抱着不赶走敌寇誓不回头的决心。

吕振羽去新四军踏上征程前的庄严行状,给我留下的印象十分深刻。就在那一次告别之后,对振羽的一种新的认识从我脑际掠过。我觉得,振羽身上有一种特别的气质超乎学界朋友之上。那是一种英雄气概。

振羽的作风特别求实而不尚空谈。他的作别,令我联想起古之壮士,振羽的精神当然不是古之壮士所能比拟,但恰在此中我发现了他不凡的气概。这是深信必胜者宁以血荐而不肯坐待的气概,其中,并不掺杂什么浪漫成分。

六十年代起,振羽蒙受十五年冤狱,当时,不少人都感觉莫名其妙。直到他一九七八年出狱,才听说到许许多多关于振羽在狱中斗争的故事,多到一时耳塞。

振羽在冤狱中对党始终忠贞,对马克思主义坚信不疑,拒挡了一切构陷刘少奇同志的阴谋,对林彪、"四人帮"、陈伯达之流的邪恶势力表现出旋风般的仇恨,他经常在狱中高喊"打倒托匪陈伯达!""打倒法西斯!""打倒伪造历史的恶魔!""中国共产党万岁!""马克思主义万岁!""一切真正的马克思主义者万岁,不朽!"他在狱中撰写了近二十万字的《史学评论》……振羽是做好牺牲的准备了,多么壮烈啊!欧阳修说:"宁以义死,不苟幸生,而视死如归,此又君子之尤难者也。"振羽同志在冤狱中所表现的共产党人的高尚气节,不愧为我们党内和学术界敢于和林彪、"四人帮"的封建法西斯主义作殊死斗争的英雄楷模。

四十年代,为捍卫祖国,振羽做过牺牲的准备;六十年代,为捍卫历史的真理,振羽又一次真正做好了牺牲的准备。我感佩振羽豪气不衰。

对振羽的精神我感念已久。一九八〇年春间,中国史学会复会,全国代表聚会京西。在开幕式上,我见到了久别的振羽,这时,我们都已是靠推车代步的人了。我因病,满腹衷肠难吐一言。他受害最深,身体极差,声音却依然洪亮。

会后,振羽翻检出重庆时一首题为《歇马场访外庐未遇》的七绝,加上跋语,请江明同志代书再赠我。诗云:"独步寻君歇马场,柴门深锁炊烟香。嘉陵急涛笼白障,半为琐事半文章。"跋语云:"外庐老友:皖变前夕在渝,某次去歇马场访兄不遇,赋七言一首,不知兄尚忆及否? 振羽。八〇.四.七。"诗中提到"琐事"二字,是个隐语。事实上,振羽其人是从不琐碎的。皖变前夕,他必定嗅出了什么气味,或者听说了什么消息,急匆匆独自赶往白鹤林相告,故有"嘉陵急涛笼白障,半为琐事半文章"之句。

捧着这件深情的礼物,我百感交集,很想回赠他点什么,病手病足却难自主。正迟疑间,振羽不及待,匆匆仙逝。我的千言万语已永无对振羽倾诉之时,即作悼念文字一篇,把我的敬意追赠振羽,更向后生者呼吁:毋忘振羽!

选自《世界华人学者散文大系》,何宝民,大象出版社2003年版,第213—215页

卢子英

卢子英(1905—1994),卢作孚四弟。

怀念二哥卢作孚

(一)

六十年前的今天是一个难以忘怀的年代,这年——一九二七年,是我二哥卢作孚出任北碚峡防局局长在北碚开始进行建设的一年,是我离开黄埔军校的学生生活进入社会的一年,也是我跟随二哥开始在北碚工作的一年。六十年在历史的长河中算不了什么,但在人生的历程中却不算短暂。我进入耄耋之年的今天,见到北碚在党和地方政府的领导下,经人民群众的艰苦奋斗,建设得更加繁荣昌盛,这不能不使我心潮起伏,思绪万千,深深怀念曾为北碚建设倾注过精力而已逝世的二哥卢作孚。

二哥生于一八九三年,长我十三岁。我出生时,父亲的麻布小贩已经破产。全家生活艰难,无力供我上学,由二哥教我读书。一九一三年我尚未满八岁时。二哥为避免军阀胡文澜对革命党人的迫害逃到重庆,也把我带在身边。他对我管教很严。晚间必须背诵一篇国文才能睡觉。我经受不了,两月后就独自从重庆私逃回合川父母身边。他见我幼小无知,也就让我暂跟父母。不久,他就去江安中学教书。一九一五年大哥在合川找到一个小学教师的席位,我就随大哥在学校上小学。三年半后又辍学,从此我就长期跟随二哥,由二哥给我补习。他到成都工作也把我一同带去。他的好友恽代英、萧楚女经常来家与他讨论教育和社会问题,他们把我也当成自己的小老弟,给我以亲切的关怀和教导,使我在成都、上海、广州结识了一些革命青年和共产党人,受到革命熏陶,为我以后在工作上奠定了良好的思想基础。这些都源于二哥的关系。

我同二哥的关系,不仅是手足弟兄,还是师生。他把我从小培养到大,我进入社会,又把我带在一起去北碚工作,先培养我为他的助手,后把建设北碚的担子又交给我。从一九二七年至一九四九年北碚解放时的二十三年里,我都一直在北碚工作。我们之间,既有骨肉之亲,又有师生之情;既有上下之属,又有同志之谊。从小共患难,长大同命运。其实从性格来说,我们还各处于对立的一面。我急躁,他冷静;我爱感情冲动,他则理智沉着。由于我们为事业为民众而不谋私利的大前提是一致的,我尊重他。他理解我。所以我们相处的几十年间是志同道合、心心相印、非常融洽,从没面红耳赤地争吵过。他在生的一些书信、手稿、著作和照片我都视为珍品一直保留在我家,连他自己和他的孩子都没这样保存过。惜乎"十年动乱"全部遭劫,幸承重庆市图书馆在混乱中清理一小部分保管起来于一九七二年退还给我。

嗣后，我将这些东西交给他的次子国纪。二哥虽已离开我三十六年，但一提及他。我就悲从中来，凄然泪下。这种感情是他人难以理解得到的。

（二）

二哥刻苦自学的精神和顽强的毅力及其成就，我是非常敬佩的。他十五岁时为了救国求知，从合川步行到成都，找收费低廉的补习学校学数学。两月后，感到老师教的满足不了自己的要求。就开始走自学的道路。学了中文版本，又学英文去攻读外文版。一年多后，又采取教学相长的办法，一边自修，一边招收学生补习中学的数学。并先后编著了《应用数学题新解》《代数》《三角》《解析几何》等课本，以卢思名义在提学使署（教育厅）立案，其中《应用数学题新解》还正式出版发行。后来他在工作中善于思考问题、分析问题、求得解决问题的办法，与他通晓数学、具有数学头脑很有关系。一九一七年他应合川县中杨校长之邀，担任国文教师时，有的老师以其只不过是一个小学毕业生，哪有能力教中学的古文，投之以轻蔑的眼光。合川著名史学家张石亲老先生也诚恐他年纪太轻，学历不够、难于胜任而担心。二哥原本自学过古文，自量教中学是能胜任的。为了把学生教得更好，让轻蔑者信服，关心者放心，在教学的过程中，下了半年苦功夫，又精读全套《古文辞类纂》等经典著作。结果他上课讲解精辟透彻，深入浅出，很受学生欢迎。老师们莫不叹服。张石亲老先生也极为称赞。一九一八年张老特意邀他作为助手,在教课之余参与编写《合川县志》的工作。二哥对韩愈的文章颇有研究,深得其中奥妙,他写的文章很似"韩文"。记得周孝怀老先生曾对二哥这样说过:"作乎吧,我的墓志铭哦!"周老于清朝末年曾任四川省劝业道台,后来又当过广东将弁学堂的监督(校长),培养过不少著名将领。这样一位学识渊博,又有名望的宿老,把撰写身后墓志铭之事,嘱交一个青年,说明他对二哥人品和才学的器重。一九四一年他在重病无法工作的养病期中,感到白白浪费时间的可惜。他考虑战后国家的建设和民生公司的进一步发展,有掌握外文的必要。青年时代为学数学而学的一点英文远远不够,必须重新学习,于是从中学课本开始又自学英语。半年后病体基本恢复,回到繁忙的工作岗位时,也不放过一分一刻的空余时间坚持学习。同时又抓紧机会虚心向人请教。不多久就能阅读英文报纸。一九四四年作为中国代表去美国参加国际通商会议,和一九四六年去加拿大订造轮船,他都能简单而有条理地应付一般口语,还能提笔修改造船签订的合同草稿。那时他已是五十出外的人,这样为国家为事业刻苦学习的精神和成就,真令人感佩不已。

(三)

二哥早年从事教育,力图开发民智,振兴中华,来改变旧中国的面貌。但在泸州川南师范和成都通俗教育馆所开展的民众教育，均随军阀的成败而定去留，深感"纷乱的政治不可凭依"，才决心回到家乡，走"实业救国"之道。一九二五年在合川创办民生公司，以"服务社会，便利人群，开发产业，富强国家"为宗旨。靠募股集资和借贷造起一艘七十吨的"民生"小客船行驶重庆与合川之间。经过二十几年的苦心经营，发展到拥有江海轮一百四十八艘，总吨位五万多，航线遍及长江主支流和东南亚，成为我国当时最大的民营航业公司。三十年代不畏强暴收回我国的内河航权。抗日战争时期不怕敌机轰炸和巨大损失，施展了他的非凡才能，高效率地运送上万的官兵出川抗日和滞留在宜昌的大批人员和军工、民用器材设备安全疏散，为国家做出了卓越的贡献。新中国成立，二哥又组织了十八艘轮船回来参加祖国的建设，为恢复和发展我国的航运事业，又作出新的贡献。

一九二六年五月，当"民生"轮在上海造好时，我正离开黄埔军校在上海，六月我和友人詹正圣（上海大学学生、共产党员）、公司发起人之一的彭瑞成等数人就随轮离开上海回重庆。船至湖北省城陵矶下游一带曾两度遇匪，因詹事前曾提及他去年乘日本轮船夜宿该处，几遭匪劫持之事，我们做了戒备，由我这个才出学校的军人指挥，船工人员各就各位进行防卫，"民生"才幸免于难。若那次"民生"被劫持，股东们见不到新船到来，公司人不但难于收足他们欠交的股金，他们对航运事业也不会信任了，公司将不知又要付出多少精力来挽回这一损失。二哥曾为这偶然的事件嗟叹不已。

（四）

二哥办民生公司不是为了赚钱，始终是为了"服务社会，便利人群，开发产业，富强国家"的宗旨。邀集的股东，主要是志同道合或支持他们的乡亲、朋友、地方士绅和公司广大职工，倡导职工入股，是为了把他们自身的利益与公司利益结合起来，发挥主人翁的责任感。公司盈利是多的，但从开办的第四年起就没给股东发放股息，只是每年一度的股东大会发给不论股权大小，每人赴会的舆马费十元。听取公司一年来发展情况的报告和聚餐一次。历年的股息金，差不多都用作公司的增值，以扩大再生产，或用于其他经济、科学、文教等事业。二哥是个最理智而不易动感情的人。但他每年在股东大会报告公司的发展和股息金的处理情况时，总是慷慨激昂、声泪俱下，股东们莫不为之感动，胍意放弃眼前利益，支持他对股息金的处理。民生公司在二十几年里能如此发展壮大，成为我国的最大民营航运企业，为国家作出了卓越的贡献，除主要出于二哥的苦心经营、非凡才能、科学管理和职工的努力外，与股东们对他的理解和支持也是分不开的。

（五）

二哥出任北碚峡防局局长是由于地方人士之推荐经各方面的赞同。峡区地处嘉陵江小三峡，位于重庆至合川之间，跨江北、巴县、璧山、合川四县的境界、面积约一百平方公里，是水陆交通要道，是军阀割据土匪集聚之区。土匪极为猖獗。四川都督熊克武经过，都要给犒赏才能走路。民间流传着："得活不得活，且看磨儿沱（三峡中的第一峡口）"的民谣。一九一六年地方曾举办团防以防匪患。一九二三年才由四县士绅倡议组成"江、巴、璧、合特组峡防团务局"（峡防局的全称），设局于北碚，治理匪患。在局长胡南先、副局长熊明甫治理的几年间，匪患有所平息，但限于治标，未能根治。而地方军阀为了巩固地盘，扩充势力，都想占领峡区。驻合川、武胜、铜梁、大足的二十八军陈书农，驻巴县、江北、璧山的二十一军王方舟，各欲安置自己的亲信执掌峡防局，两军长期相持不下。一九二六年合川士绅耿布诚、江北士绅王序九托人，向两军建议："请双方不必争夺，让一位既孚众望，又有才干的第三者卢作孚出来负责。原局长胡南先可以其'年事已高，精力不济'辞职可也。"当时二哥早为军阀杨森、刘湘所器重，都知他是一个有理想、有才干、勇于实践的人。年前又在合川创建了民生公司、电水厂、地方人士深受其利。他曾渝合地区作过社会和自然调查，写了《两市村之建设》，其中之一就是《辅助渝合间三峡诸山经营采矿之意见》，介绍了"三峡的矿产、森林和亟待开发"的理由外，还提出了林业、矿产、交通、治安的建设计划。这样的人，两军都无异议，欣然接受士绅建议。但王方舟又要安插他的亲信王嶽生任副局长。王曾作过财政厅长，是收刮民财的官吏，二哥以其不是搞建设的人而婉言推谢了。并建议副职仍由原任熊明甫继任,两军之争始告平息。一九二七年三月,二哥就正式接任北碚峡防局局长,当时由江、巴、璧、合四县士绅和团务界的有关人士在北碚关庙召开团务会议,确认卢作孚和熊明甫为北碚峡防局正、副局长。二哥在会上提出建设三峡的三大方针及其设想,我记得其中两条是"保障三峡""经营三峡",与会人士极为赞许。

二哥建设峡区的中心思想是要把北碚地区建设成一个现代化的模型去影响社会,供小至于乡村,大至于国家经营的参考。首先提出:"打破苟安的现局,建设理想的社会。"认为要建设要创造,就必须有个安宁的环境和有秩序的社会。所以首先从解决地方治安入手,其次是解决如何为民众服务的问题。

为肃清土匪施以军事和政治并重的方针,军事上由我带领士兵和学生进行清剿。政治上"以匪治匪,分化瓦解""鼓励自新、化匪为民",凡自新的都给以生活出路。同时在地方上厉行新生活,严禁烟、酒、嫖、赌,杜绝产生匪患的根源。在为民服务方面,二哥亲自带领我们巡回各乡镇,宣传卫生,送种牛痘,开周会,演话剧,调查户口,开展民教。整理市政,安置乡村电话。不到两年,匪患逐渐肃清,为民众服务的公共福利工作也逐步开展起来。

(六)

在建设方面,他强调要先抓人的训练。曾在《大公报》发表《中国的根本问题是人的训练》一文,又在生活书店出版《中国的建设问题与人的训练》一书,阐明建设的根本问题是人的训练。我来北碚,二哥开始就叫我担任学生队队副、队长到督练长,负责对青年学生的训练,并兼任军事教官,对学生进行严格的军事训练。训练的目的不仅是为了建设的需要,解决青年的就业和出路问题,主要是为国家培养大批有理想、有技能,而又感意为社会服务的人。以"忠实地做事,诚恳地对人",为学生必须遵守的信条。从一九二七年夏开始至一九三六年,共招收了中学程度的青年五百余人,先后办了学生一、二队,少年义勇队三期,警察学生队一期;同时还代民生公司办了护航队、茶房、水手、理货生等专业短期培训班多期,人数近千人,这些人后来都成为峡区各事业和民生公司的骨干力量。其次是开始经济、科学、文化、教育和公共福利事业的建设。四川的第一条轻便铁路——北川铁路、天府煤矿、三峡染织厂、实用小学、兼善中学、地方医院、平民公园、西山坪植物园、北泉公园、图书馆、博物馆、嘉陵江日报社、体育场、民众教育办事处、中国西部科学院等事业先后兴建起来。五六年间,把一个匪患频仍、贫穷落后的乡村,建设成一个具有现代化雏型的经济、文化、科学及风景旅游区,成为重庆市近郊的模范市镇。

(七)

一九三三年二哥为了民生公司的进一步发展,便于把主要精力转向民生,让我以督练长代行他的局长职务。但他对北碚建设的领导并未放弃,抽空和节假日就要来北碚视察,听取汇报,进行指导。一九三六年因单纯的峡防机构已不适应地方建设的需要,我们多方设法,报经四川省府呈请行政院批准,调整峡区所属乡镇,于同年四月将峡防局改组为"嘉陵江三峡乡村建设实验区署"。除司法税收外,接收地方一切行政权,从此北碚就名正言顺地进行乡村建设,让唐瑞五任区长,由我副之。一九三八年唐瑞五病近。我就接任区长。抗战军兴,北碚划为迁建区,先后疏散来的机关、学校、事业单位二百余,专家、学者、科技人员在三千人以上,为适应形势发展的需要,一九四二年我们又呈请省府将三峡乡村建设实验区改为县一级单位,经行政院批准,三月一日正式改组为北碚管理局。按一等县设置机构,行使地方权力,由我任局长。从一九三五年至一九四二年间,二哥忙于四川建设厅、交通部和全国粮食管理局的工作。一九四三年以后,二哥为了整顿民生公司和考虑战后民生公司的发展,以及去加拿大造船等问题,更是忙个不停。虽然如此,二哥并未放弃对北碚建设的关心和指导。一遇有空就要来北碚看看。我碰见他时,也要将北碚的一些重大问题和事件向他汇报。有的问题,经他出面帮助才得到了解决。如抗战后因北碚划为迁建区。建设更加发展,迁来的事业单位多,专家、学者和科技人员多荟萃于此,其中不少进步人士和所从事的事业,北碚成了临近重庆的一个有影响力的特区。我曾遭到国民党的反动派猜忌，几次对我罗织一些莫须有的罪名，企图把我调离北碚。我认为个人的去留，实无所谓，只是北碚的建设事业会因此半途而废。北碚的进步人士及其经营的事业就难于立足；同时，是非也不得澄清。我谋求于二哥，经他出面，才获得省府和行政院有关负责人的谅解和支持。事实澄清，调离之事也就烟消云散。一九四六年，又发生土匪团伙骚扰，妄图捣毁北碚管理局，为平息匪患，我亲自吁请重庆警备司令孙元良来北碚审讯。当即处决了以刘练卿为首的特务六名，给北碚地区的特务势力以致命的打击。这些重大事件的处理，二哥都竭力赞同。

（八）

一九三八年我们在二哥"造公众福，急公众难"的倡议下，在经济上采取自力更生的办法，经北碚有关人士的帮助，筹办了文化基金委员会。最初开源是从通、南、巴贩运木料。后筹建华生公司生产滑石。同时将自来水公司、北碚建筑公司、民众会堂及北碚印刷厂等划归文化基金会领导。一九四二年经与大流氓杨虎、大特务头子罗国玺三年多的激烈斗争，摧毁了他们欲插手二岩合记煤矿、捞取活动经费的阴谋，于一九四二年取得合记煤矿的经营权。一九四四年又买到矿权，改名和平煤矿，由文基会单独经营。从此文基会的经济效益逐年增多、为北碚地方创造了一大笔财富。民众会堂从美国购置电影设备，抗战后三四年，为图书馆购置十万册以上的书籍,为北碚医院在加拿大购置的医疗设备以及捐赠中国西部科学院五万元以上的美金,都是由文基会开支的。这些都是二哥赞同和支持的。一九四九年郭沫若去苏联考察,旅费不足,我秘密赠他一笔美金,也是由文基会开支。嗣后我告诉二哥,他不仅赞同,还说我做得很对。一九四九年十二月初,北碚和平解放,北碚全部事业完整地交给人民政府,以及献交了文基会历年所积累的全部黄金、外汇、银元等实物的情况,后来二哥从香港回来知道了,非常满意。他苦心经营的北碚在新中国成立后,终于完整交给人民政府来建设,将会实现他在旧中国难以实现的夙愿。这怎不使他由衷地高兴呢?

(九)

二哥一生是公而忘私,为而不有。讲贡献,不讲索取。一心为着国家的利益、事业的利益、民众的利益,忘我地不知疲倦地劳动,而自己则一无所有,没有房屋田产,没有积蓄,自己仅领取民生公司的一份工资过着简朴的生活。他所担负的一些企业的董事、董事长的舆马费都捐给科学、文化、教育事业。连他家里与民生公司职工一样,从年终分红中,得到公司送给的一点红酬股,他也拒绝接受,并在去世前夕,留给二嫂的唯一遗嘱,也是提到退还公司。他生平都以这些高尚思想行为教育学生,影响他人。我的三哥卢尔勤由于幼年吃尽贫困苦头,后来他就自己经营"全记煤矿",望生活能有保障，在二哥的影响下，三哥于抗战初期，将自己的全记煤矿送交中国西部科学院经营，改名为"全济公司"。解放初期，北碚人民政府急需办公用房，进行"征租"的情况下，他也无条件地将自己的一幢楼房和一幢平房让政府使用。同时又将历年积蓄的黄金，交北碚政府用作地方公益，三哥生活就靠一九四八年把全济公司与天府煤矿合并时，天府煤矿拨给的一笔酬谢股。

二哥更为可贵的是：他具有崇高的道德品质。对父母极为孝顺，每见父亲那为全家生计背麻布捆子打起茧疤的双肩，就要痛心得流泪。父母两家都贫困，母亲是作为童养媳来到我家，生子女十四，由于营养不良和生活环境太差，出生后多夭折，仅存我兄妹六人。父亲因积劳成疾，早年去世，家庭重担就落在母亲和大哥身上。他对母亲一生辛劳，更加孝顺体贴。早年，他在外作教师的一点微薄收入，也要抽出大半寄回家，供养父母兄弟，自己过着极为简朴的生活。一九三七年初他把母亲和大哥大嫂同住的老家搬来北碚，这样大家相聚的机会多些，让母亲有个幸福的晚年。不幸当年夏天母亲突然中风去世，他从南京赶回料理母亲后事，在极度悲痛中亲手执笔写了一篇《先妣事略》缅怀母亲含辛茹苦的一生，哀婉凄切，读之催人泪下。母亲死后，大哥大嫂的家，就作为我们的老家。仍按月寄钱回去，由大嫂当家。最难得的是尽管他自己的工资不多，但大哥死后，大嫂的生活费用仍由二哥负担，他一直把长兄长嫂视如父母一样尊敬。二哥对我在生活上也是关怀备至。我的孩子多,他知我工资不敷,经常给我经济上的补助,二嫂也一针一线地为我家孩子做鞋脚。解放后,我离开北碚管理局,在尚未接任重庆工作以及工作初期的低薪制时,生活困难,二哥按月补助我生活费用,甚至在他还要靠儿子寄工资补贴的情况下,也未终止对我家的资助。二嫂为人贤淑,善理家务和管教孩子,但是一个旧式妇女,识字不多,不善交际应酬,二哥对她很好,工作再忙都要抽空教她读书、习字,从不嫌弃,而是身不二色地始终如一。这样高尚的品德,在旧社会可说是凤毛麟角,难找一二。二哥对人很重情义,合川著名史学家张石亲老先生死于北京,他以后学和曾协助张老编过县志的关系,不惜代价、不怕麻烦,亲自将他的灵柩从北京护运回合川,葬于学士山。他对人一向谦逊谨慎,平易近人。对服务员谈话都离不开"请"和"谢谢"。他对服务员的关心和爱护有时胜过亲人。一九五〇年他从香港回到重庆的一段时间里,为了把停在香港和海外的十几艘轮船返回大陆和考虑民生公司公私合营的问题,不分昼夜操劳的情况下,晚间还要挤出时间为跟随他的青年服务员关怀补习数学、讲解国文,关心他的前途。一九五〇年北京开会时的精彩文娱晚会节目,参加会的同志大都带着爱人或孩子去看,那时二哥的小女儿正在北京,他却没带小女儿去看节目,而是把服务员关怀带去了。

（十）

一九五二年二月上旬末，正当我在广安参加土改，传来二哥不幸逝世的噩耗，真如晴天霹雳，悲痛万分。嗣后才知他逝世前的一段时间里，二嫂忙于妇女互助会的工作，经常不在家里。大的子女在工作，小的在读书，都不在身边，随时跟他一起的服务员关怀，在几天前就搬去公司，不住在家里。逝世的那晚，二哥一人从公司回到家里，二嫂在外开会也未回来。为着国家民族的兴盛、为着民众的利益，在我国航运事业和地方建设作出贡献的二哥，就这样的离开了人间，怎不令人悲痛万分！广大群众也为之哀悼不已。特别是毛主席、周总理为建设新中国失去一个难得的人才而惋惜。毛主席曾这样感叹："如果卢作孚还在，国家要他担负的责任总比民生公司大得多啊！"还把卢作孚称作我国搞实业不能忘记的四个人中之一。

二哥的一生是爱国的一生，是为振兴中华，艰苦奋斗的一生，也是坚持教育的一生。不管他是从事教育，创办实业或建设地方，都是从教育着眼，认为只要开发民智，施以教育，把人培养起来，提高其技术和管理能力就会为建设祖国服务，就能把贫穷落后的中国建设成现代化的富强国家。在思想行为上以身作则，在事业上以成绩表现于社会。强调"从行为上影响别人，自得人佩服，才会收到教育人的效果；以事业成绩去影响社会，才会得到人们的同情、支持，进而可收到改革社会的良效"。二哥的崇高品德和光辉业绩至今犹为广大群众所称颂,关键就在于此。今天我国正进入深化改革、建设四化的时候,使我更加怀念我的二哥。若二哥在天有灵的话,见到国家的兴旺发达,当是何等的欣慰啊!

选自《卢作孚追思录》,周永林、凌耀伦,重庆出版社2001年版,第29—41页。

谢冰莹

谢冰莹(1906—2000),原名谢鸣岗,字凤宝。有《前路》《女兵日记》《女兵自传》等。

乳花洞

如果到过北温泉的人,不去游乳花洞,未免辜负了温泉公园的美景,而且也太对不起乳花洞了。

"喝,真想不到这儿还有这么雄壮美丽的瀑布!"

当我在乳花洞的旁边,看到这一处为我生平最爱欣赏的美景时,我竟喜欢得大叫起来了!

大家都停住了脚,细细地领略这些水珠打在石头上的声音,不知怎的,我每一站到宏大雄伟的瀑布面前,就感觉自己的渺小,觉得我的生命,还不及一朵浪花的伟大。

"这里的乳花石是最有名的,许多人拾了回去雕刻图章,价值很贵。以前还有人从洞里敲下,现在被禁止了。"

郭大姐对于瀑布,似乎引不起什么兴趣来,她忙着蹲下去在溪水里摸一块石头给我,颜色是橙黄的,中间夹着几条黑色的花纹,的确可爱。

虽然瀑布不很高大,但雪亮的珠帘一倾而下,也够使你胸怀开朗,精神爽快了。

一走进洞,就看见石桌石凳,这是那十六个小朋友每天早晨上课的地方。他们实在太幸福了,在这鸟语花香,海水淙淙的幽静地方上课,游玩,谁不羡慕呢?

有几个工友刚拿着吹灭了的蜡烛从洞里出来,身上涂满了泥浆,有一个全身都变成泥菩萨了,大概他是在洞里打过几个滚来的。

"啊呀,好深,好深!"

听他们的语气,知道洞里可以进去,我简直欢喜得要发狂了。连忙向他们买了蜡烛和火柴,就开始探险寻奇的工作。

奇怪,洞口的那个像象鼻子下垂的乳石,和桂林伏氏岩的试剑石一模一样,所不同的,石头的下端脱离地面比较高,大约有四五寸的样子,一步一步地慢慢走进去,很像七星岩里面的风景,有的乳石像莲花瓣,有的像菩提珠,有的像一棵树,有干有枝。有的洞里的路特别滑而陡,稍微不小心,就会滚到不知什么地方去,而且说不定有性命之忧。有一处转角的地方最危险,刚刚只容一只脚踏住那块小石头,胆小的人,到此大概再也不敢前进了。但是朋友,你们大着胆子吧,由这儿下去,还有最美的风景呢。

走到一处最低矮的地方,我们都把头低下,缩着身子像背纤的船夫似的爬了过去。一会儿突然又觉得海阔天空,抬头一望,只见有几点像星星般的阳光从顶上射进来,增加洞里不少的生气。

"谢先生,您仔细点,千万不要走进妖怪洞,据说曾经有三十几个人走进去都没有一个回的,真是太可怕了!"

郭大姐到底是个孩子,她煞有介事地说着,哪里知道我是个天不怕地不怕的蛮子。

"那好极了,我一定要去,如果见到妖怪,我们把他消灭,天下不就太平了吗?"

我说着,他们都咯咯地笑起来。笑声在石洞里发出回音,好像弹钢琴一般的音乐,好听极了。

走到一处路很窄狭而陡滑的地方,石洞再也行不得了。

"我没有办法走了,只好望着你们去游吧,我在上面等候。"

她失望地说着,随着我那火光走的是郭大姐和杨先生。

洞里有四条支路,我们都去游了,最长的还是那条正路,大约有一里左右。走到最终点,下面是一个无限深的壑,水流的很急,响声洪大,很像滩,头上的水也不住地滴着。我们都被阴森寒冷的空气包围着了,蜡烛突然黯淡起来。我还想冒险下去,但他们已向后转,于是只好向杨先生借了笔来,在石头上写上我们四个人的名字,这样的事我还是生平第二次做哩(第一次是题诗在南岳山的祝融峰上)。

"看到光明了!"

在黑暗中呼吸了将近半小时的我们,一见到由洞外射进来的阳光,不觉都欢呼起来。

(选自《冰莹抗战文选集》,建国出版社1941年版)

选自《谢冰莹散文选集》,傅德岷,百花文艺出版社2009年版,第332—335页

嘉陵江和北温泉

一　碧绿的嘉陵江

凡是到重庆的人,谁都羡慕嘉陵江的美丽,那碧绿得像海水一样的清流,终年不息地响着幽美,清脆的调子,它可以荡涤你心中的郁闷,可以洗尽你心中的烦忧,可以洗尽心中的一切肮脏与罪恶,你只要站在嘉陵江畔,便觉得自己是最崇高伟大的人,你不但感到愉快,而且感到骄傲,但是有时当江水滔滔地流着,奏出不平的调子来时,你又会觉得自己的渺小,渺小得连一朵浪花,一根水草都不如,你突然会忆起你许多伤心的往事,而感到人生的渺茫。

单只嘉陵江是不够美的,一定要配合着摇船的舟子,配合着拉纤的船夫,那哟嘿呦呵的声音,叫出人类的向上,前进,挣扎……

记得是二十八年的春天,我住在嘉陵江畔一座被敌机炸毁了的楼房,后面有一个用洋灰建筑的平台,可惜只剩半边了,每当清晨或者黄昏,我总爱一个人躺在平台的椅子上默默地凝望着嘉陵江。有时构思一篇小说,有时回忆着痛苦的过去像毒蛇咬着我的心房,曾好几次像发疯了似的想纵身一跳投进嘉陵江的怀抱,以了此多难的残生,但一看到那些船夫弯着腰像狗一样两手当作脚爬,拼命挣扎的情形,我又得到了新的启示,觉得人生应该是奋斗的,消极的后面,紧跟着灭亡,只有奋斗,才能够打破一切的困难,化逆境为顺境。

正在这样想着时,后面来了好几只大船,最前面的那一艘不知装的什么货,特别沉重,背绊的人几乎把胸部都贴在地上,脚步也特别迟缓,也许是后面的船在催促他们快走,所以更要挣扎着前进,走在最前面的那个船夫,突然晕倒了,他直挺挺地躺在沙滩上像一副僵硬的死尸,同伴们都蹲下来救治,后面船上掌舵的人,不知他们为什么停住,于是乱嚷起来,仍然催着他们快走,不要阻止别人的前进,前面拉纤的人也恶狠狠地回答他们:"人都死了,你们还乱嚷作啥子,杂种,你们有本事,你们从尸体上踏过去吧!"

真的,后面的船赶到前面去了,他们对于那躺在地上的人,好像一点也不觉得稀奇,我的两条视线紧紧地望着他们,直到他们把晕倒的人抬上了船,余的人又拉着船走远了,我才吁了一口长气把视线收回来。

很久后来不知道那个人是死了还是被救了,我还在怀念着,好像怀念着美丽的嘉陵江一般。

黄昏,嘉陵江更美了!落日的余晖照在水面上,荡漾着粼粼的金波,蔚蓝的云覆着蔚蓝的江水,把整个的宇宙染成了蔚蓝色,使人感到一种恬静而和平的愉快,有时从远处传来那有节奏的捣衣声,打破了空间的沉寂。我凝视着,凝视着太阳慢慢地从水里上来,如今又慢慢地从水里消没。嘉陵江呵,你是那么温柔而又壮健,你整天响着令人相思的调子,可会知道我心中的烦忧?可能淡涤我的痛苦?……

二 乳花洞的瀑布

在北温泉我曾住过一星期,对于温泉和那些红花绿草,我并不感到怎样有兴趣,这也许因为我不会游泳的原故吧,倒是乳花洞曾经给了我一个很美的印象。

乳花洞外面,有一道并不十分高而却相当雄壮的瀑布,游人一走到这地方,如果是夏天,总喜欢用双手去捧瀑珠,哪怕把衣服和头发通通打湿了,他也不在乎。对于瀑布,我想没有人不喜欢的吧,它那飞奔澎湃的姿态,令人立刻起一种雄壮,伟大之感,如果是个有病的人见了它,一定会突然变得健康起来,一个消极的人见了它,也会突然变得积极起来,的确显得瀑布是太伟大了,它的每一朵浪花代表着宇宙间一个奥妙的生命,它充满了生气,充满了力量,没有任何力量能够阻止它的倾泻,能阻止它向前进,人如果像瀑布似的雄浑,有生命力,有奋斗力,我想,世界上还有做不到的事吗?

为了爱恋着瀑布,我每到了它的身边就流连忘返,乳花洞,也是先对于瀑布发生了好感,所以才不怕危险地走了进去。

这也许是我的个性特殊的原故,我喜欢爬高山越险岭,喜欢穿怪洞,履危崖。在桂林时,我最爱游七星岩,一次还不过瘾,来了个第二次,我想即使再游三次四次也不会感到厌烦的,乳花洞比起七星岩来自然是小巫见大巫,但我同样地喜欢它的秀丽,那些葡萄似的垂乳石,实在太美了。进去大约有三十丈远的地方,突然听到淙淙的水声,因为是从石头底下流出来的原故,所以特别清脆,顺着声音走去,慢慢地发现一股清泉像一条白练似的从石缝里流出,再往下看,是一个无限深的黑潭,我试着丢下两颗石子,那"的冻"的声音,恰像触着钢琴的键盘一般那么好听,于是又接着投下许多颗石子,声音出来得更急更猛烈,同游的小朋友,忽地害怕起来,她说:

"这里从前是有名的妖洞,十个进去,有九个不见回,我们快走吧,不要在这里久停。"

"不,我一定要看看妖怪究竟是什么模样,如果真的见到它,我相信能够消灭它,而绝不会被它消灭。"

小朋友笑了,于是我又用石子丢在潭里,奏了一首更美丽的歌。

本来还想往前进,只是路太黑了,而且连火把也没有,只好转回来,当我们在黑暗中摸索,忽然看到有一线光从岩顶上射进来时,大家高兴到狂呼起来了。

"找到了光明!"

我也大声,真的,一个在黑暗中找不着出路的人,突然发现了光明,怎不教人高兴呢!

在洞里,浑身都是凉爽的,出来可就不同了,但当你走到瀑布的面前时,又会使你感到凉爽,痛快。

我曾到过南温泉,也游过缙云山,但印象给我特别深的还是嘉陵江和乳花洞前的瀑布。

一般地说来,四川的风景是美的,可惜我没有到过峨眉山,也没有游过比北温泉南温泉更好的地方,非常可惜!我常常在憧憬着,总有那么一天,我会游遍全中国的名胜,我相信这目的在抗战胜利之后,一定可以达到的。

来到这荒凉寂寞的西北,不觉快三年了,常常在脑海里怀念着住在嘉陵江畔为祖国努力建设的朋友们,应了编者的要求,我重新地写了一些上面一些没有系统的话,文字是太拙劣了,它实在不能描写我的心情于万一。

再见吧,美丽的嘉陵江!

再见吧,雄伟的小瀑布!

三一、十二、二一夜于西安

选自《川康建设》1943年8月第2-3期,第133—134页

靳 以

靳以(1909—1959)，原名章方叙。有《圣型》《珠落集》《洪流》《前夕》《猫与短简》《雾及其他》《幸福的日子》《热情的赞歌》等。

悼萧红

哀萧红
满红

对于死，
这战争的年代，
我是不常悲哀或感动的；
但如你那青春的夭折，
我欲要向苍天怨诉了！

如果能把悲哀留在人间，也还算是活在人的心上(就是极少的人也算数的)。可是有的人也曾在这世上忙碌了三十年，至终，死了，连生前以为是最亲近的人也未必记得，把活着的记忆完全擦拭得干净了，那才是人间的大悲哀！

我记得萧红从香港是这样写来的："谢谢你的关切，我，我没有什么大病。就是身体衰弱，贫血，走在路上有时会晕倒。这都不算什么，只要我的生活能好一些，这些小病就不算事了……"

可是就我所知道的,她的生活就一直也没有好过,想起她来,我的面前就浮起那张失去血色的、高颧骨的、无欢的脸,而且我还记得几次她和我相对的时节,说到一点过去和未来,她的大眼睛就蕴满了泪,一转一转的,几乎就要滴落出来了。

有一个时节她和那个叫作D的人同住在一间小房子里[①],窗口都用纸糊住了,那个叫作D的人,全是艺术家的风度,拖着长头发,入晚便睡,早晨十二点钟起床,吃过饭,还要睡一大觉。在炎阳下跑东跑西的是她,在那不平的山城中走上走下拜访朋友的也是她,烧饭做衣裳是她,早晨因为他没有起来,拖着饿肚子等候的也是她。还有一次,他把一个四川泼辣的女佣人打了一拳,惹出是非来,去调解接治的也是她。我记得那时她曾气愤地跑到楼上来说:"你看,他惹了祸要我来收拾,自己关起门躲起来了,怎么办呢?不依不饶在大街上闹,这可怎么办呢……"

又要到镇公所回话,又要到医院验伤,结果是赔些钱了事。可是这些又琐碎又麻烦的事都是她一个人奔走,D一直把门关得紧紧的,正如同她所说的那样"好像打人的是我不是他!"

可是他自有他的事情,我极少到他们的房里去,去的时候总看到他蜷缩在床上睡着。萧红也许在看书,或是写些什么。有一次我记得我走进去她才放下笔,为了不惊醒那睡着的人,我低低地问她:

"你在写什么文章?"

[①] 1939年冬,萧红和端木蕻良搬到黄葛树镇上名秉庄(现于重庆市北碚区东阳街道),住在靳以楼下。

她一面脸微红地把原稿纸掩上,一面也低低地回答我:

"我在写回忆鲁迅先生的文章。"

这轻微的声音却引起那个睡着的人的好奇,他一面揉着眼睛一面咕噜起来,一面略带一点轻蔑的语气说:

"你又写这样的文章,我看看,我看看……"

他果真看了一点,便又鄙夷地笑起来:

"这也值得写,这有什么好写……"

他不顾别人难堪,便发出那奸狡的笑来。萧红的脸更红了,带了一点气愤地说:

"你管我做什么,你写得好你去写你的。我也碍不着你的事,你何必这样笑呢?"

他并没有再说什么,可是他的笑没有停止。我也觉得不平,便默默地走了。后来那篇文章我读到了,是琐碎些,可是他不该说,尤其在另一个人的面前,而且也不是那写什么花絮之类的人所配说的。

当她和D同居的时候,在人生的路上,怕已经走得很疲乏了,她需要休息,需要一点安宁的生活,没有想到她会遇见这样一个自私的人。他自视甚高,抹去一切人的存在,虽在文章中也还显得有茫昧的理想,可是完全过着为自己打算的生活。而萧红从他那里所得到的呢,是精神上的折磨。他看不起她,他好像更把女子看成男子的附庸,她怎么能安宁呢? 怎么能使疾病脱离她的身体呢? 而从前那个叫作S的人,是不断地给她身体上的折磨,像那些没有知识的人一样,要捶打妻子的。

有一次我记得，大家都看到萧红眼睛的青肿，她就掩饰地说：

"我自己不加小心，昨日跌伤了！"

"什么跌伤的，别不要脸了！"这时坐在她一旁的S就得意地说，"我昨天喝了酒，借点酒气我就打她一拳，就把她的眼睛打青了！"

他说着还挥着他那紧握的拳头作势，我们都不说话，觉得这耻辱该由我们男子分担的，幸好他并没有说出"女人原要打的，不打怎么可以呀"的话来，只是她的眼睛里立刻就蕴满盈盈的泪水了。

在我所知道的她的生涯中，就这样填满了苦痛。如今她把苦痛留在人间，自己悄悄地走了，这苦痛应该更多地留在那两个男人的身上。可是他们，谁能为她真心而哭呢？我想更深地记得她的还该是那些在生活上和她有相当距离的人。

所以她的死，引起满红的眼泪。满红自己也想不到，不久他也和她走上一条路，把悲哀留给我们这些生存的人，我们并不只做无谓的哀伤，因为我们也了解生命不必吝惜，但是生命的虚掷是可惜的。他们的宝贵的、青春的生命，却是默默地虚掷了。

（节选自《悼萧红与满红》，原载于《靳以散文小说集》，平明出版社，1953年版）

选自《萧红文集·附录》，萧红，济南出版社2020年版，第182—185

萧 红

萧红（1911—1942），中国近现代女作家，"民国四大才女"之一，被誉为"20世纪30年代的文学洛神"。有《生死场》《呼兰河传》等。

茶食店

黄葛树镇上开了两家茶食店，一家先开的，另一家稍稍晚了两天。第一家的买卖不怎样好，因为那吃饭用的刀叉虽然还是闪光闪亮的外来品，但是别的玩艺不怎样全，就是说比方装胡椒粉那种小瓷狗之类都没有，酱油瓶是到临用的时候，从这张桌又拿到那张桌的乱拿。墙上什么画也没有，只有一张好似从糖盒子上掀下来的花纸似的那么一张外国美人图，有一尺长不到半尺宽那么大，就用一个图钉钉在墙上的，其余这屋里的装饰还有一棵大芭蕉。

这芭蕉第一天是绿的，第二天是黄的，第三天就腐烂了。

吃饭的人，第一天彼此说"还不错"，第二天就说苍蝇太多了一点，又过了一两天，人们就对着那白盘子里炸着的两块茄子，翻来覆去地看，用刀尖割一下，用叉子叉一下。

"这是什么东西呢？两块茄子，两块洋山芋，这也算是一个菜吗？就这玩艺也要四角五分钱？真是天晓得。"

这西餐馆只开了三五日,镇上的人都感到不大满意了。

第二家一开门,那些镇上的从城里躲轰炸而来住在此的人和一些设在这镇上学校或别的办公厅的一些职员,当天的晚饭就在这里吃的。

盘子,碗,桌布,茶杯,糖罐,酱醋瓶,连装烟灰的瓷碟,都聚了三四个人在那里抢着看,……这家与那家的确不同,是里外两间屋,厨房在什么地方,使人看不见,煎菜的油烟也闻不到,墙上挂着两张画像是老板自己画的,看起来老板颇懂艺术,……并且刚一开业来,就开了留声机,这留声机已经好几个月没有听过了。从"五四"轰炸①起,人们来到这镇上,过的就是乡下人的生活。这回一听好像这留声机非常好,唱片也好像全新的,声音特别清楚。

一个汤上来了,"不错,真是味道……"

第二个是猪排,这猪排和木片似的,有的人就你看看我,我看看你,想要对这猪排讲一点坏话。可是那唱着的是一个外国歌,很愉快,那调子带了不少高低的转弯,好像从来也未听过似的那样好听,所以这一点味道也没有的猪排,大家也就吃下去了。

奶油和冰淇淋似的,又甜又凉,涂在面包上,很有一种清凉的气味,好像涂的是果子酱;那面包拿在手里不用动手去撕就往下掉着碎末,和用锯末子做的似的。大概是和利华药皂放在一起运来的,但也还好吃,因为它终究是面包呵,终

---

① "五四"轰炸:指一九三九年五月三日、四日,日军飞机对重庆市区的大轰炸,轰炸造成两千多人死亡的惨剧。

究不是别的什么馒头之类呀!

坐在这茶食店的里间里,那张长桌一端上的主人,从小白盘子里拿起账单看了一看。

共统请了八位客人,才八块多钱。

"这不多。"他说,从口袋里取出十元票子来。

别人把眼睛转过去,也说:

"这不多……不算贵。"

临出来时,推开门,还有一个顶愿意对什么东西都估价的还回头看了看那摆在门口的痰盂。他说:"这家到底不错,就这一只痰盂罢,也要十几块。"(其实就是上海卖八角钱一个的。)

这一次晚餐,一个主人和他的七八个客人都没吃饱,但彼此都不发表,都说:

"明天见,明天见。"

他们大家各自走散开了,一边走着一边有人从喉管往上冲着利华药肥皂的气味,但是他们想:"这不贵的,这倒不是西餐吗!"而且那屋子多么像个西餐的样子,墙上有两张外国画,还有瓷痰盂,还有玻璃杯,那先开的那家还成吗?还像样子吗?那买卖还成吗?

他的脑筋闹得很忙乱回家去了。

八月廿八日

选自《萧红全集》第5卷,萧红,北京燕山出版社2014年版,第319—321页

杨家骆

杨家骆（1912—1991），有《四库大辞典》《世界学典》《古今图书集成学典》《四库全书学典》等。

杨家骆致卢作孚函
（1938年1月21日）

作孚先生：

前闻先生出任"交次"，至为忻怃！从此先生在交通事业上之劳绩将溥于全国，然骆犹以为未足，尝读大著《中国建设问题与人的训练》及各种事业报告，深觉先生实为中国建设事业之领袖人才，交通事业特其一端而已。盖先生于技术及组织二者运用至为微妙，远非并世从事建设事业者所可望其项背。且所怀抱之社会思想至为远大，故所从事之建设事业亦即解决中国社会问题之途径，易言之，亦即复兴中国民族之途径。此言是否贡谀，先生当自知之。此次受命于危难之际，政府所付托于先生者至重且大，甚望先生于交通以外各项建设问题及消容失业青年问题，皆能有所贡献。犹记大著中曾劝人"无论其局面大小，都从所在的机会当中作根本的建设运动"，此种当仁不让之精神，实骆所钦佩者也。

骆昔侍南通张季直先生时，深觉先师事业太偏于单纯的经营方面，而于继起人才之训练及其事业在社会问题上之价值缺少注意。此原为时代所限，不足为责。因思创立一种

"公社"制度,以协调生产功能,改进民众生活,提升文化水准,增强社会动力,进而扩大青年出路,改造社会组织,以完成解决一部分社会问题之企图。所著《公社制度论》,凡二十万言,即从理论上与实际上对此项制度加以阐述者。

所谓公社制度者,即并合社会教育与交通、经济、健康、人事、救济等公共事业之业务组织,而成为一个新的、统一的、健全的、广义的社会服务机构。就业务本身而言:第一,可节省滥费,以备扩充其地域单位(现代式事业之功能,多不能普及内地);第二,使各事业得到微妙的配合,而增强其效能(机关虽经并合,而业务项目仍可细分);第三,将单纯的、机械的职业化为趣味的、创造的职业(据美国心理学者调查邮局职员性格报告,谓多变为苛细与阴沉一流);第四,使各项事业从业员在录用上、报酬上、保障上及公共设备享用上,有公平的获得;第五,可加强事业之社会意识;第六,可促成规模较大组织完善之团体生活。至如借改组而整刷弊端、裁汰冗腐,则属于消极方面,故不具论。公社之开办,既以原有事业为其基筑而合并之,则开办所费当不甚多。且原有事业中多有恃政府拨给经费者,此项经费,即可移为开办之用(曾照江苏预算详细核算过),无须另筹。及一经成立,即可自力维持;推行稍久,或可以其盈余从事事业之扩充及地方建设之投资焉。

骆致力于现代制度史(政治、社会、经济等方面)之研究者颇久,此作即为其结论之一部分,因含有建议性质,故提出单行。所引书报及各机关公团之报告书,凡数百种,而于大著及尊营各事业之报告，援据尤繁。然骆纸上谈兵，以视先生之已见诸实施者，诚又不足道矣。此稿于今夏寄沪付印，未及成而战事作，顷已托沪友录副寄汉。他日寄到，当再呈请教正，并备采择也！

民国二十年时，骆以私财十六万创辞典馆于南京，从事中国学术及史料之整理。七载以来，刊行拙著二十五种、一百五十册、三千数百万言，盖与廿四史同其量。战事既作，在北平、上海、南京、芜湖等地所藏之资料及印刷厂，或毁于炮火，或情况不明。尤以在平所藏报纸数百箱，在京所藏关系现代史料之杂志、公报、杂刊物五万余册，及拙著各书版片三万余块未能运出，最为可惜！现图于入川之后，在北碚觅一地点，使一部分工作得以恢复。前次敝馆同人西上，承予便利，谨谢！谨谢！兹拟仍请先生赐一介绍函，俾得持往北碚各机关要求参观，并接洽一切。设承俞允，尤为感幸！

附呈拙著《四库大辞典》一部，以表恳悃，拜乞指正！骆所著书尚有二十四种、一百数十册，多关于现代史者，俟运到再行补奉。甚冀他日能得一快谈机会，以罄区区之忱也！匆匆不尽。

敬祝

健康！

杨家骆敬上
一月二十一日自宜昌旅次

选自《卢作孚书信集》，黄立人，四川人民出版社2003年版，第618—621页

方　敬

方敬(1914—1996)，诗人，散文家，文学翻译家。有诗集《雨景》《声音》《行吟的歌》《多难者的短曲》《拾穗集》《飞鸟的影子》《花的种子》等。

永远年青　永远热情

郭老是个很热情的诗人。他的诗是很热情的诗，热情的诗人才能写出热情的诗。他自己和他自己的诗就是热情的化身。那热情简直就是一团火，一团烈火。他的热情拥抱着我们。他热情的火点燃我们的心，让我们的心像他自己的心一样燃烧着。他的诗集《女神》就是光彩夺目，炽热灼心的鲜红的火焰。

"女神"哟！
你去，去寻那与我的振动数相同的人，
你去，去寻那与我的燃烧点相等的人，
你去，去在我可爱的年青的兄弟姐妹胸中，
把他们的心弦拨动，
把他们的智光点燃吧！

从一九一九年五四运动到一九七八年，郭老的热情一泻六十年。对党,对祖国,对人民,对革命,对文艺,对学术。无往而不热情,到处都是他生命的光波,他热情的烈火燃烧在每个人的心里。早年,他向太阳礼赞:"太阳哟,你请把我全部的生命照成道鲜红的血流!"他像火山似的爆发出反帝反封建的革命热情和反抗精神,呼喊思想解放,争取民主自由,召唤民族新生,追求一个无产阶级者的美好的未来理想——创造新世界。在他辞世前不久在全国科学大会闭幕式上作的讲话《科学的春天》不啻热情洋溢,春意盎然的诗篇,盛赞革命人民的春天,盛赞任重道远的新长征,盛赞实现社会主义现代化的伟大理想,他一生如烈火一样地燃烧。他的热情如鲜红的火扑向人心,使人感到发烫。

郭老热情,郭老年青。热情的郭老,年青的郭老。他的一生都是青春。无论他的青年,他的壮年,或者他的老年,都是朝气蓬勃,春色浓艳,充满青春的活力。他年逾八旬,犹有"赤子之心",随笔挥就的每篇诗文,胜似他青年时期的生动、活泼、新鲜、光华。他在《科学的春天》里,热情满怀地说:"这是革命的春天,这是人民的春天,这是科学的春天!让我们张开双臂,热烈地拥抱这个春天吧!"郭老的晚年还是他生命的春天,真是他的生命之树常青。

一想起郭老,就自然地想起他的热情贯注他的一生,他一生都是青春,并激发起我们的热情,使我们自己也感到年青。

郭老热爱少年儿童,为少年儿童写过诗。有一次,小朋友们赞美郭老,并向郭老情致殷殷地请教。郭老亲切地对他们谈诗,还以诗相赠:"郭老并不老,诗多好的少,大家齐努力,学习毛主席。"他是这样热情地关怀启发、鼓励和希望孩子们。"郭老并不老",是的,他是永远年青的。"大家齐努力,学习毛主席",他不但年青,而且竟与孩子们打成一片了,要与孩子们一同努力,一片何等可爱的童心。

郭老总是那样热情,总是那样年青,像青年一样热情,像青年一样年青。他总是那样热爱青年,他的心与青年的心在一起跳动。

一九五七年。我们西南师范学院主要是中文系有些有志于文学写作的青年学生决定要办一个刊物,叫作《桃园》,作为青年文学习作的园地。他们想到学校的校名是请郭老题的字。他们刊物的刊名"桃园"两个字,他们想,假如郭老愿意挥毫,那多美!他们又想,郭老远在北京,谁都知道他够忙的,又怎么好为了请题个刊名而去打搅他呢。果真去函相请,也不见得他能顾得上这样的小事,至少不会很快就有回信。想来想去,刊名如不由郭老题写总不甘心,最后打定主意,不管怎样,还是冒昧去信试一试吧,没有料到不久题字就来了。更喜出望外的是郭老还专为刊物的创刊号写了一首诗《桃园花盛开》。这首诗形象地描绘出他想象中的"桃园",也就是他对刊物未来的希望。青年同学欢欣若狂,奔走相告,争阅郭老的手迹,传诵郭老的诗篇,心情十分激动。题字既是对青年学生和青年文学爱好者热忱的关怀和有力的支持,而题诗则更是对他们亲切的爱护和深切的指导,使他们受到莫大的教育和鼓舞。郭老火一样的热情使青年学生心里的热情燃得更旺了。他们决心要办好刊物,绝不辜负郭老的美意和殷望。院里和系里的同志都认为郭老对《桃园》的重视,也就是对学院的期望和鞭策,深深感谢郭老的热心和启示,并且要像郭老那样支持青年学生办好刊物。

由于郭老的刊名题字和专为刊物题诗的号召力,《桃园》才可能成为当时第一个公开发行的大学生文学刊物。印刷厂的工人同志一看见郭老亲笔写的诗,脸上立刻浮满笑容,他们保证一定要把刊物印好。大学和中学的同学争相购阅。重庆市作协和《红岩》杂志的编辑表示要向郭老学习,关心和支持《桃园》好好地成长。

郭老写《桃园花盛开》已是六十多岁的老人,但是他的诗却那样热情,那样年青。这首诗在我们面前呈现着一幅满山遍野烂落云霞的春景。

春天来了,您首先就开花,
您使满山遍野烂落云霞。
开了花,又结出丰盛的果实,
您是那么单纯,爽快,不虚假。

"花实并茂"首先就要数您,
但您却没有骄矜的神气。
您不和牡丹花比赛豪华,
您不和兰草花争做君子。

杏花,李花,看来是您的好朋友,
林檎,樱花,和您也是手携手,
您不嫉妒,不垄断,不争门户,
只求自己的本分尽得足够。

工人,农民,谁个不喜欢您?
尤其是普天下可爱的孩子,
祝您千年万代地开花结实,
使人间转化为快乐的园地。

　　郭老是个伟大的园丁,他在"桃园"里热情而又辛勤地培育桃花,让他开花结果,花实并茂,让工人,农民都喜欢,让人们都喜欢,要千年万代地开花结实。我们感谢郭老的热情和辛勤。

　　回忆郭老,就想到他那样热情,那样年青,想到红花和绿叶,想到他热情的光彩和青春的美荫。

　　郭老的生命是永恒的。他的热情似火,他像春天一样年青。

一九七九年四月十五日

　　选自《方敬选集》,方敬,四川文艺出版社1991年版,第922—926页

绿　原

绿原（1922—2009），原名刘仁甫，曾用译名刘半九。有《又是一个起点》《人之诗》《另一支歌》《我们走向海》《绿原自选诗》《向时间走去》等。

回忆《诗垦地》

《开卷》（二〇〇五年第六期）有一篇文章回忆复旦大学的《诗垦地》。单从题目来看，我先欣然以为，它指的是当年陪我在创作道路上起跑的那个刊物。待读到"粉碎'四人帮'以后，由姚奔先生创办的复旦大学的诗刊《诗垦地》，还在继续出版"这一句，才发现是我误会了。这个刊物虽然也叫《诗垦地》，也在复旦大学办，也同我的老友姚奔有关系，它却出版于上世纪五十年代，原来是比我的揣测对象晚十年的另一个同名刊物。误会冰释了，我并不失望，反倒感谢它，使我就此重温了几近淹没的一段青春之旅。

从一九四一年到一九四四年，三年还不满，这才是由邹荻帆和姚奔两人共同署名主编的诗刊《诗垦地》的实际年龄。这时，邹已是三十年代起闻名全国的青年诗人，姚奔则是正在大后方诗坛走红的新锐。除了这两位主编，《诗垦地》的基本成员还有曾卓、冀汸、冯白鲁（笔名桑汀）、张小怿

（笔名柳南）、绿原等人；其中曾、冀已有成名作问世，冯、张当时在社会上也颇有名气，绿则不过是个"初来的"。一九四一年冬，它的创刊号问世。一九四三年夏，姚奔从复旦大学新闻系毕业。一九四四年初，邹荻帆被征调充任来华参战美军译员。二人离校后，《诗垦地》无人挑大梁，也就无形中寿终正寝了。

除了曾卓，《诗垦地》所有成员都先后成为复旦大学的学生。它的通讯处却不设在复旦大学，而在另外三个地方：一是"重庆北碚黄桷镇邮箱第一号"，二是黄桷镇张小怿的私人宿舍，三是"重庆中一路一〇四号冯白鲁转"。第二个是一间比较偏僻而安静的小楼房，除了几个同人，平时很少有人去，它正是《诗垦地》的编辑室。第三个是冯白鲁在南林印刷厂任会计的办公室，因此也是《诗垦地》的印刷所；又由于冯与文化界，特别是影剧界过从甚密，这里也就顺理成章地成为《诗垦地》的重庆办事处。

《诗垦地》没有向国民党政府登记，成为一个有刊号的正式期刊，只能作为不定期的"丛刊"，每辑用一个书名送审后出版。它一共出了五辑或六辑，我只记得其中四辑的书名：创刊号叫《黎明的林子》（借用姚奔的一首诗的题目），终刊号叫《滚珠集》（是邹荻帆离校后在成都编印的），中间两辑叫《高原流响》和《春的跃动》，另一个或两个书名，怎么也记不起来了。

《诗垦地》不是一般的同人刊物，更不是限于大学范围的校园刊物，它面向社会，拥有广泛的多方面的稿源。同人的作品当然不会被拒绝,但它主要依赖外稿。所谓"外稿"除指社会上的自由来稿外,还有两个特殊的来源:一个是"皖南事变"(一九四〇)后胡风出走香港前交由路翎处理的一批《七月》待用诗稿,另一个是由八路军办事处张颖转交冯白鲁(地下党员)处理的、周恩来从延安带到重庆来的解放区诗人的作品,如田间的一篇长诗《鼠》。但是,在《诗垦地》的作者中间,写得最多、发表率也最高的,是当时在国民党军事机关隐姓埋名的著名诗人S. M.(另有笔名师穆、圣门、阿垅等多种)。这里不妨举他在苏联抗德入侵的卫国战争爆发不久(一九四一),及时发表在该刊反法西斯特辑中的长诗《末日》为例,最后一行是"地狱之门在希特勒的蹒跚的背影最后消失以后严密关闭!"以见作者刚劲的艺术性格和《诗垦地》鲜明的政治倾向。

时值国民党政府的第二次反共高潮,国统区文化界十分萧条,进步刊物纷纷停刊。《诗垦地》当时刊出上述那些作品,是颇引人注意的,至少可以说是照亮黑夜的一粒萤光吧。说是"一粒",还因为当时在大后方,已有不少新诗写作者和爱好者,例如以杜谷为首的另一批诗人,他们在成都编辑出版了诗刊《平原》。平原诗社和诗垦地社由于诗风相近,有过不少友谊性往还,包括诗艺的切磋和稿件的互惠,其中媒介就是善于交游的曾卓。

关于《诗垦地》及其有关情况,邹荻帆生前以专文形式写过一篇翔实的史料。它的原稿,我在他那里读过,印象已经模糊;如果当时发表了,刊样想必在有心人那里还找得到。

旧日同人纷纷凋零，难有细谈《诗垦地》的机会了，我尽自己的记忆写这则小文，不过为了填补邹文的空缺，如果它终于找不到的话。

选自《冷摊漫拾》，蔡玉洗、董宁文，北方文艺出版社2015年版，第136—139页

林凤如

林凤如(1923—1971),林语堂先生长女,又名林如斯。有《林语堂女儿的日记——吾家》《赛珍珠传》《重庆破晓》等。

城

我曾爱过一个城市吗?假若我们爱过,那么就是北碚。啊,北碚,要我忍受离开她的烦恼真会使人发疯!

我们几乎每天清早或傍晚进城,因为没有别的地方可去,并且我们老有一点事情要去做。这是一座繁盛的城,虽然是废墟,烧焦了的土地,还是可爱的。店铺的东西很贵,因为明天也许被炸。每次轰炸后北碚更光辉地存在着。炸弹把一切渣滓都淘汰了。所以每次都更显得纯洁些。现在剩下的只是精华的部分了。

三条主要的街道我们已非常熟悉。经过多次的巡游以后,每个角落都清楚了。街道是古老而典雅,人民是现代中国有趣的混合。人们从各处来,可都非常愉快的为北碚所同化了。周围浮着友爱的气氛。我们全体有一个共通之点,就是说,当电灯总开关开了时,普遍"哈"与"啊"的快乐呼声。这是很可笑的,老幼都这样地喊。还有别的地方电灯这样被珍视的吗?当我们看见一些房子被烧着时,心里含有同样的感觉。假使你在店里谈论起前次轰炸的时候,他们会乐意告诉你一起夸张的故事。你知道,我知道,天知道,而当我们射落五架飞机时,就轰动全城了。每个人都晓得啦,包括那些不读报纸的人们。当市场上充满了谷子时,每个人都有谷子了;当端午节来到时,每个都拥挤到广东食品店去买粽子吃。真有味!这像是穿了一双旧鞋子,舒服并且自在。在这里没有油腔滑调的人,假使有,在北碚就叫他们旅行者或临时客人。北碚是每个人都爱的地方,不愿意她有异端,炸弹毫不能动摇我们友爱的空气。仅能加强它罢了。

没有比战争这件事再能把我们结合在一起了。我看到伟大而强烈的同胞爱是怎样地消灭了微小的猜忌。

我们见过房子烧掉了,人们怎样惋惜它们,我们中的感情是相同的。我们注视着废墟,也注意着存在的房子,我们既不嫉妒也不嘲笑人家。毁灭的机会是在我们约束能力以外的事。每个人尽量出力或招待朋友到他们家里去。当有些房子决议要拆掉开出避火巷时,房主们衷心的顺从了,他们搬了家,因为每个人都爱北碚。愿意把她从毁灭中尽可能地多救出一些。而当旧的房子烧毁时,我们随处建设起新的房子来。

我最爱北碚,是在清晨七点钟的时候,那时我听见在河岸上船夫们上下货物的"嘿啊!啊啊"的喊声,那时本匠店里凿子和斧头敲击着木头,那时人们正从废墟里收集着砖头和玻璃,当我看见工人们在挑着水,面团在油中滚腾着,妇人们洗涤和捶擦时,我高兴我正是她们中的一个。当街市上拥挤时,每个人都做生意,在吵闹,在买卖,在议价,在计算时,我也急急忙忙去做些事情，以便掺进他们一块去。

这儿有工作和生活，战争和收获，厌倦在这儿没有位置。每个人在劳动，不是用他的手，他的脚，就是用他的头脑。天气酷热，每个人流着汗，去卖力工作，去奉献，去生活。废墟让他去，没有人理会他们。一个人的职务是建设，不是去悲伤失去的东西，是要在一个短时间内做很多的事情，因为时间是极端可贵和有限的。这像是在夏天饮一杯热茶，宁可使身体顺着自然秩序发汗，也比啜饮一杯冰水和最笨地躺着乘凉好。

……每个人战斗着求进步和自卫。所有的人乐意地生活着，因为前面有一个理想。没有理想，真理不是真实的。人努力去改革社会，去制止战争，虽然他不过是住在房子里。世上有变革和战争，革命和换代。但没有一代失去了希望。当我观察在北碚的人们，他们的面孔，他们的眼睛，和透视到他们的欲望和理想的时候，我确信北碚和中华民族会永存下去，这些面容向我保证，没有贪婪没有兽性的表现，没有下贱的行为，没有醉生梦死的表现，不轻佻也不冒险。这是人类所有最佳的面容类型了；这是自尊的面貌，这是人类的至性和有文化素养的面貌。……

啊，北碚！看到了我在外国所梦想的事，是多么的奇怪啊，北碚可不在乎别人怎样批评她。她管自生活着，这就够了。

每隔三天一个市集的日子里，农夫们从四乡甚至二十里外跑来了。他们从黎明动身，带着青菜、陶器和藤篮等各种东西在这儿集合了，他们做着买卖，在城里跑来跑去，也带回许多东西。约莫六点钟,他们到了城里,把篮子推开在街上,等候着买主。这像是一个乡村市场,农民们有着充裕的时间做着买卖。他们懂得了战时的各种变化,也懂得提高卖价,因为现时是什么东西都贵了。他们看到满载军用品的车子滚过街上时,便点着头,或是伸伸舌头道:是哟!嘿,现在是新中国啦。是哟!好家伙,嘿!我可以打赌,我们这些武器,定会打破日本人的脑袋!是哟!

……这儿有一种"作风":当敲着锣向他们要这要那时,人们随便躲在什么地方去,这就行了。在另一个晴天的市集上,他们到城里去,也尽可能的做着买卖。他们有腿可以跑呀。要腿做什么的,真是!躲在山里的树下以后,他们抬头看着空中落下的炸弹。凶吗?好家伙!烟,尘土,还有那种闹声。房子的倒塌声,幸亏他们住在乡间。他们下了山,既没有炸死,那么轰炸后就可以为了责任而集合了。他们多方面分配去做不同的工作,去帮助抢救值钱的东西,去抬伤者到医院去,去推倒危险的房屋,去清除街道。他们晓得怎样帮忙。他们看到了轰炸后的牺牲太大了,真惨,他们的同情心被引起了。

是的,就是这些人民,农夫们和劳动者们,才是打胜仗出力最大的人……

摘自《北碚在抗战:纪念抗战胜利七十周年》,李萱华,西南师范大学出版社2016年版,第143—145

穆 仁

穆仁(1923—2019),本名杨本泉。有《早安啊,市街》《绿色小唱》《星星草》《丰收》等。

引人的夏坝

1938年初复旦大学迁来北碚。1942年复旦由私立改为国立。1943年初我在兼中高一班毕业,1943年秋考入复旦新闻系就读。

在复旦迁来之前,北碚虽然有一些文化设施(如中国西部科学院、博物馆、图书馆、《嘉陵江日报社》、体育场、民教馆、公园等),也有些学校如兼善中学(1939年秋才增办高中部,在那以前只有初中部),但作为文化区来说当时知名度还不大,不能和沙磁比美。自从综合性大学的复旦(包括文、理、法、商、农学院加上土木工程系)迁到北碚,江苏医学院相继迁来,加以不久北碚附近的歇马场迁来晏阳初的乡村建设学院,梁漱溟在金刚碑创办了勉仁学院,国立剧专也在抗战后期由江安迁来北碚……北碚文化区很快就名声鹊起了。

作为复旦学生,我深切地感受到作为文化集体存在的复旦具有的文化凝聚力和辐射力,以及它对北碚文化区的形成的巨大推动。首先，复旦有那么一大批全国倾仰的名教授，他们的名言谠论，学术著作，起着权威性的影响，这种精神上的力量是无法计算的。其次，就在我的同学中也有一批崭露头角、为当时青年注目的人物，如邹荻帆、绿原、冀汸、姚奔、石怀池（束衣人），都已成为诗歌、评论文坛上升起来的新星。事实上，这只是复旦学生露出水面的冰山的一角，暂时知名度较低的同学还多着呢：例如，我当时就拜读过新闻系同班同学魏文华的两部长篇小说手稿，一部写绥远（魏是绥远人）抗日活动，一部是题名《刘邦传》的历史小说，每部都是几十万字，我读后的印象是不逊色于某些公开出版的小说；我还读过史地系同学谢德耀（笔名"布德"）在入校前出版的短篇小说集《三百零三个》，作品以东北鄂伦春族生活为题材，笔调清新可读，该书为上海良友出版公司的"良友文艺丛书"之一。最后，受这一文化集体的吸引，在它周围也积聚着一些同声相求者。我即曾在一位新闻系同学的引导下，去夏坝旁的黄桷镇上一个阴暗的小院里拜访过一鸣惊人的青年小说家路翎，他的《饥饿的郭素娥》《财主的儿女们》那时正引起文学界广泛的注意，拜访时冀汸（本名陈性忠，史地系同学）亦在座；路翎的职务是一家煤矿的过磅员，但无碍于他英姿勃发、雄视文坛的高谈阔论。

　　无形的辐射远比有形的辐射大而深远。我当时常给报刊投一点稿，且以此维持在校生活开支，因此颇留意报上投稿者。在我的印象中，复旦学生向报刊投稿人数的众多，为重庆各校之冠，在当时重庆几十家报纸副刊上发表的作品中,复旦约占三分之二。这些辐射的影响,无疑有形无形地在人们心目中提高着北碚文化区的知名度。

选自《抗日战争时期的北碚:北碚文史资料第四辑》,政协重庆市北碚区委员会文史资料委员会,1992年版,第291—293页

林太乙

林太乙（1926—2003），林语堂次女。有《丁香遍野》《金盘街》《林语堂传》《林家次女》等。

林语堂传（节选）

我们在重庆附近的北碚住了一段日子，饱受日本空袭的惊慌。后来搬到缙云山的一所庙宇，希望在那里可以逃避空袭。那时姐姐十七岁，已是个亭亭玉立的少女。她觉得我们应该住在北碚，跟北碚的人一同跑警报才对。后来我们在北碚的房屋也炸毁了半边。父母亲认为，父亲在国外为国家做宣传，要比在国内跑警报有贡献。父亲写信给蒋夫人，问她的意见。蒋夫人说，她完全同意。在我们离开重庆时，委员长及夫人在官邸招待我们一家人。这里要说明，父亲从来没有拿过政府一分钱。他的中华民国护照上有入美的"官员签证"，是为了方便而已。因为在一九四〇年之前，他的"游客签证"使我们不得不每六个月离开美国一次，重新申请入境。

我们在香港等船的时候，姐姐哭得很厉害。她不愿意离开中国，她觉得，身为林语堂的女儿，她时时受到特别待遇，我们即使在北碚或缙云山时，也住得吃得比别人好。她宁愿像个普通青年,穿草鞋,吃糙米饭,在国内抗战到底。

不明白为什么我们又回美国的,不止姐姐一人。他在美国的成功,使很多人眼红。回国时,他们说:"林语堂镀金回来啦!"赴美的时候,他们说:"林语堂拗不住跑警报,又回美国去啦!"

对许多人的指摘,还是郁达夫驳斥得好:"林语堂氏究竟发了几十万洋财,我也不知道。至于说他镀金云云,我真不晓得,这两个字究竟是什么意思。林氏是靠上外国去一趟,回中国来骗饭吃的么?抑或是林氏在想谋得中国的什么差使?文人相轻,或者就是文人自负的一个反面真理。但相轻也要轻得有理才对,至少至少,也要拿一点真凭实据出来。如林氏在国外宣传的成功,我们则不能说已经收到了多少的实效;但至少他总也算是为我国尽了一分抗战的力,这若说是镀金的话,那我也没有话说。总而言之,著作家是要靠著作来证明身份的,同资本家要以财产来定地位一样。跖犬吠尧,穷人忌富,这些于尧的本身当然是不会有什么损失,但可惜的却是这些精力的白费。"

自从中日战争开始以来,中国虽然得到美国人同情,但美国政治对华态度冷淡,还想发战争财。美国政府把汽油、轻重武器、军用物资大量卖给日本,支持侵略者屠杀中国人。

回到美国,语堂努力为文为国家宣传。他接受《纽约时报》的访问,登出的标题是:"林语堂认为日本处于绝境"。他写信投《纽约时报》的读者来信专栏,时报发表了五封,毫不隐讳地指责美国的两面手法。他在《新民国》(*The New Republic*)、《大西洋》(*The Atlantic*)、《美国人》(*The American*)、《国家》(*The Nation*)、《亚洲》(*Asia*)及《纽约时报周刊》等杂志写文章,谈"中国对西方的挑战""中国枪口直对日本""西方对亚洲需有政治策略"等问题。总之,林语堂说话,美国人肯听。

选自《林语堂名著全集·第29卷·林语堂传》,林太乙,东北师范大学出版社1994年版,第176—178页

离开北碚

当我们晓得又要离开中国时,对我们每个人真是一个大失望。自然我们不喜欢空袭,但我们究竟也不喜欢离开中国。我们来的时候田里刚刚插秧,我们走的时候,稻田已变成黄色了,稻子沉重的下垂着。

我们开始没精打采地收拾着行李。我们的脑里想着什么事情。这次我们整装要离开我们的国家了。我们不愿再离开祖国,不愿在战争进行的时候离开。但是我们却要走,因为父亲要这样,母亲自然要照顾着父亲,我们这些孩子得听话。

我们下山到北碚去,计划着在旅馆里住一晚。我们和王太太和她的新生的宝贝"看看"难分难舍。最后庙里的知客

僧站在一块岩石上,为我们喊雇着轿子。

我们下山了。一路上,风景比平常更美了,那绿竹和山岚,看着这些,一切空袭的恐惧都忘掉了。现在就剩下离开祖国的悲哀,冷风从后面吹拂着我的头发。我们真的走了。什么时候我们再回来拜访北碚和缙云山,并且回忆起这时的事呢?

我们到了北碚。防空洞和前些时一样,警报来时人们就爬着坡进入这山上的洞。我们也曾是他们中的一群,我们将为此骄傲。几十年以后这些洞会变成什么样子呀,那时我将骄傲地站在他们身旁,说我也曾在洞内躲避过疯狂的轰炸。我将骄傲的微笑着,因为我也曾受过苦,过着每一个中国人都应当过的日子,因为我是中国人。我骄傲我曾有过空袭的经验,更骄傲我们的房子被炸了。我们分尝了这伟大的战争的一部分,我们应该如此。有一天鬼子总会躺下来的,我知道那一天就要来了,我知道。

那晚北碚十分可爱。她的废墟和残余物都是可爱的,他们都历尽风霜了,我们表示着经验与忍耐。月亮又用它的银白而宁静的光辉照耀着街市,每件东西都有着阴影。我们要离开了。那同样有着美丽阴影的月亮。它抛挪着阴影在大路上。似乎每件东西都在说:我们要离开了,我们要离开了,可是我们不愿。三四年以前,中国人惯于赞美月亮,而且举杯赏玩,但现在不行了,月光会指示铁鸟的驾驶者扔炸弹,还有被人疑心为汉奸的危险,月亮不是现今的中国人应该欣赏的。

我们在新开的酒店内吃了饭，他们为我们遥远的旅途祝福。那地方和北碚完全不同。那儿一点也没有这里的景象，虽然属于同一世界。黑云集合了，下了雨。我感到每条神经都异样了，雨淋在我的脸上，我不在乎。我们要走啦，让它下。让它淋着我吧，我现在要尽量多淋一点。这些防空洞，什么时候我再走进去！甚至一场空袭现在都是美好的回忆了，我们不能再有那样的感受了。

我们走回旅馆。黑色的山矗立天空。远处，一个小小的山尖，是缙云山，我们在上面的两间小房里曾住了一个多月。我希望我能把握住中国，感觉她，看到整个中国的每一部分。我需要收复整个中国的版图。为什么我不能留下呢？留下的房子每个角落都是美妙的。我们想出国，那意思就是西方人，不再是中国人了。北碚啊，北碚！我不愿离开你！"

摘自《北碚在抗战：纪念抗战胜利七十周年》，李萱华，西南师范大学出版社2016年版，第146—147页

袁隆平

袁隆平(1930—2021),中国杂交水稻育种专家,被誉为"世界杂交水稻之父"。有《水稻的雄性不孕性》《杂交水稻育种的战略设想》《杂交水稻育种栽培学》《杂交水稻学》等。

跟着兴趣走的学生时代(节选)

袁隆平口述;辛业芸[①]访问整理

我考大学的时候,大半壁江山已经是共产党的天下,全国大部分地方都解放了。国民党政府管辖之下的大学已经没剩下几所了,只是在四川还有几所大学。我是1949年9月上旬进大学的。当时我知道重庆北碚有一所与复旦大学有渊源关系的相辉学院[②],于是我选择了进相辉学院,选择农业是第一志愿。学农还有个好处,它的数学少,只要搞方差分析,说是统计方面有一点数学,其他没有。那时没有计算器,都用笔算或是算盘打,讨厌死了,都是些数字。

[①] 辛业芸,女,湖南临澧人。湖南杂交水稻研究中心博士、研究员。长期担任袁隆平院士工作秘书。著有《大师境界》《创造学》等。
[②] 相辉学院:1939年,上海复旦大学内迁至北碚夏坝建立临时校址。抗战胜利后,于1946年6月迁回上海,复旦同学会决定在北碚原址筹办一所学校。为纪念复旦创始人马相伯和校长李登辉,定名为"相辉学院",设文史、外文、经济、法律、农艺系和会计、农业两专修科。1946年9月招生。1950年11月,该院的农艺系和农业专修科与省内某些院校的农业科系合并组建为西南农学院。至1952年院系调整时,西南农学院又进一步合并了四川、云南、贵州多所高校中的农学系科。相辉学院的主要建制并入四川财经学院。复旦大学重庆校区和相辉学院旧址位于重庆市北碚区东阳镇。

我之所以选择学农，其实缘于从小产生的志趣。那是在汉口扶轮小学读一年级的时候，老师带我们去郊游，参观一个资本家的园艺场。那个园艺场办得很好，到那里一看，花好多，各式各样的，非常美，在地下像毯子一样。那个红红的桃子结得满满地挂在树上，葡萄一串一串水灵灵的……当时，美国的黑白电影《摩登时代》也起到推波助澜的作用，影片是卓别林演的。其中有一个镜头，窗子外边就是水果什么的，伸手摘来就吃；要喝牛奶，奶牛走过来，接一杯就喝，十分美好。两者的印象叠加起来，心中就特别向往那种田园之美、农艺之乐。从那时起，我就想长大以后一定要学农了。随着年龄的增长，愿望更加强烈，学农变成了我的人生志向。到了考大学时，父亲觉得学理工、学医对前途应该会很好，但我却想学农。母亲也不赞成我学农，她说学农很辛苦，那是要吃苦的，还说要当农民啦，等等。我说我已经填报过了，还说她是城里人，不太懂农家乐，有美好的地方她没看到。我说我以后办了园艺场，种果树、种花卉，那也有田园乐！我还跟她争辩农业的重要性，说吃饭是第一件大事，没有农民种田，就不能生存……

父母最终是尊重我的选择，我如愿以偿地进了私立相辉学院的农艺系。1949年11月，重庆解放。1950年，经过院系调整，私立相辉学院与四川大学的相关系科、四川省立教育学院的农科三系合并组建为西南农学院，我们这个系就改称农学系了，校址在重庆北碚。我在这里学习了四年,直至大学毕业。

  说实在的,很多人对学农有想法,可我从来没有后悔过学农。我觉得既然学了农,就应该学以致用,为农民、为国家做点事。1952年农学院的学生也要到农村去土改,那是真正深入到农村,住在农民家,这时才知道真正的农村是又苦又累又脏又穷的。现在可以说说我的真实想法,如果读小学的时候老师带我们去的不是那个园艺场,而是带我们到真正的农村,是这样又苦又脏又累又穷的地方,恐怕我就不会立志学农了。但是,既然选择学农了,我也没觉得后悔,而是坚定了学农的信心。那时候我是有点雄心壮志的,看到农民这么苦,我就暗下决心,立志要改造农村,为农民做点实事。我认为我们学农的就应该有这个义务,发展农业,帮助农民提高产量,改善他们的生活。实际上,看到农村贫穷落后的状态,反而让我找到了自己学知识的用武之地。再加上小时候目睹了中国饱受日寇的欺凌,我深深感到中国应该强大起来。特别是新中国诞生后,觉得中国人民真的是站起来了,我们也要做一番事业,为中国人争一口气,为自己的国家做贡献,这是最大的心愿。所以,我感到自己肩上应该有担子。

  我学的是遗传育种专业,因为我对这个专业感兴趣。在当时任课的教师中,有一位管相桓教授,这个名字挺有意思,含着管仲辅佐齐桓公的历史故事。管老师教遗传学,当时一切向苏联看齐,遗传学只能是教苏联米丘林、李森科的一套,但他崇尚孟德尔遗传学,他曾说米丘林的"环境影响"

学说是"只见树木,不见森林;只见量变,不见质变,最后什么都没有"。

我于是利用大量课余时间去阅读国内外多种中外文农业科技杂志,开阔视野。我在广泛的阅读中,了解了孟德尔、摩尔根的遗传学观点,并有意识地将他们不同的学术观点进行过比较。后来我开始自学孟德尔、摩尔根遗传学时,就去请教管老师。每次他都是非常认真细致地为我讲解,对我帮助很大。他坚持孟德尔、摩尔根的遗传学观点,与主流不相合。也是与此有关吧,1957年他被错误地打成了"右派",迫于压力,"文革"初期,他便自杀了。

大学期间我有几个玩得很好的同学,梁元冈、张本、陈云铎、孙昌璜等。梁元冈会拉小提琴,我们就跟他学着拉。我喜欢古典的小提琴曲,它能把你带到一个很舒服、很美好的境界。我不是书呆子气十足的人,我什么都想学一点,什么都会一点儿。当时,由于我唱歌声音较低而且共鸣很好,同学们给我取外号叫大"Bass"。我在大学里面是合唱团的成员,就是唱低音的。我喜欢比较经典的音乐,那时候是解放初期,唱苏联歌曲《喀秋莎》《红莓花儿开》等等;我也会唱英文歌,如 *Old Black Joe*。每到课余时间,我和梁元冈、陈云铎、孙昌璜等唱歌的同学常常聚集到一个宿舍里一起唱歌,主要唱一些苏联歌曲和美国黑人民歌。*Old Black Joe* 的歌词我还记得很清楚:

Gone are the days when my heart was young and gay.

Gone are my friends from the cotton fields away.

Gone from the earth to a better land I know.

I hear their gentle voices calling Old Black Joe.

I'm coming, I'm coming, for my head is bending low.

I hear their gentle voices calling Old Black Joe.

上大学时,我始终喜欢运动,游泳技术是一流的,可说在西南农学院也是首屈一指的,没有哪个能游得赢我。不吹牛,在游泳方面我读高中时就有段光荣史,拿过武汉市第一名、湖北省第二名。但打球只是三流候补队员的水平。

因为我游泳游得好,就由我当同学们的教练,教他们游泳。在北碚夏坝的时候,前面是秀丽的嘉陵江,我们经常沿着一溜下到江边的石阶去游泳。有时为了去对岸看电影,我就将衣服顶在头顶上,游过去了再穿,这样就省下过渡的几分钱。你想想,三分钱可买一个鸡蛋呢。

我们的宿舍是平房,一排排排列并与嘉陵江垂直,每栋10间,每间住6~8个学生。当时,我们来来往往都要路经宿舍边一条水泥人行道。在靠近这条人行道的房间里,从窗口可看到人行道很远的地方。住在靠路边第一间的同学会说,从窗口看到远处一个摇摇摆摆的三角形上身的人走过来了,那就是袁隆平。因为我的肩较宽,经常游泳,肌肉较发达,腰又细,故上身呈倒三角形。

记得一次有个同学在嘉陵江夏坝段游泳失踪了,我和另一个同学得知后,就火急地跳入江中寻人,一直游到黄葛树(在东阳镇境内),找了很久。后来知道,那个同学被江底的石头卡住遇难了,十分可惜。

1952年抗美援朝时我还参加过考空军,那时空军从西南农学院800多名学生中选拔飞行员,只有8个人合格。考空军很严,36个项目,只1个项目不行就会被刷掉。哪项不行就打一个叉,只要一个叉就淘汰了。第一个项目是身高体重,看你是不是成比例;然后就是五官:眼、鼻、耳、口、喉,有沙眼不行,鼻子里面有点肿也不行;最后还要把你屁股掰开看,有一个同学就因此被淘汰掉了,因为他有痔疮。经过严格的体检,我被选上了,让我参加空军预备班。我好高兴,还参加了庆祝八一建军节的晚会,第二天就要到空校去正式受训了。结果呢,那天晚会之后宣布大学生一律退回。他们欢送了我们,我们又被退了回来。原因是那时候(1953年)朝鲜战争已经有些缓和了,国家要开始十年大建设,开始第一个五年计划了。那时候大学生很少,全国大概只有20多万大学生吧,所以大学生要退回,只要高中生就可以了。不好意思,我们又回来了!

那时四川省分了四个行政区:川东、川南、川西、川北,我们北碚是川东区的首府。1952年,贺龙元帅主持西南地区运动会。我参加了游泳比赛,先是在川东区比赛中拿了第一名,同学们好高兴,因为这是西南区游泳比赛的选拔赛。我并没有经过正规训练,但他们说我潜力很大。后来我代表川东区跑到成都去参加比赛。成都小吃又多又好吃,什么龙抄手、赖汤圆、"一蹦三跳"等等,我吃多了,把肚子吃坏了,影响了比赛的发挥。比赛中,我前50米是27秒5呢,当时世界纪录100米是58秒,这么算跟世界纪录差不多。后面50米就游不动了,最后搞了个1分10多秒,只得了个第四名。而前三名都被吸收进了国家队,我就被淘汰掉了,要不然我就会变成专业运动员了。

空军把我淘汰了,国家游泳队也把我淘汰了,两个都把我淘汰了。

大学同学都了解我是这种凭兴趣和爱好的性情,到毕业时,他们说要给我一个鉴定:爱好——自由;特长——散漫,合起来就是自由散漫。哈!说实在话,直到现在我也还是这样。我不爱拘礼节,不喜欢古板,不愿意一本正经,不想受到拘束。我读大学时,入团很容易,但我没入,因为我自由散漫惯了,起不了表率作用。我早晨爱睡懒觉,响起床铃了也不起,打紧急集合铃才起,一边扎腰带,一边往操场跑。铺盖也不叠,卫生检查时,临时抱佛脚。我思想比较开放,喜欢过自由自在的生活。

参加工作后,我回过母校几次,看看老师和校园,与同学聚会,倍感亲切。2000年西南农大50周年校庆,我们农学系回校的同班同学王运正、王世兴、林乔等相聚在一起,畅谈叙旧,合影留念。2008年我再次回母校西南大学(西南农大和西南师范大学合并为西南大学),又见到了我的同班同学陈德玖、王运正等,我们在一起聊天,回忆过去,十分愉快。

选自《20世纪中国科学口述史:袁隆平口述自传》,由袁隆平口述、辛业芸访问整理,湖南教育出版社2017年版,第20—30页

舒 乙

舒乙(1935—2021),满族,中国当代作家、画家,中国著名文学家舒庆春(老舍)之子。有《老舍的关坎和爱好》等。

父子情(节选)

写自己见过、经历过的事情,哪怕是一桩顶小的事,并有感而发,最忌空发议论。写法无一定之规律可就是不能露出"作文"的痕迹,保持文字的纯朴无修饰和活泼有趣最重要,切忌美词的堆砌。

——舒乙

"慈母"这个词讲得通,对"慈父"这种词我老觉着别扭,依我看,上一代中国男人不大能和这个词挂上钩,他们大都严厉有余而慈爱不足。我的父亲,既不是典型意义上的慈父,也不是那种严厉得令孩子见而生畏的人,他是个新旧时代交替之际的人,所以他比较复杂,当然,也是个复杂的父亲。

我不知道,一个人的记忆力最早是几岁产生的,科学上好像还没有定论。就我自己而言,我的第一个记忆是一岁多有的。那是在青岛,门外来了个老道,什么也不要,只问有小孩没有,于是,父亲把我抱了出去,看见了我,老道说到14号那天往小胖子左手腕上系一圈红线就可以消灾避难。我被老道的样子吓得哇哇大哭,由此便产生了我的第一个不可磨灭的记忆。父亲当时写了一篇散文,说:"一看胖手腕的红线,我觉得比写一本伟大的作品还骄傲,于是上街买了两尊兔子王,感到老道、红线、兔子王,都有绝大的意义!"使我遗憾终身的是,在我的第一个记忆里,在父亲称之为有绝大意义的事情里,竟没有父亲的形象,我记住的只是可怕的老道和那扇大铁门。

我童年时代的记忆里真正第一次出现父亲,是在我两岁的时候,在济南齐鲁大学常柏路的房子里。1982年我到济南开会时去看过那房子,使我惊奇的是,那楼梯,那客厅竟和我记忆中的完全一模一样,足见,两岁时的记忆已经很可靠了;不过,说起来有点泄气,这次记忆中的父亲正在撒尿。母亲带我到便所去撒尿,尿不出,父亲走了进来,做示范,母亲说:"小乙,尿泡泡,爸也尿泡泡,你看,你们俩一样!"于是,我第一次看见了父亲,而且,明白了,我和他一样。

…………

在我两岁零三个月的时候,父亲离开济南南下武汉加入到抗战洪流中。再见到父亲时,我已经八岁。见头一面时,我觉得父亲很苍老,他刚割完阑尾,腰直不起来,站在那里两只手压在手杖上。我怯生生地喊他一声"爸",他抬起一只手臂,摸摸我的头,叫我"小乙"。他已经不是那个在地上爬来爬去的牛了,我也不是可以任意叫他"开步走"的胖小子了。对他,对我,爷儿俩彼此都是陌生的。我发现,在家里他很严肃,并不和孩子们随便说笑,也没有什么特别亲昵的动作。他当时严重贫血,整天抱怨头昏,但还是天天不离书桌,写《四世同堂》。他很少到重庆去,最高兴的时候是朋友们来北碚看望他,只有这个时候他的话才多,变得非常健谈,而且往往是一张嘴就是一串笑话,逗得大家前仰后合。渐渐地,我把听他说话当成了一种最有吸引力的事,总是静静地在一边旁听,还免不了跟着傻笑。父亲从不赶我走,还常常指着我不无亲切地叫我"傻小子"……他对孩子们的功课和成绩毫无兴趣,一次也没问过,也没辅导过,完全不放在心上,采取了一种绝对超然的放任自流态度。他表示赞同的,在我当时看来,几乎都是和玩有关的事情,比如他十分欣赏我对画画有兴趣,对刻图章有兴趣,对收集邮票有兴趣,对唱歌有兴趣,对参加学生会的社会活动有兴趣……他很爱带我去访朋友,坐茶馆,上澡堂子,走在路上,总是他挂着手杖在前面,我紧紧地跟在后面,他从不拉我的手,也不和我说话。我个子矮,跟在他后面,看见的总是他的腿和脚,还有那双磨歪了后跟的旧皮鞋。就这样,跟着他的脚印,我走了两年多,直到他去了美国。现在,一闭眼,我还能看见那双歪歪的鞋跟。我愿跟着它走到天涯海角,不必担心,不必说话,不必思索,却能知道整个世界。

再见到父亲时,我已经是十五岁的少年了,是个初三学生。他给我由美国带回来的礼物是一盒矿石标本,里面有二十多块可爱的小石头,闪着各种异样的光彩,每一块都有学名,还有简单的说明……

我奇怪地发现,此时此刻的父亲已经把我当成了一个独立的大人,采取了一种异乎寻常的大人对大人的平等态度。他见到我,不再叫"小乙",而是称呼"舒乙",而且伸出手来和我握手,好像彼此是朋友一样。他的手很软,很秀气,手掌很红,握着他伸过来的手,我的心充满了惊奇,顿时感到自己长大了,不再是他的小小的"傻小子"了。高中毕业后,我通过了留学苏联的考试,父亲很高兴。五年里,他三次到苏联去开会,都要专程到列宁格勒去看我。他仍然没有给我写过信,但是常常得意地对朋友们说:儿子是学理工的,学的是由木头里炼酒精……

虽然父亲诚心诚意地把我当成大人和朋友对待,还常常和我讨论一些严肃的问题,我反而常常强烈地感觉到,在他的内心里我还是他的小孩子。有一次,我要去东北出差,临行前向他告别,他很关切地问车票带了吗,我说带好了,他说:"拿给我瞧瞧!"直到我由口袋中掏出车票……他才放心了。接着又问:"你带了几根皮带?"我说:"一根。"他说:"不成,要两根!""干嘛要两根?"他说:"万一那根断了呢,非抓瞎不可! 来,把我这根也拿上。"父亲问的这两个问题,让我笑了一路,男人之间的爱,父爱,深厚的父爱表达得竟是如此奇特!

对我的恋爱婚事,父亲同样采取了超然的态度,表示完全尊重孩子的选择……他还送给我们一幅亲笔写的大条幅,红纸上八个大字:"勤俭持家,健康是福",下署"老舍",这是继矿石标本之后他送给我的第二份礼物,以后,一直挂在我的床前。可惜,后来红卫兵把它撕成两半,扔在地下乱踩,等他们走后,我由地上将它们拣起藏好,保存至今,虽然残破不堪,却是我的最珍贵的宝贝。

直到前几年,我由他的文章中才发现,父亲对孩子教育竟有许多独特的见解,生前他并没有对我们直接过说,可是他做了,全做了,做得很漂亮,我终于懂得了他的爱的价值。

父亲死后,我一个人曾在太平湖畔陪伴他度过了一个漆黑的夜晚,我摸了他的脸,拉了他的手,把泪撒在他满是伤痕的身上,我把人间的一点热气当作爱回报给他。

我很悲伤,我也很幸运。

(原载《人民文学》1989年第5期)

选自《小绿棍》,舒乙,上海教育出版社1998年版,第163—168页

卢晓蓉

卢晓蓉（1946—），卢作孚先生孙女。有《水咬人》《人生的万花筒》《我的祖父卢作孚》等。

东方的"诺亚方舟"

抗战时期位于重庆市郊的北碚，曾被誉为东方的"诺亚方舟"，意在其收容、安置了许多流落后方的宝贵人才和重要物资。舟者，船也。很凑巧，这艘"东方诺亚方舟"确曾与一支活跃在川江的船队有关。重庆在抗战中曾为中国的陪都，却因陆上和空中交通都不发达，大宗人员、物资的运输，只能依赖经由长江三峡的水上通道。这个艰巨而繁重的任务，便落到了时任交通部常务次长的卢作孚和他所缔造的民生公司肩上。卢作孚对此早有准备。1930年，他率团去东北考察时就憬然于"日本人之处心积虑"，惊诧于"日本人的野心是何等可畏"，感叹于"国人还懵懵然未可知，未谋所以应付之"，回来以后便加快了发展川江航运的步伐和北碚地区的经济文化建设。

上世纪二三十年代。川江航运正面临列强争雄、国轮凋敝的危机。去东北考察的前一年，刘湘政府任命卢作孚担任川江航务管理处处长。许多民营轮船经营者或因势单力薄，或因不善经营,纷纷亏损或倒闭。卢作孚上任后采用行政手段,为民营航运事业的发展扫清外部障碍:一是废除军人坐船、打差不买票的惯例;二是促成外轮公司与华轮公司合作,维持合理运费;三是建立健全航政管理制度,开创了自《天津条约》丧失内河航权以来中国士兵检查外轮的先例,制止了不法外轮公司走私逃税。从东北考察回来,卢作孚辞去处长职务,采用"合并机构""收购船只""代理经营"等经济办法,化零为整,统一和社大了川江航业,也使民生公司拥有了足以应对抗战需要的船队和岸上设施,从而保障了这条战时水上运输大动脉的畅通。1937年11月,国民政府主席林森及其随从,搭乘民生公司的"民风""民政""民贵"等轮抵达重庆,开启了重庆作为陪都的历史。在1938年末那场被誉为"中国敦刻尔克"的"宜昌大撤退"中,有24艘轮船参与抢运了近9万吨物资和3万余入川难民,其中就有22艘属于民生公司。著名作家胡风恰在那时搭乘民生公司的船去重庆,事后撰文谈到他的感受:"床上铺着雪白的床单和枕头,小桌上放了茶壶茶杯,井井有条,非常整洁,的确和别处的官舱不同""这里只要不出房门,不走下去,就仍和太平年月的出门旅行差不多"。

　　船到码头,需要避风港停靠;撤退到重庆的机关院校和学者文人需要地方安置。卢作孚亲手创建的现代城镇——北碚,向他们开了胸怀。北碚是重庆的郊区,它所在的嘉陵江三峡地区,过去是四县交界、土匪出没、民不聊生之地。1927年,四县乡绅联名上书刘湘政府,要求请卢作孚出任四县特组峡防团务局长。深受五四新文化精神浸染的卢作孚上任后，决心将这个地方"布置成为一个生产的区域，文化的区域，游览的区域"，"不仅要消灭土匪，而且要消灭产生土匪的土壤"。他发出的第一个文告就是集资建造温泉公园的《募捐启》。温泉公园建成后，成为嘉陵江三峡乃至重庆市的一颗明珠。在卢作孚的规划设计和他的胞弟卢子英先生的主持实施之下，整个北碚市镇很快也变成一个街道整齐、建筑别致、绿茵葱茏的"大公园"。针对日本军国主义的狼子野心，卢作孚在加快北碚经济建设的同时，更加重视北碚的文化建设。1930年9月他在北碚创办了中国西部科学院，又相继创办了博物馆、图书馆和中小学等。1933年他请来中国科学社在北碚召开年会，并多次邀请国内外的知名专家学者到北碚参观访问，借用他们的智慧，"把地方所文化、教育、经济、卫生各项事业，不上几年，建设得应有尽有"。（黄炎培《北碚之游》，1936年冬）1936年春，峡防局升格为嘉陵江三峡乡村建设实验区。

抗战爆发后，北碚被划为迁建区，先后安置了国民政府立法院、司法院、最高法院、最高法院检察署、行政法院、主计处统计局、财政部税务署、经济部日用品管理处、全国度量衡局、国防部最高委员会文卷管理处、军政部兵工署驻北碚办事处等政府机关；设立了中央研究院动物研究所、植物研究所、气象研究所、物理研究所、心理研究所，中国科学社生物研究所，中央工业实验所，经济部矿冶研究所、中央地质调查所，农业部中央农业实验所，中国地理研究所，军政部陆军制药研究所等科研机构；迎来了复旦大学、江苏医学院、国术体育师范专科学校、歌剧学校、戏剧专科学校、电化教育专科学校、立信会计专科学校、中国乡村建设学院、勉仁书院、育才学校以及世界佛学苑汉藏教理院等大专院校。在北碚落户的还有教育部教科用书编纂委员会、中华教育全书编纂处、国立编译馆、中国辞典馆、国立礼乐馆、中国史地图表编纂社、中国西部博物馆、中华教育电影制片厂、中苏文化杂志社、《新华日报》发行站等各种文化教育机构。1940年中华全国文艺界抗敌协会总会办事处也从重庆迁来北碚。一时间，北碚便有了"陪都中的陪都"之称。关乎中华文化命脉的人才和文物史料，在此得到尽可能安全的保护和存续。1940年6月24号日本战机第二次轰炸北碚，城内建筑多处惨遭破坏。中央工业实验所中弹燃烧，内有珍藏的清华大学绝版图书。实验区的工作人员闻讯来，奋力抢救，终于从火海中救出不少珍贵资料。

抗战时期，许多名人，包括美国副总统华莱士，国共两党要人蒋介石、宋美龄、林森、董必武、吴玉章、周恩来、邓颖超、叶剑英等，都曾到北碚和温泉公园游览或居住。到过此地的著名学者和文化人，更是举不胜举，几乎囊括了当时中国学术界、文化界所有代表人物。田汉先生1940年夏到北碚演讲，与赵清阁等友人同游温泉公园缙云山寺，似觉"唐代画家嘉陵三百里画卷重展眼帘"，即赋《登缙云山赠赵清阁》诗。梁实秋先生将他在北碚的家称为"雅舍"，在此居住的7年中，发表了100多篇"雅舍小品"专栏文章。冰心曾撰文介绍:"雅舍"是吴景超夫妇和梁实秋合资买的一栋小房子。这栋简陋的土屋盖在重庆北碚的半山腰,上去要走七八十层土阶。景超认为没有门牌,邮递不便。实秋建议在山下立一块小木牌,用景超夫人业雅的名字,名曰"雅舍"。物质条件虽然简陋清贫,但文友们在北碚相处却融洽和谐、富有情趣。方令孺女士曾笑称,梁实秋住的是"雅舍",她住的是"俗舍","二舍遥遥相望。雅舍门前有梨花数株,开时行人称羡。冰心女士比实秋为鸡冠花,余则拟其为梨花,以其淡泊风流有类孟东野。唯梨花命薄,而实秋实福人也"。冰心夫妇虽然不住在北碚,但也常常"搭上朋友的便车",去北碚与老友欢聚,"虽在离乱之中,还能苦中作乐"。卢作孚也常利用周日的闲暇,去北碚或温泉与学术文化界的朋友吃饭、聊天,协助他们解决一些生活上的困难,共同探讨大家感兴趣的话题。

"苦中作乐"的学者、文人们,在北碚收获了目不暇接的丰硕成果,蔚成了中国现代文化史上一道独特的景观。梁漱溟在这里撰写了《中国文化要义》;翦伯赞在这里写成了《中国史纲》第一、二卷和《中国史论集》两辑;杨宪益在这里将《资治通鉴》和郭沫若的《屈原》、阳翰笙的《天国春秋》翻译成英文;老舍在这里创作了长篇小说《火葬》、《四世同堂》、话剧《张自忠》,并与他人合写了话剧《桃李春风》、《王老虎》;路翎在这里写下了《饥饿的郭素娥》《财主底儿女们》《在铁炼中》《蜗牛在荆棘上》;萧红在这里创作有《旷野的呼喊》《朦胧的期待》及《回忆鲁迅先生》,并开始写《呼兰河传》;夏衍在北温泉创作了四幕话剧《水乡吟》;赵清阁在北碚著有话剧《女杰》《生死恋》《潇湘淑女》《此恨绵绵》;洪深在这里创作的四幕话剧《包得行》,被誉为"抗战以来可喜的丰收";胡风在这里继续编辑出版《七月》半月刊,并形成了"七月"诗派;顾颉刚在北碚主持通俗读物编刊社,编辑出版了157种宣传抗战的通俗读物;曹禺在北碚主持演出了《清宫外史》《春寒》《日出》《家》《蜕变》;张瑞芳、金山、白杨、秦怡、陶金、项堃、王莹、戴爱莲等众多明星,都在北碚青山绿水的大舞台上留下了他们熠熠闪光的形象。张瑞芳在话剧《屈原》中饰演婵娟,郭沫若赠诗云:"风雷叱罢月华生,人是婵娟倍有情。回首嘉陵江边路,湘累一曲伴潮声。"《屈原》在重庆上演时受到阻挠,卢子英特地打电话邀请中华剧艺社到北碚公演《屈原》和《天国春秋》,结果好评如潮。据《新华日报》载:"《屈原》在此连演五日,每日售票约七千元之谱……场场客满,卖票时摩肩接踵,拥挤之状一如重庆'国泰'门前。"

还有众多的教授、学者,在北碚这片沃土上,忘我地教书育人。仅复旦大学就云集了陈望道、周谷城、顾颉刚、马寅初、潘序伦、张志让、童第周、吕振羽、邓广铭、吴觉农、卢于道、梁宗岱、卫挺生、竺可桢、孙伏园、熊东明、陈亚三、吴宓、杨家骆、邓少琴、靳以等多个学科的泰斗,其师资力量蔚为壮观。

1939年春,在北碚公共体育场举行了一次别开生面的公宴,主题是为志愿上前线的首批新兵送行。有29个机关团体参加,连同新兵和家属在内共开了150席。会场上挂满了各单位赠送的锦旗,上面题有:"国民表率""蜀民前驱""忠勇可风""精忠报国""歼灭敌寇,还我河山"……气氛十分热烈。在场的陶行知先生即兴致词:"一杯酒,各位志愿军动手;二杯酒,日本鬼子出丑;三杯酒,中华民族天长地久!"原来这个活动正是陶行知先生出的主意。他建议把强制性征兵、"抓壮丁"改为动员民众志愿参军,在北碚实施取得了良好效果。卢作孚与陶行知、晏阳初、梁漱溟等乡村建设倡导者和平民教育家早已结下了深厚情谊;抗战中,更盛情邀请他们到北碚生活、办学,并共同携手将北碚教育实验的范围,扩大到以北碚为中心含五个乡镇在内的区域,使民众的启蒙教育得以"奇迹般地生存下来",不致被抗战的炮火打断。1947年12月,联合国教科文组织派代表到北碚考察,并于1948年2月将北碚定为"基本教育实验区"。

"东方诺亚之舟"救援了民族的智者,民族的智者延续了东方的文化和世界的文明。或许这正是上帝教导诺亚制造方舟的本意之一。

选自《我的祖父卢作孚》,卢晓蓉,人民日报出版社2012年版,第124—128页

李北兰

李北兰(1947—),笔名白兰。有《澳洲月色》等。

北碚爬山(节选)

客居异地,但凡与乡党上网聊天,斯人无一不说:"你若返碚,我陪你去爬缙云山!"

爬缙云山?我当年就读的中学就坐落在缙云山半山腰,那时,我每天都要爬山,一周少说也有六七次,亦如宋人周敦颐诗曰:"路盘层顶上,人在半空行。"

不过,那时的爬山绝非自觉:"教室在'白云生处',不爬怎行?"直到听一位老教工聊起学校的创建人、"中国最后一位儒家"梁漱溟的缙云山情结,我方才省悟:"爬者之意不在爬,在乎山水也!"———1946年底,梁先生定居北碚,办学之余,则潜心写作《中国文化要义》,为了吸纳天地之灵气、采撷胜境之精华,无论有多忙,他都要抽空去爬缙云山……该书即将出版之际,梁先生则索性爬到缙云山上闭关习静,以体味"天人合一"。

这以后,但凡得暇,我都要沿着校园旁边那条梁先生曾无数次踏响的石板路向上攀登,或坐在草地上看书,或刨开松针捡蘑菇,有时什么也不做,就站在路边开阔处,眺望山下那绿得格外深沉的金刚碑古镇以及似飘带般蜿蜒流去的嘉陵江,梦想着:"什么时候,我也像梁先生那样著作等身,游历天下?"

老之将至,回看来路,著作没有等身,也说不上游历天下,不过,倒是爬了不少名山,如澳洲的蓝山、北京的香山、宁波的普陀山、香港的太平山、台湾的阳明山,等等。然而爬来爬去,却总也爬不出当年爬缙云山的那种味道。其实,这些山并非不雄、并非不奇、并非不秀,论其名气,也绝对不是抗战时期才哗啦啦浮出文人骚客墨宝的"川东小峨眉"可比……"为什么会此味非彼味?"一时半会也说不出个子曰,直到"独在异乡为异客"十数年后再次回到北碚。

面对嘉陵江上一座座造型各异的大桥,面对城南城北一群群拔地而起的新楼,我的惊讶自不言而喻:"北碚变化真大!"然而,最令我惊讶的还是早年家乡人见面的口头禅:"吃饭没有?"如今已变成:"爬缙云山没有?"问其缘由,回答无一例外:"锻炼……""休闲……""天然氧吧……""衣食足,知风景……"为强调今日"爬"之时髦,有的追星族甚至搬出明星效应:"前些年,王菲等明星就曾多次到缙云山小住,以休身养性!"

经不住乡党的撺掇,一个秋日的清晨,我带着两个晚辈坐车来到新城的缙云山健身梯前。面对健身梯牌坊下面的人物浮雕,晚辈提问:"是否与北碚有关且爬过缙云山的名人?"虽不免张冠李戴,但我还是凭着记忆"指点江山":"除梁漱溟之外,应该还有卢作孚、林语堂、翦伯赞、老舍、晏阳初、梁实秋……"

　　有了"榜样"的作用,尽管山高坡陡,但我们走在健身梯上却并不觉得累。梯道两旁遍植竹子、绿树和香花,与山下新城的竹林以及山上白云寺周边的竹海连成一片,梯道尽头则是云雾缭绕、绿色覆盖的缙云九峰……越往上走,空气越是清新,即使不用深呼吸,你也能"通感"到那无处不在的清声清气——雀声、鸟语、云呓、花香、草馨、树馥,肺叶里的秽气尽洗,久居钢筋水泥"鸟笼"的心竟舒展如斯、叽叽喳喳一阵雀跃:"仁者乐山,踏着先贤们的养生之道前进吧!"

　　得知我欲落叶归根,移居异地的儿子特地在秀美的香炉峰(缙云九峰之一)麓给我购了一套房子:"世上只有一座缙云山……身后有如是庞大的绿色的肺'吐故纳新',你以后即便不去爬山,也可天天在家吸氧了!"

　　选自《重庆晨报》,2009年12月28日

万启福

万启福(1948—),笔名阿福、桐籽等。有《清澈的瞳仁》《义字五哥》《玩家》等。

关于"碚"

关于北碚的"碚"字,连收录汉字最多的《康熙字典》也没录入。许多人,尤其是外地人很难弄清它的读音和意义。《碚字音义》一文是巴渝文史学家邓少琴先生的考据短文,对碚字的疏正颇为权威。笔者从《北碚文化艺术志》上全文摘录出,并做了新的标点:"峡中有场曰北碚,俗读'碚'如'倍'。近日常有以'碚'字音义为问者,字书缺漏不载,苦无以应。及读洪良品《巴船纪程》载,陆游入蜀记有荆门十二碚,皆高崖绝壑;王十朋诗又有荆门岩岫十二碚之句。'碚'一作'背'。有古脑碚、胭脂碚、媳妇碚等名,明月峡又有虾蟆碚之称,则地以碚名,不止北碚一处也。'碚'之音,读如'倍',古今无异。'碚'之义,《巴船纪程》则谓:岩石随水曲折曰'碚'。北碚石梁突出江水,水随石转,曲折迂回,正如其形,于此可知得名甚古,音存而义乃亡之矣。录之以备问者矣。"

手边书少洪良品《巴船纪程》查无实踪。王十朋指宋人王十朋，宋高宗时廷对第一，曾在夔州当主官；夔州指万州、奉节、云阳、巫山一带，那些地方紧依长江三峡，多碚石。至于荆门，指的是今湖北宜昌境内的长江绝险处。

1988年版《辞海》收录"碚"字："地名用字。欧阳修有《虾蟆碚》诗，自注云，今士人写作'背'字，音'佩'。今重庆市有北碚。"新《辞海》碚字一条引作地名的，仅一个北碚而已。笔者又查四十年代民国版《辞海》，竟然无碚字。

梁实秋先生从1939年至1946年间居住北碚雅舍。他在《北碚旧游》一文中提及"碚"字；"北碚的碚字，不见经传。本地人读若倍，去声。一般人读若培，平声。其意义大概是指江水中矗立的石头。"他在文章中还提到他从北碚乘木船到北温泉去，"便在中途遇一个险滩，许多大块的石头横阻江心，水流沸涌，其势甚急。石头上有许多洞孔，累累如蜂窝。"他分明指的就是碚石——北碚当地人俗称白鱼石的巨石。

碚字是有学问可究的，俨然是北碚得天独厚的山水人文的一个表征。根据欧阳修解释，从宋人起，就有将"碚"字读或写作"背"的。北碚温汤峡上峡口白沙沱有一道石梁叫"白羊背"，据此也可读或写为白羊碚。温汤峡下峡口的金刚碑也有石梁突出江水，也曾写作"金刚碚"。

据梁实秋将碚读作"培"的说法，巫山县内那个与湖北接壤的小镇培石，位处于长江三峡边，石梁也应是碚石无异，但今地图上却将碚石写作培石，音义相同而字形不同。据说从前也写作碚石的，想来北碚名气大矣，故退避三舍。这不是无端猜度,梁平县原名梁山,因山东省水泊梁山太有名,才削山峰为平地的。有趣的是梁山太惜名,竟连县城城关镇也叫梁山镇。

选自《重庆日报》,2005年7月12日

叶延滨

叶延滨(1948—),曾获中国作家协会优秀中青年诗人诗歌奖、第三届中国新诗集奖、十月文学奖、四川文学奖、北京文学奖、郭沫若文学奖等。有《不悔》《二重奏》《乳泉》《心的沉吟》《叶延滨诗选》等。

山城的风格

九月上旬,我到重庆参加一个诗歌研讨会,通知上写得明白:重庆北碚。说是重庆,这个北碚让你坐上汽车,一坐就是半天也不见面。汽车直跑了一个半钟头,才钻进了西南师范学院的院子,北碚山顶上一座很大的园林。不知是谁从哪儿学来这样的一段民谣:"重大的牌子,西师的院子,川外的妹子。"重大、西师、川外是重庆的三所大学,西师的校园确实漂亮。现在报纸上天天登着整版大广告,什么"锦绣花园""别墅山庄",吹得邪乎,比起西师的园子,只能算游泳池里的洗脸盆。人们只看上小盆子而不见大水池子,主要是面子问题。住在小盆里是款爷,待在大园子里反被人看作叫花子。其实不少的款爷除了钱,真是穷得一无所有。而这些被世人当成穷秀才的校园中人,大有学富五车者,红花绿叶间的清冷小楼里,有多少真正的富豪?

漫步校园,惊叹在大工业齿轮咬合的重庆竟然还有这等人间胜景。记得有这么一个故事。说是一商人见一渔夫在海边晒太阳,说道"你为什么不去挣钱?""挣钱干什么?""挣钱办工厂,然后挣更多的钱,办更大的工厂,钱越来越多,于是你就可以悠闲地在海滨度假,游泳,晒太阳。"渔夫一笑:"我已经在晒太阳了。"这个故事所提供的,有无为的人生态度,同时也提出一个很有意义的人生目标的问题。只要稍用一下脑子,我们就会明白,对任何人来说"挣钱"都不应是人生终极目标,古人云"生不带来,死不带走",是一句耐人寻味的话。这些在校园里做学问的人们,钱是少了点,于是他们便用少许的牢骚把它补上,依旧干自己该干的事。这是一种智者的选择,若丢弃了事业去挣钱,那么总有一天钱和生命都会花完的。有喧闹的重庆,也有宁静的重庆,有挣钱的重庆,也有教授们做学问的重庆。西师确是个做学问的好地方,幽静的小山丘间,一幢幢楼房掩映在绿树丛中,几多宁静凝在树叶上,晶莹成露珠,说它的名字是诗。

是的,西师出诗人,全国唯一的新诗研究所就在这里,著名老诗人方敬,诗译家邹绛,诗评家吕进,都是西师有名的教授,也都是我敬重的朋友。方敬从事诗歌创作已有60年历史,邹绛还在热心研究现代格律诗,吕进主持的新诗所已培养了不少的诗人和诗歌研究者,其中有几位还是我的朋友。可以说从这个校园里走出了三代诗人,这不能不让我们想到一个经常被人说到的成语"人杰地灵"。

有人说现在人们是一切朝钱看,久居都市,也被奔波于商品大潮中的芸芸众生搅得眩昏,以为钱江潮后尽是捞钱的下海人。在校园里漫步,九月的阳光在绿波上跳跃,入学的新生一脸喜气,当爹的当妈的手上提着,嘴里叮嘱着,他们给这个地方增添了一种生气和活力。他们从重庆城里来,那里有另一番生气和活力,热腾腾的火锅,灯红酒绿的宾馆,琳琅满目的商场,车水马龙的街道,展示了物欲世界那挡不住的诱惑。这些年轻人从那个重庆来,来到校园里的重庆,一个宁静着准备陶冶你灵魂升华你精神的重庆。

漫步校园,如同走在一部宏伟史诗中的一段抒情乐章,难得如此接近诗情,如此融进画意,让我微微一笑,好啊重庆,你还有如此的风格……

选自《人民日报》1993年11月8日第8版

王泉根

王泉根(1949—),著名儿童文学研究专家。有《中国儿童文学概论》《现代中国儿童文学主潮》《中国儿童文学现象研究》《百年中国儿童文学编年史》《中国姓氏考》等。

从北碚到台北

在重庆北碚天生新村61号,区政协办公楼侧旁,有一幢民居,砖木结构,朴实无华。四间房舍,一字横排,门前绿树婆娑,竹影摇曳。可别小看了这幢普通民居,半个世纪前,这里曾居住过两位现代文坛鼎鼎大名的作家:林语堂与老舍。

1939年年底,林语堂从美国纽约回到抗战中的故国,在日机疯狂轰炸陪都重庆的警报声中,择居于北碚的这一幢民居,当时地址为"蔡锷路24号"。战时重庆自然比不得美国纽约,这位"两脚踏东西文一心评宇宙文章"的幽默大师,在北碚饱尝了空袭、跑警报、躲防空洞之苦,再也幽默不起来。后来,还不得不将全家搬到缙云山上的寺庙里避难,他的女儿如斯、无双两姊妹曾将这一段难忘的陪都生活,写成《战时重庆风光》一书出版。

战火硝烟使林语堂陷入了深深的痛苦,他本想回国为抗战出力,不料却成天忙于东躲西藏。经过思考,他决计再返美国,与其在国内跑警报,倒不如去国外为中国抗战作宣传更能作出贡献。1940年年底,林语堂去美国前,为表达自己对抗战的支持,特将来北碚时买下的这套私宅连同家具,一并捐赠给"中华全国文艺界抗敌协会"作办公用房。时任文协总务(主持会务工作的理事)的老舍,先派以群和光未然来负责管理,后来老舍也到这里办公,于是这里就成了文协的中心。老舍一住数年,在这里创作了《四世同堂》等名著。抗战胜利后,老舍去美国,其夫人絜青女士与子女仍居于此,直到1950年返居北京。

这幢在中国现代文化史上极具文物意义的民居,现在为北碚区委机关干部的家属住宅,仅在门前挂了一方"老舍旧居"的木牌,才使人想起它的文化价值。

1993年9月,美国加州大学比较文学系主任叶维廉教授到北碚西南师范大学参加华文诗歌国际学术研讨会。会议间隙,《北碚杂志》编辑张太超特陪同我们和同济大学施建伟教授(著有《林堂传》)、浙江大学骆寒超教授一起去参观这处抗战"遗迹"。秋风萧瑟,人去楼空,我们从不同角度拍摄了一些照片,想象着林语堂和老舍当年在这里笔耕的情景。叶维廉教授毕业于台湾大学,后去美国留学,他对我们说:"台北的阳明山上也有一处林语堂故居,比这一幢房屋要宽大得多。从北碚到台北,林语堂走过了一段多么漫长的文学道路……"

说来有缘,1994年5月我去台北参加一个学术会议,一天上午有机会逛阳明山,于是奇迹般地来到阳明山仰德大道二段141号林语堂的又一处故居。

1940年林语堂离北碚后,一直住在美国,直到1966年71岁时,才去台北定居,以度晚年。这幢粉墙红门包围的宅院全出自林语堂的心裁。进入大门,是一座优雅的小花园,翠竹、枫树、苍蕨、藤萝散布其间,清幽怡人。林语堂生前最爱坐在园内水池旁的石椅上,持竿观鱼,常言"能闲人之所忙者,方能忙人之所闲"。

穿过雕花的西式拱门,是一组传统的东方四合院与西式回廊相配合的宅院,以蓝色玻璃瓦为室宇,以白色西班牙螺旋柱为廊柱,充分体现了林语堂东西合璧的文化理想。整个宅院面积达330多平方米,右边是"有不为斋"的书房,中间为客厅兼餐厅(现部分辟为文物陈列室),左边是卧室(现为图书资料室)。客厅后面为二层楼阳台,日间面对绿树苍山,晚间可望台北万家灯火,简直是天上人间!林语堂对他亲自设计的住宅十分满意,曾不止一次地说过:"宅中有园,园中有屋,屋中有院,院中有树,树上有天,天上有月,不亦快哉!"

1976年3月,林语堂病逝香港,同年4月安葬于旧居后院。数年后,台北市有关方面征得林夫人廖翠凤女士捐赠的大批林语堂著作、手稿、藏书及遗物,特将这幢宅院规划成学术性图书馆——林语堂先生纪念图书馆,隶属于台北市立图书馆,于1985年5月28日正式对外开放。

我比较仔细地参观了林语堂的"有不为斋"书房。这里仍保留着主人生前的陈设与布置,红色地毯,明窗净几,整洁有序。中间是小圆桌与沙发,靠墙壁立着一排玻璃窗大书架,珍藏着2000多册中外文史哲名著。让书房成为一处未探索过的新大陆,这是林语堂布置书房的原则。一侧书架上陈列着《林语堂当代汉英词典》的手稿,纸质已变色发黄。这部洋洋数百万字的大词典,倾注着林语堂晚年的全部心血,是他视为登峰造极的得意之作。书房靠窗的一面安置着一张写字台,纤尘不染的玻璃板上仍置放着林语堂生前使用过的放大镜、笔、名牌、台灯、文镇和几本参考书籍。文镇是张群所赠,上刻《不老歌》:"起得早,睡得好,七分饱,常跑跑,多笑笑,莫烦恼,天天忙,永不老。"

征得管理员同意,我坐在写字台前林语堂生前坐过的皮靠椅上,以"有不为斋"书房为背景,请同行的广州作家班马摄下一影。——从重庆北碚到台北阳明山,能参观林语堂两处故居的,这在海峡两岸恐怕都还找不出几个人哩。有此雅游,岂可无记?

选自《行走的风景》,重庆北碚作家协会 重庆北碚文化报编辑部,中国三峡出版社2000年版,第69—71页

黄亚洲

黄亚洲(1949—),曾获鲁迅文学奖、中国电影金鸡奖最佳编剧奖、"中国百佳电视艺术工作者"称号、国家"五个一工程"奖。有《黄亚洲诗选》《行吟长征路》等。

卢作孚是一块礴石

北碚的碚字,其义,据说是伸向河中的凝聚的石头。

既然做了一个地域的大名,便可猜度这块河中之石必有不同凡响之处。此刻,我就眯细眼睛,远远地观望着这块石头,《北碚报》社的主人用手点着说:看见没有,就是这一块!

后来主人又郑重地补充一句:这是我们北碚人的精神象征,我们北碚人视其为魂。

于是凸显于嘉陵江激流中的这块狭长的巨石,立即在我眼里灵动起来,江水冲着它光滑的前额且不断撞出水花,听上去像历史在絮语不停。

江上笼着薄薄的雾。江岸、水波、植物与建筑都融在一起,绰绰约约。重庆的历史真是苍茫得很。

我是刚刚走出卢作孚纪念馆来到江边的。我在纪念馆里看到了锈迹斑斑的铁锚与罗盘,看到了卢先生艰难创业民生轮船公司的图片,我知道卢先生光滑的额头上一直撞着粗糙的历史。

弹片横飞中的那次大撤退,很使我震惊。卢作孚在1937年10月23日急赴宜昌坐镇指挥,指挥他所有的22艘轮船和850多只木船在长江三峡航段发疯般地穿梭抢运。军情是这样的危急:从武汉紧急撤出而拥挤在宜昌的9万吨工业物资和3万难民,急需撤往重庆,这些来自上海与武汉的工业设备关系到国家的工业命脉,按通常运力这些人和物需要一年才能运完,但是40天后三峡就要面临枯水期,一年的任务必须在40天内完成,而同时,日寇的军机正在加紧对长江狂轰滥炸。

我能想象到卢作孚那40天的不眠之夜,以及他眼里蛛网般的血丝,那些血丝是漫天的日本弹片划成的。

需要指出的是这一任务并非来自政府的命令,而是他自己对自己下达的任务。这是民族的任务。他是中国人。

他硬是在40天之内,完成了这项几乎是不可能完成的"中国实业界的敦刻尔克"行动。他的惨痛的损失与辉煌的战果结伴而至:轮船被炸沉16艘,公司员工牺牲116名,伤残61名。

卢作孚不是一名战将,他本是一个平静而富有诗意的人。他1927年初到北碚的时候,是想在这片极其贫穷的江边之域试写一篇诗章的。他那时候的头衔是"四县峡防团务局局长"，他的任务是绥靖匪患，但他知道，一个地方只有面貌美丽如诗之后，那些为诗歌所不容的罪恶才能彻底消除。

于是，他顽强地在穷乡僻壤一句一句写下这样的诗行：

规划北碚街道。整治北碚环境，建造街心花园。建立北碚学校。开设北碚医院。建设北碚图书馆与博物馆。架设乡村电话网络。开建四川第一条铁路"北川铁路"。组建四川最大的煤矿"天府煤矿"。创办西南最大的纺织染厂"三峡织布厂"。设立农民银行。创办《嘉陵江报》。兴建平民公园与温泉公园。开设温泉游泳池。建立民办科研机构"西部科学院"。修建北碚体育场并举办四川体育史上规模空前的"嘉陵江运动会"。

这位理想主义诗人在创作他的诗章的时候，胸中有一个明确的战略："以交通建设为先行，以乡村城镇化为带动，以文化教育为重点。"为了保证作品的美丽，他甚至还从比利时请来了城市建筑规划师。

北碚在中国乃至世界突然间的声名大噪，就是从此地成为一首优美的乡村田园诗开始的，人们弄不清北碚是美丽的村庄还是繁荣的城镇，北碚就此成为"中国乡村建设运动的策源地"。我觉得北碚的这一称号对当下的中国而言，也有非同寻常的意义。我经常在四面八方的偏远之地看见"新农村建设"，看见破墙上的大片新油漆，甚至在公路两旁出现的连绵不绝的"遮羞墙"，这不仅使我在读出"卢作孚"这三个字时热泪盈眶。

卢作孚把自己经营实业的收益都奉献给了北碚建设,还动员军政大员给北碚建设以捐款。他把每一个子儿都花在民生上,而且都是掰着花的,他甚至以文件形式给下属颁发训令"时时注意节俭"。他自己当然也带头节俭,他以这样的用餐规格接待省政府主席刘湘:一小盘豆花,一小块腊肉,一小碟咸菜。

而国民政府主席林森兴致勃勃前来北碚视察,看到的宴请规格也是如此:一小盘豆花,一小块腊肉,一小碟咸菜。

而这些领导用餐后也照样兴致勃勃,并不认为卢作孚与中央不保持一致。

我相信卢作孚不是在作秀,他知道挣钱的不容易和百姓的不容易。

卢作孚是1952年过世的,只活了59个春秋。我注意到照片上的他长得清秀,前额光滑。他一辈子迎击着时代的艰辛和习俗的流弊,毫不妥协,甚至以死抗争。

他是激流中一块不屈不挠的巨石。

他是中流砥柱。

他是碚。

听说,前两年航管部门曾计划炸掉嘉陵江中的这块"北碚",以策航道的更加安全,但这项从经济出发的考量一出台,便为文化和精神所激烈抵制,市民们为一块石头的存亡纷纷上书请愿,这就使得这块碛石至今还以中流砥柱的雄姿傲立江中。

我有一个猜想,北碚百姓在大声表达自己意愿的那一刻,不仅是想到了这块土地的根与魂,也想到了卢作孚。

选自《孩子长大要像谁》,黄亚洲,海风出版社2014年版,第111—114页(有删减)

蒋登科

蒋登科(1965—),诗评家。有《九叶诗派的合璧艺术》《九叶诗人论稿》《中国新诗的精神历程》《重庆诗歌访谈》《重庆新诗的多元景观》《文体意识与精神疆域》等。

路与路的变迁

有朋友要从外地乘飞机到重庆,在电话说中说:"听说重庆机场到北碚很远,怎样走才方便一些?"我告诉他:"也不知道你是从哪里听到的消息,所谓的很远应该是老皇历了。重庆机场到北碚现在有很多条路,而且都很通畅。"

这件事倒使我想起了我所经历的北碚道路的变迁。

条条道路通罗马,但首先得有道路。我也常听人说:"要想富,先修路。"人们都知道道路的重要。关于路,比较经典的是鲁迅的说法:"世界上本来没有路,走的人多了,也就变成了路。"这一说法暗含着独辟蹊径的意味,远远超过了文字本身。我说的是实实在在的路,是可以开车的路。在快速发展的现代都市,仅有乡村小路肯定不行,甚至仅有普通公路也是不行的。

北碚位于重庆主城的边缘,嘉陵江穿城而过,周边都是葱翠的高山。我喜欢这座相对独立的城市,有山有水有文化,安静而不浮躁,适合读书、写作、过日子,时常以生活在这座类似森林的城市而自豪。但是,因为大山的阻隔,北碚的对外交通在过去一直不够便捷,使这个都市中的天堂被封闭在一个小盆地里,难以施展"拳脚"。外地朋友一听说北碚离主城核心区的距离,第一反应就是"好远哦"。在飞速发展的时代,北碚肯定不能就按照这个样子一直延续下去。它需要融入外面的世界,也需要外面的人来到这里。

一个地方往返机场的道路便捷与否,往往决定这个地方是否吸引人。在北碚生活了三十多年,我亲眼见证了北碚到机场道路的几次变迁。

在20世纪80年代前期,北碚到主城核心区的道路主要有两条,一条是国道212,沿着嘉陵江边过观音峡,经井口、双碑到沙坪坝;另一条是更老的路,经歇马、青木关翻越中梁山到沙坪坝。后者的路途较远,一般人不会选择。我读大学的时候,每次到沙坪坝看望同学,乘坐的都是在国道212往返的公交车,速度比较慢,时间比较长,要停靠很多小站,因此把沿途的小地名都记熟了。虽然北碚也属于主城,但很多北碚人都喜欢使用"进城"这个词,这一方面说明了北碚的偏远和交通的不便,另一方面也包含着当时北碚人的"乡下人"心态。

当时的重庆机场在巴县的白市驿,不过几乎和我无关,那时年轻,没有机会乘飞机。我和机场的第一次接触是间接的。1986年10月,长沙诗人于沙应邀到西南师范大学开会,我和王珂带着接人的牌子,乘车近两小时,到上清寺的民航接待处等他。按照预约,他在白市驿机场乘车到此与我们汇合,再一起转车到北碚。我们不认识他,又没有电话可以联系,等了好几个小时,车子来了一批又一批,天都快黑了,仍然没有见到他。我们担心错过了回北碚的末班车,无奈地返回学校,结果发现他早已到了学校的宾馆,说是没有见到接人的牌子。

我和机场的真正接触开始于江北机场在1990年初开通之后,因为工作原因,乘机和接机的次数逐渐多了起来。当时,北碚去机场主要走国道212,到沙坪坝之后经石门大桥,过红旗河沟上机场高速。但是,如果遇到桥梁维修,路程会更远,需要经过沙坪坝、牛角沱,过嘉陵江大桥到观音桥,再经过红旗河沟上机场高速。当时的汽车不多,一般情况下不会堵车,但如果遇到修路或者事故,可能就会耽误行程。有一次,一位深圳的朋友从北碚返程,我提前四小时出发随车送他到机场。后来,吕进先生告诉我,对方到达后就给他打了电话。我回想了一下,当时我还堵在回校的路上,回到单位的时间比朋友飞回深圳的时间整整多出了两个小时。

记不得具体年份了,北碚的嘉陵江左岸从朝阳桥到水土修建了一条水北公路,打通了北碚经悦来到两路的交通。北碚和机场之间的往返就方便了许多,一个多小时就可以赶到。不过,由于是普通公路,弯道多,路面不够宽,速度肯定也就快不起来,非常考验驾驶员的技术,乘车的人也缺少舒适感。

重庆的内环快速公路在2002年开通。接下来的一段时间里,北碚到机场主要是经过国道212在沙坪坝的杨公桥上道,沿内环快速直接转到机场高速。汽车在高速公路上飞奔的那种感觉真是不错,让人体验到现代化交通带来的畅快。更快的感觉来自兰海高速北碚段的开通。从北碚直接上高速,一路飞奔到机场,既畅通又快捷。至少北碚人不再抱怨偏远了,在周末的时候,很多人也从渝中、江北、沙坪坝甚至更远的地方来到北碚,享受优美的风光,品味厚重的文化,体验现代都市的慢生活。

2009年底,重庆绕城高速开通。这是一条环形高速公路,北碚是全线的三个参照点之一。当时,这种突然到来的便捷让我非常激动。趁着到江津参加一个活动的机会,我和家人沿着这条将近190公里的道路绕行一圈,而且每到一个服务区都停下来,细细体会一番,仿佛一下子到了一个陌生的世界。这大山阻隔、大河切割的城市居然变得这样便捷,过去要大半天甚至一整天,经过多次转车才能到达的地方,现在不经意间就到了。很多过去只是在地图上见到过的地名,一下子就出现在眼前。这实在是一个奇迹。从北碚到机场的距离和时间自然缩短了许多,成为主城到机场最便捷的地方之一,我身边的朋友们乘坐飞机似乎也成了家常便饭。不只是到机场,重庆所有的出城高速都和绕城高速相连,从北碚经绕城高速可以快捷地转到任何一条高速上。

如今,从北碚往返机场还不只是绕城高速,从蔡家跨越嘉陵江到寸滩港的公路也已经开通,人们俗称为"中环快速干道",距离比绕城高速还近。歇马隧道已经打通,稍待时日,北碚人可以通过这条隧道一路畅通地到达机场和港口。如果愿意,我们还可以直接乘坐轻轨到达火车北站和机场,甚至到达重庆城区的很多地方。那种深入地下或者飞翔高空的感觉,也是一种别样的体验。道路的畅通使北碚的城市范围扩大了许多,大山和大山之外的很多地方在过去真的可以称为荒山野岭,可如今已经是道路纵横,高楼林立。蔡家、水土,这些对老北碚人来说曾经有些遥远的地方已经成为现代化大都市的组成部分。有朋友私下说,你们北碚这些年来似乎没有多少变化。我感觉他们说的只是原来的城区,那其实只是北碚老城区的一部分。我告诉他们,这种说法不准确,只有穿过山、跨过江,我们才能真正感受到这座城市在保持文化底蕴、自然风光的同时所发生的令人瞠目的变化。

有一天,女儿打电话问我在忙什么。我说准备进城开会。女儿突然哈哈大笑:"老爸,你还在用'进城'这个词啊?"我意识到自己说得不准确,北碚本来就是主城啊,"进城"应该是一个历史概念了,只是由于过去经历太多,嘴上说得多了,就成了一种习惯。我马上对女儿说:"我改,保证该!"她又送来一串惬意的笑声。

新一代的北碚人似乎对这座小城有了和我们这代人不一样的感受和感情。道路还在不断延伸,未来的路应该会越来越宽阔,越来越通畅。

选自《花开北碚山水间》,蒋登科,周洪玲,西南师范大学出版社2020年版,第172—176页

张 者

张者(1967—),本名张波,曾获第八届鲁迅文学奖、庄重文学奖,小说月报百花文艺奖,入围第八届茅盾文学奖等。有《桃李》《桃花》《桃夭》《老风口》等。

巴山听夜雨

巴山被一首唐诗定格在黑夜里,伴随着淅淅沥沥的秋雨一直流传至今……

"君问归期未有期,巴山夜雨涨秋池。何当共剪西窗烛,却话巴山夜雨时。"这首诗真正打动我是在大学的课堂上,老师声情并茂地朗诵过这首诗后,指着窗外的缙云山说:"巴山就是我们眼前的缙云山。"同学们不由向远方眺望,缙云山就在眼前,在阳光下一身锦绣,色赤如火。这就是人们常说的"缙岭云霞"吧,狮子峰在旭日下光环闪耀,红霞缕缕。我几乎都能看到狮子峰上那棵松树了。"缙",赤色也,缙云山由此得名。老师的指证深深地触动了我,这就像指着现实的一切述说着曾经发生的古典故事,这让现实充满了神秘色彩。下了课,我蹬上教学楼的顶层再次向缙云山眺望,她被一层薄雾笼罩,似岚非岚,似烟非烟,缥渺曼妙,气象万千。

曾经在那山中的竹楼里，有一位唐代的诗人，孤枕难眠，细听秋雨，怀念着远方的娇妻。如此柔情似水、缠绵悱恻的故事是很容易打动一个中文系的学生的，我当时心中便生出一个念头来，如果有机会我一定去缙云山住一夜，听巴山夜雨。当然不能是孤身一人了，我要带一位身着白色衣裙的女生，否则，如何共剪西窗烛花呢？可是，那位白衣女生又在哪里？我回头向校园张望，正是课间时间，校园里人头攒动，却不见那白衣女生的踪影。现实中并没有"蓦然回首，那人正在灯火阑珊处"的场景。好在，我还有的是时间，我可以在校园中慢慢寻觅。

那位白衣女生出现的时候，已经是两年之后了。当她邀请我一起看电影时，我并没有觉得有什么特别，都是同学嘛！当她真的身着白裙子出现在我面前时，我惊呆了，原来是她……她就藏在我的身边，我却没发现。看来女生平常并不穿白裙子，只有约会的时候才现洁白。

于是，我就邀请她一起上缙云山听巴山夜雨。那是一个周末的中午，我们一起登上了狮子峰，在山顶上一起虚度时光，等待着夕阳西下。我们没有原路返回学校，而是向北温泉方向慢慢下山，我们知道在北温泉里有一个招待所，准备晚上住在那里。

在招待所的服务台，我掏出了五元钱准备办理入住手续，招待所的服务员大妈说，五元不够，要十元。我望望墙上的价目表，说一间房不是五元吗？服务员望望我们，说你们要住一个房间，有结婚证吗？我的脸一下就涨红了。服员举着我们的学生证又说,现在的大学生真是胆大包天,竟敢光天化日下开房间,就不怕我打电话报告你们学校。我的白衣少女连忙又掏出了五元钱递上去,说我们没想同居,只是想一起听巴山夜雨。

服务员给我们开了两间房,一间是203,一间是302。这两间房有讲究,一间在走廊这头,一间在走廊那头。我们同住一楼却感觉相当遥远,就像隔着一条银河,只能遥望不能相见,而中间是服务台,服务员十分警惕地坐在那里,监视着两边的房门。我在门缝里咬牙切齿地咒骂:"法海,法海,真是一个多管闲事的女法海。"我长叹一声仰面躺在床上,亏大了,花十块钱在这住一夜,不能共听巴山夜雨,更别说剪西窗烛花了,要知道十块钱是我们当时大半个月的菜金,我们不舍得吃,不舍得花,节省了几个月,就这样一闭眼,一睁眼没了……

在一种气愤和沮丧中我睡着了,毕竟爬山太累了。

不知过了多久,感觉门被打开了一条逢,一道白光飞进了我的梦里。我的白衣少女来了,她并没有打扰我,而是飞快地反身关门,迅速拉上了窗帘,并且点燃了我们早已准备好的蜡烛。然后,她心满意足地和衣靠在我的身边。我在半睡半醒中抓住了她的手,说你来了。她欣喜地说,服务员终于熬不住了,嘿嘿,睡着了,我溜了过来,现在我们可以静静地等待巴山夜雨了。

可是,我们没能等来深夜的雨,却等来了愤怒地敲门声。我起身打开门,服务员冲了进来,喊,你们两个太不像话了,你们以为这是洞房花烛夜呀,还点上了蜡烛,不要脸。我告诉服务员,我们什么也没干,就是想听巴山夜雨。服务员被激怒了,说你骗谁呀,来这住一夜就是为了听雨?她打开门指着一轮明月下的夜空,你看看哪来的雨,哪来的雨?最后,她把我们邀到服务台,愤怒地把十块钱拍在我们面前,喊着退房、退房,这里不欢迎你们。

唉——缙云山虽然热情似火,可以将嘉陵江之水加热成温泉,让嘉陵江千百年来缠绵入骨,相思永驻,而我们却无法打动这位极为负责任的变态大妈。最后,我们被赶出了招待所,在半夜三更走回了学校。巴山夜雨没有听到,还被服务员羞辱了一番,真的是心有不甘呀……

几十年过去了,听巴山夜雨,共剪西窗烛,成了我的心结。当《重庆晚报》电话通知我,北碚有个笔会邀请你参加,计划夜宿缙云山时,我的心就动了一下。啊,夜宿缙云山,听巴山夜雨,了却我多年的心愿。只是,那白衣少女早已不翼而飞了,她成了划过我青春期时的一抹亮色……

几十年来,北碚的变化真可谓翻天覆地。北碚变大了,我记忆中的北碚几乎找不到了痕迹。我只有站在老胜利商场门前的法国梧桐树下,才能找到北碚的影子。那新华书店呢?那兼善餐厅呢……北碚扩大了几十倍,一部分已经成了重庆两江新区的一部分。北碚水土高新技术产业园有大量的高科技企业入住。京东方集团展示的液晶显示屏让我们不但看到了眼前,也看到了未来。这是中国完整掌握液晶显示核心技术的企业,液晶显示覆盖各尺寸,产品市场占有率居中国第一。吸引我的是重庆华数机器人有限公司,在宽敞整洁的厂房里十几台六轴十二关节机器人一字排开,在安全笼里不停地舞动机械手臂,做出厂前的抗疲劳测试。看到那机器人,我心中有点遗憾,那些机器人没有一个有人样,没有人样的机器人还能叫机器人吗?这和我们在电影中看到的大相径庭。在我心中,机器人都应该是美女,然后身穿白色衣裙,如果我弄一台回去,一起听巴山夜雨如何?我被自己的胡思乱想逗乐了。

参观了一天,在缙云山住下来,天已经黑了。这时的缙云山已经被云雾缠绕,那些薄雾随窗而入,能飘浮到你的枕边。当你长长地吸一口气,慢慢闭目回味,哦,湿气饱满,包含雨意,清新无霾,让人放心。这时候如果你还抽烟,那就是暴殄天物,即便是抽散发着香味的烟斗也不行。这一抹雾给你送来了翠竹的清甜,柑橘的淡香,山花的芬芳。老师说巴山就是缙云山,不如说缙云山属于巴山。大巴山地潮湿多云,夜间密云蔽空,云层和地面之间,进行着多次交媾,在吸收和辐射的热量交换中,云层上下之间形成温差,偏暖湿的空气上升形成降雨……在巴渝大地,夜雨量占全年降水量的60%以上。我不由想起了傅抱石先生的代表作《巴山夜雨》,此画取李商隐之诗意境,画幅为重重的山峦,铺天盖地,气势磅礴,层次分明,脉络清晰。2009年在中国嘉德拍卖行的拍卖中,以一千八百多万元人民币成交。

《巴山夜雨》咱买不起,巴山夜雨可以免费听。

夜雨在不经意间就来了,开始是淅淅沥沥的,不知不觉整个屋顶就被雨声笼罩了。猛一听雨声是轰然一片,就像一个庞大的乐团正在演奏一曲交响乐。当你细听,那混沌一团的交响就有了分歧,雨打芭蕉的声音就像点击的定音鼓,节奏分明;雨滴窗棂之声便是那小锣镲,明亮悦耳;雨浇橘林的声音是小提琴、中提琴、大提琴的合奏,所有的声音都在柑橘林内缠绕;雨润竹林之声就如钢琴和竖琴的协奏,竹林在细雨夜风中如泣如诉;那些远方的狗吠就像突然插入的小号声;还有长笛呢,那是我的叹息……在巴山夜雨的交响中我进入梦乡,那是一个昔日的旧梦,在我心中长长远远。

清晨,如果你还想看看巴山夜雨,就要在第二天早起,在无人迹之时上山,去山上寻雨,看夜雨的痕迹。这时的远山近树还在雾中,草带露珠,花含笑意,竹海生烟,碧海连天,金黄的柑橘在水珠中正孕育着甘甜,云山雾罩下的村庄鸡鸣狗吠不见炊烟。

选自《花开北碚山水间》,蒋登科、周洪玲,西南师范大学出版社2020年版,第65—70页

后 记

现代北碚建制的历史并不算久(历史上的东阳郡还有待进一步考察),但北碚的历史、文化并不短暂。由于特殊的地理、气候等原因,北碚在历史上是渠江、涪江、嘉陵江以及相关联地区进入长江的要塞,就目前掌握的一些资料看,从唐代开始,很多文人墨客就在这里留下了诗文,主要涉及缙云山、温泉寺(北温泉)、嘉陵江小三峡等。这种文脉一直没有断裂,而且越到后来,越到现代,这种脉络越清晰,积累越深厚。

北碚原名白碚,其名始于清初。场镇建于嘉陵江畔,有白石自江岸横亘江心称"碚石"(又称"白鱼石"),因此得名。设巴县白碚镇,因白碚地处巴县县境之北,改名北碚镇。北碚自建镇后发展甚微。20世纪初,军阀割据,嘉陵江小三峡地区,匪患猖獗,各地纷纷举办团练自卫,防匪驱匪。属川东道。

民国五年(1916),川东道尹王陵基设江(北)巴(县)璧(山)合(川)四县特组峡防局,负责上起合川县沙溪庙,下至巴县磁器口嘉陵江两岸48个乡镇的治安清匪任务。之后,随着驻防军队的变更,峡防机构先后更名为警备队、峡防司令部、江巴璧合特组峡防团务局等。属东川道。民国二十五年(1936)前,均为嘉陵江三峡地区治安联防机构,不具有地方政权的性质。

民国二十五年(1936),时任峡防团务局局长的著名爱国实业家卢作孚,为推行乡村建设计划,经四川省政府报请国民政府行政院批准,撤销峡防局,于同年4月1日划江北县黄桷镇、文星乡、二岩乡、巴县北碚乡、璧山县澄江镇,设置嘉陵江三峡乡村建设实验区。北碚由单纯的峡防机构变为具有除财政、司法两权以外的地方政区,区署设北碚场。民国三十一年(1942)3月1日,经四川省政府转报国民政府行政院批准,改实验区署为北碚管理局,使北碚成为完全的县一级地方政府。也就是从那时起,北碚才成为具有行政权力的地方政府。

由于卢作孚在乡村建设方面取得了巨大成效,北碚在城市、教育、文化、科技、医疗、工商业等诸多方面逐渐发生了变化,使北碚成为设施完善、环境优美、宜于居住的城市。为北碚后来的发展奠定了扎实的基础,也为北碚的文化积淀、传承做出了巨大贡献。抗战期间,重庆成为中国的战时首都(人们习惯于称其为"陪都"),很多政治、教育、文化、文学、科学等方面的部门和人才迁移到重庆,而北碚由于地理位置、城市规划和建设等方面的特色受到许多内迁学校、医院、部门的青睐,纷纷来到这里,于是被称为"小陪都",有"三千名流汇北碚"之说。这些人员中有很多是作家、评论家和其他文化人,他们在这里留下了大量的学术成果和文学作品,为现代北碚的文化建设做出了巨大贡献。

通过优秀的文学作品梳理北碚文脉,传承优秀的文化精神,对北碚文化的进一步繁荣发展具有不可忽视的重要作用。我在北碚学习、生活、工作了三十多年,目睹了北碚城市建设、经济社会、文化等诸多方面的快速发展,也深深地爱上了这片土地。对我来说,承担重庆市社科规划重点项目"北碚文化丛书"中的《诗文北碚》的编选工作,是一件非常开心和荣幸的事情,因为我可以由此重温很多与北碚有关的文学作品,甚至找到一些在过去不曾拜读的作品。

开初,我以为这项以编选为主的工作应该不是那么麻烦,很快就可以完成。但是,真正做起来之后,才发现这项工作远比我们预想的要难得多。最主要的原因是,与北碚有关的文学作品相当分散,除了古代、近代的诗词之外,根本没有成熟的选本,收集、整理资料就是一项耗费人力的烦琐工作。为此,我们组成了编辑委员会,首先梳理了与北碚有关的包括诗人、作家在内的历史人物,然后通过各种渠道查询这些人物的文集、选集甚至全集,以及他们分散在不同书籍、报刊中的文字,查找与北碚有关的文学作品。经过将近一年的工作,我们查到相关文字资料50余万字。其后,参与编选的相关人员对这些文字进行了筛选,选出和北碚关系密切的作品,再对这些作品进行甄别、注释。在作品选择的过程中,我们遵循了这样的原则:(一)能够找到的古代、近代诗词,悉数收入;(二)现代以来的旧体诗词、新诗、散文则根据作者身份、作品内容、创作时间等选择性地收入。在遴选作品的时候,我们还考虑了作者的分布,对于长期在北碚生活、工作的作家,由于他们对北碚体验较深、了解较全,因此对他们的作品适当考虑。全书分为四个部分:一是传统诗词,二是赋,三是新诗,四是散文。在每一个类别中,我们原则上按照作者的出生时间排序,但由于有些作者的生平资料和生卒时间实在无法查到,我们就只有根据作品的创作、发表时间以及作品隐含的时间信息等,将其插入到相关时段。我们对入选作者进行了简单介绍,对作品中的难点、疑点等进行了简要注释,尤其是注意挖掘这些作品与北碚历史、文化、景观等的关联。

本书是"北碚文化丛书"中的一种,得到了重庆市社科规划办、西南大学社会科学处等单位的直接指导。在本书的编选、注释过程中，我们参考了超过100种图书、刊物、报纸和其他相关资料，由于数量较多，为了使图书内容显得相对简洁一些，在书中没有对参考过的资料一一罗列出来。数十年扎根北碚从事北碚文史研究的专家李萱华先生授权使用他所创作、编选的所有图书；北碚党史办、区志办等部门提供了相关文史资料；西南大学图书馆、北碚图书馆等为资料查询提供了方便；万启福、张昊和我的研究生蒋雨珊、熊文佳、姚洪伟等参与了文献资料的收集、整理、遴选和部分注释工作，杨理论教授及其研究生周玮璞对传统诗词部分进行了认真审读，并提供了一些新的资料。在此，我要向所有为本书编选做出了贡献的单位、部门、作家和具体参与者表示衷心感谢。

对作家创造性劳动的尊重是我们一直坚守的原则，但是，由于稿件来源分散，对于很多还处于著作权保护期的作品，我们实在无法联系上作者。在向作者表示感谢的同时，也希望读到此书的作者或著作权拥有者和我们取得联系，我们将向他们提供样书。

由于资料收集有难度，时间紧迫，再加上涉及范围广，编者水平有限，书中肯定存在很多缺失和不足，也有很多遗漏，希望读到此书的专家、读者朋友们批评指正，以便我们在今后的修订工作中加以改进和完善。

蒋登科
2023年4月17日